学館文庫

ぼくたちと駐在さんの700日戦争 10

ママチャリ

小学館

目次

第13章　走れ！　チャーリー号！ ……………… 5
　　　　第1話　呪われた750（1）
　　　　第2話　呪われた750（2）
　　　　第3話　呪われた750（3）
　　　　第4話　ケーキ屋メルヘン（1）
　　　　第5話　ケーキ屋メルヘン（2）
　　　　第6話　ケーキ屋メルヘン（3）
　　　　第7話　ケーキ屋メルヘン（4）
　　　　第8話　ケーキ屋メルヘン（5）
　　　　第9話　レッド作戦（1）
　　　　第10話　レッド作戦（2）
　　　　第11話　レッド作戦（3）
　　　　第12話　支店長さんの融資講座
　　　　第13話　約束の場所（1）
　　　　第14話　約束の場所（2）
　　　　第15話　約束の場所（3）
　　　　第16話　約束の場所（4）
　　　　第17話　約束の場所（5）

番外編　もっとすごい小学生 ……………… 111
　　　　第18話　約束の場所（6）
　　　　第19話　約束の場所（7）
　　　　第20話　Honesty（1）
　　　　第21話　Honesty（2）
　　　　第22話　開かない貯金箱（1）
　　　　第23話　開かない貯金箱（2）
　　　　第24話　開かない貯金箱（3）
　　　　第25話　上を向いて歩こう
　　　　第26話　村山くんの秘密（1）
　　　　第27話　村山くんの秘密（2）
　　　　第28話　村山くんの秘密（3）
　　　　第29話　タイムリミット（1）
　　　　第30話　タイムリミット（2）

第31話　キャブレター争奪戦（1）
第32話　キャブレター争奪戦（2）
第33話　キャブレター争奪戦（3）
第34話　求婚者たち（1）
第35話　求婚者たち（2）
第36話　求婚者たち（3）
第37話　針の穴（1）
第38話　針の穴（2）
第39話　針の穴（3）
第40話　Money Money（1）
第41話　Money Money（2）
第42話　Money Money（3）
第43話　２週間で500万稼ぐ方法（1）
第44話　２週間で500万稼ぐ方法（2）
第45話　便所記念日
第46話　GEROファイター
第47話　スカウトされた男（1）
第48話　スカウトされた男（2）
第49話　末期現象（1）
第50話　末期現象（2）
第51話　ジェットストリーム（1）
第52話　ジェットストリーム（2）
第53話　ジェットストリーム（3）
第54話　とってもブルーな夜だから（1）
第55話　とってもブルーな夜だから（2）
第56話　走れ！　チャーリー号（1）
第57話　走れ！　チャーリー号（2）
第58話　走れ！　チャーリー号（3）
第59話　走れ！　チャーリー号（4）
第60話　走れ！　チャーリー号（5）
第61話　走れ！　チャーリー号（6）
第62話　走れ！　チャーリー号（7）
第63話　走れ！　チャーリー号（8）
第64話　走れ！　チャーリー号（9）

ぼくちゅう『悪戯(イタズラ)の定義』

↓　↓　↓

1 ☞ 相手に怪我を負わせてはならない。

2 ☞ しかけられた相手も笑えなくてはならない。

3 ☞ 相手が弱者であってはならない。

4 ☞ 償いができないものは悪戯ではない。

```
              |  ||
              |  ||
              |  ||
       ***    |  ||    ***
         \\\  |  ||  ///
```

第13章
走れ！
チャーリー号！

第1話　呪われた750（1）

「殺人750(ナナハン)って知ってるか？」
　初めて僕たちが『殺人750』を話題にしたのは、2年の終業式直前。アジト教室にたむろしていた時のことでした。
　言い出しっぺは、一番の怖がり屋チャーリー（麻生くん）。
「あ。オレ知ってる〜〜〜」「有名じゃん。それ」

「750がロボットに変身して、夜な夜な人を殺して歩くってヤツだよな！」
「違うよ‥‥‥‥」「バカだな‥‥‥西条(さいじょう)は」
「**あ。そうか！　そんな悪いロボットいるわけないか！**」
　男の子の頭の中では、いつまでも「ロボットは正義の味方」。
「そうじゃなくってよーーーーーーー」

『殺人750』、あるいは『呪(のろ)われた750』。
　それは、当時ライダーたちの間で話題になった、いわゆる都市伝説で、「乗った者が次から次に事故死する」というバイクの話。車種が当時の少年たちの憧(あこが)れのバイクであったことも手伝って、噂は噂を、話題は話題を呼び、雑誌にまで載ったほど有名な話でした。
「3人くらい死んでんだっけ？」
「4人だよ、4人！　4回事故っても750本体は、ほとんど無傷だってのが驚きだろ？」

「さすがロボット！」
「だからロボットじゃないってのに‥‥‥」
「そいでそいで？」
　元々が『心霊研究会』。こういう話には喰いつきます。

「そいでな。乗ってると、前方に１台おんなじようなバイクが現れてな‥‥‥。"こっち‥‥‥、こっち‥‥‥"って手招きするんだってよ～」
　せいいっぱい怖い声で話すチャーリーでしたが。
「それって女？」
「そこはどーでもいいのっ！」
「よかねーだろー。なぁ？」
「うん！　よくない！」「男と女の誘いじゃ意味が違う！」「ぜんぜん違う！」「天と地ほども違う！」
　賛同者多数！
「そいでそいで？」「そいで？」
　チャーリーも話しにくそうです。

「えっと‥‥‥そいで、な？　ついつい、ついてっちまうらしいんだ。するってーとな‥‥‥」
「やっぱ女なんだ♪」
「ライダースーツの尻はな～♪」「たまんないよな～♪」
「ついてくついてくぅ♪」「死ぬまでついてくぅ♪」
　賛同者多数！
「そいでそいで？」「そいで？」

「お前ら！　全員、殺人750乗って死ねっ!!」

「なんだ。そういう話か」
　そういう話ではなかった、とは思うのですが。
　チャーリーが言いたかったのは、その呪われたバイクが「実際に存在するらしい」ということだったのです。
　が。これには、理性派グレート井上(いのうえ)くんも、
「で？　チャーリー。それは誰が伝えたんだ？」
「え？　誰って乗ってたヤツに決まってんだろが」
「みんな死んだんだろ？」
「アレ‥‥‥‥？」
　説得力に欠けました。
　もとより、僕たちももうすぐ18歳。車の免許がとれる年を迎え、興味は２輪から４輪へと完全に移行しており、呪われていようがいまいが、いまさら750でもなかったのです。

　しかし、１年後輩の坂本(さかもと)くん（９巻登場）は違いました。
「チャーリー先輩！　俺は信じますよ！」
「おお。坂本ぉ！　お前はわかってくれるか！」
　彼は、チャーリーの技術者としての能力を高く評価しており、尊敬のあまりノッポさん部隊に加わった、と言ってもいいくらいの"チャーリー信者"でした。
「はい！　信じますとも！」
　チャーリーもまた、"高校生なのに溶接ができる"坂本くんを重用していて、あたかも弟のように可(か)愛(わい)がっておりました。
「殺人750は、女性型ロボットってことですよね!!」
「‥‥‥‥‥ちょっと、違う‥‥‥‥‥‥かな‥‥‥‥」

第13章　走れ！　チャーリー号！

ところが!
　僕たちが3年生に進級したとほぼ同時。その坂本くんから、とんでもない情報がもたらされたのです。
「え! 殺人750が売られてる?」
「ええ、Y市の店で売ってるって話です! 間違いありません」

「マジ?」

「それも、とんでもなく安いらしいっすよ!」
　この「とんでもなく安い」ことが、いっきに話の信憑性を高めました。不動産などでも、"幽霊の出る家は安い"のと同様、"曰く付き"の物件は、安売りされるのが通説です。
「安いって?」「どれくらい?」
「10万切ってるって話です!」
「10万‥‥‥‥?」「切ってる‥‥‥‥?」
　当時、"新車なら軽自動車より高い"そのバイクは、中古市場でも高値相場で、10万円を切るなど、ありえないことでした。
「おーーーー! 俺買おっかな?」
「やめとけよ、孝昭。死ぬんだぞ?」
「750乗って死ねるなら本望だぜ!」
　おお。さすが孝昭! それでこそバイク乗り!
「俺は女に乗って死にてーー」
　おお。さすが西条! それでこそ女‥‥‥乗り?
「あ。俺も女のほうがいいや」
　そんなもんだ。

「どっかに落ちてないかなー。殺人女」
「いや‥‥‥西条。それは実際いると思うぞ？」
「あ‥‥‥そか‥‥‥」

　単なる都市伝説と思われた『呪われたバイク』が実在する！　それも県内の店に並んでいる！　となれば、心霊研究会（ほう）としては、放っておけません。
「で？　どこの店なんだ？　坂本」
「さぁ‥‥‥それがＹ市ってことまでしか‥‥‥」
「これは裏をとるしかない！」
　当初ケチョンケチョンにけなされたせいか、チャーリーは、特に熱心でした。

　そこで、最初に訪ねたのが‥‥‥。
「なんで警察にそんなこと聞きに来る!?」
　白バイ隊員の五十嵐（いがらし）さんです。
「いや。五十嵐さんなら、750の達人なわけですし‥‥」
「いよっ！　達人750！」
「達人と殺人、一緒にするなっ!!」
　交通機動隊員である五十嵐さんなら、プライベートでも大のバイク好き。交通事故にも詳しいはずで、情報のひとつも持ってるだろう、と踏んだのですが。
「そんなことで呼び出すな！　きさまらの怪談探しにつきってる暇はないんだ！　警察は！」
　ケンモホロロ。
　やはり、『レーダー測定中』というタイミングがよくなかったのでしょうか？

「**当ったり前だ！　さっさと散れ！　目立ってかなわん！**」
「隠れてるほうが悪いんじゃん」「そうだぜコソコソと」
「ドロボウみたいに」
「あ、罰金泥棒？」
「**さっさと散れーーーーーーーーーー!!**」

　そう言いながらも五十嵐さん、最後の最後に、
「それなー、先輩なら知ってるかもしれないぞ？」
「え？　駐在さんが？」
「ほら。先輩は、元アレだからー」
「あ～～～～、駐在さんは元アレですよね～～～～」

　＊＊＊＊＊＊＊＊＊＊

「‥‥‥と、いうわけで、教えてください。**元暴走族総長**」
「今度、その呼び方したら殺すぞ？　ママチャリ」
「すいません。元駐在さん」
「**現役だ！　現役駐在っ！**」
　みんなで訪ねた駐在所。
　殺人750の噂は、僕たちの代に始まったことではなく、ライダーの間では、ずいぶん昔から語り継がれていた話であり。
「ちょうど駐在さんが、一般国民に迷惑かけまくってた頃かなぁー、と」
「その言い方はやめろって、さっき言わなかったか？」
「するどくて、すいません」

「そういう謝り方もよせ！」

「俺はもう卒業してる。もう地域住民のために働いてた頃だ」
　そのバイクは1969年からの発売。駐在さんは、すでに20代になっていて、暴走していなかったのです。
「あ、そうか！　もう罪ほろぼししてたんですね？」
「そう、罪ほろぼ‥‥‥**ママチャリくぅーん、君はよほど死にたいらしいなっ**」

　しかし。
「殺人750か‥‥。ソイツなのかどうかはわからんが‥‥」
　駐在さん、突然神妙(しんみょう)になりました。
「俺は、加奈子との結婚直前までツーリング行ったりしてたんだが。ある夜、俺だけ帰りが遅くなったことがあってな」
「ええ‥‥‥」
「夜道飛ばしてたら、前方を１台のバイクが走ってた。コイツが俺に気づいたのか、いきなり飛ばし始めてな」
「へー」
「俺も若かったんで、つい警察官の血が燃えちまってな‥‥‥‥」
「ようはカーっとなったんだな？」「離されたから」
「大人げないですもんね！　駐在さん」
　駐在さん、普段ならここで怒鳴り散らすはずが、まったく声を荒げるでもなく、ただだだ、たんたんと。たんとな。
「ところがな。距離が縮むにつれ、おかしいことに気づい

第１３章　走れ！　チャーリー号！

た」
「おかしい‥‥‥こと?」「‥‥‥って?」

「音がな。しないんだ」

　へ‥‥‥?
「前走ってるバイクがな。かなり近づいても、まったく音がしてない。スーーーー‥‥‥‥ってな‥‥‥‥」
　ゾワぁ〜‥‥‥。
「ありえんだろ?　さすがに俺も途中で怖くなって、追っかけるのやめたんだが‥‥‥」

「あん時、もし追いついていたら、と思うと‥‥‥‥」
「‥‥‥‥‥」「‥‥‥‥‥」「‥‥‥‥‥」
「**メットの中はどんなだったのかなぁ**ーー、とか考えると‥‥‥、今でも怖くなる‥‥‥‥」

「車種は、750だった‥‥‥」

　教訓:ごく普通の怪談でも警察官が話すとおっかない。

「やっぱもう‥‥‥」「殺人750追っかけんのやめよっか?」
「だな‥‥‥‥‥」「呪われんのやだし‥‥‥」
　すっかり意気消沈の僕たちでしたが、
「俺はあきらめないぜ!」
「チャーリー?」
「殺人750!　所在をつきとめてやる!　ぜったいに!」

第2話　呪われた750（2）

　この日の下校時。いつも通り、チャーリーと千葉（ちば）くんと３人、駐在所前を通りかかると、
「あれ？　五十嵐さん来てる」
「ホントだ‥‥‥。ピンクバイ」
　五十嵐さんの白バイは、若干ピンクがかっている（4巻参照）ので、容易に区別がつきます。今日は、五十嵐さんの「検問のジャマ」をしたので、おそらくその報告であろう、と、近づきますと‥‥‥‥。
　〝わーははははーー！〟
　窓越し、駐在さんのほがらかな笑い声が聞こえてきました。

　〝**五十嵐にも見せてやりたかったなーーー！　あん時のアイツらのビビったツラぁ！　わはははは！**〟
「！」「！」「！」
　〝**まー、アイツらも心霊研究なんちゃらいっても、ただのオコチャマだな、オコチャマ！**〟
　〝まったくですよねーーーーー。アハハハハ〟

　かつがれた!?

　〝**特にママチャリの青ざめたマヌケ面つったらーーー。オコチャママチャリ！　わはははは**〟

第１３章　走れ！　チャーリー号！

く・・・・・・・・・！　そぉ・・・・・・・・・！
「駐在のヤツぅぅぅぅぅぅぅ！」

　そこでさっそく。
「チャーリー！　千葉！」
「おお！」「おー！」
　逆襲あるのみ！　です！

　まずは電気屋さん（１巻登場）を訪ね、山になっている家電廃棄物から電線をいただいてきました。
　これを、僕のママチャリの後輪ダイナモ（発電機）に結線。チャーリーが、白バイのヘッドライトのハーネスを外し、そこに電線をつなぎます。
「準備完了！」
　なんと迅速！　ここまで10分！　さすがチャーリー！

「よし！　こげ！」
　スタンドを立てた自転車を、怪力・千葉くんがこぎだしますと→ダイナモ回り→電流ながれ→白バイのヘッドライトが、

　ぽわ〜〜〜〜ん。

　なんとも不気味に光るのです（←自転車のダイナモは、バイクと異なり交流だが、ライトは交流でも光る）。

　こうして、
「こげ！」→ダイナモ回り→電流ながれ→ぽわ〜〜〜〜ん、

を繰り返すこと数回。
　白バイは駐在所側を向いておりますので、
〝ん？　五十嵐。今、白バイのライト点かなかったか？〟
〝まさか。キーは外してありますよ？〟

　ぽわ〜〜〜〜ん。

〝や‥‥‥やっぱり光ったぞ？〟
〝いや。そんなはずは‥‥‥‥‥‥〟

　ぽわ〜〜〜〜ん。

〝ホ‥‥‥‥‥ホントだ！　な、なんだあれ！〟

「!?」「!?」
　大成功！　あとは「撤退あるのみ」です！
　自転車急発進！　おのずとコードは外れて証拠隠滅！
　の、はずでした。が。

　ピィーーーーン！
「!?」「!?」
　電源コードがピーンと張りつめたかと思うと、
　ユラ‥‥‥‥。
「!?」「!?」
　次の瞬間。

グワッシャ!!!

第13章　走れ！　チャーリー号！　　17

なんと！　白バイ転倒！
「ウ‥‥‥ウソ⁉」
　ウソではありませんでした。何よりの証拠に、駐在さんと五十嵐さんが大慌てで外に出てきまして。
「あーーー！　ほ、本官の白バイがーーーーー！」

「‥‥‥‥‥な、なんで？」
　だってコードはハーネスにつっこんだだけ。引っ張られればすぐに外れるはず？
「なぁ？　チャーリー、ハーネスにつっこんだだけだろ？」
「あー‥‥‥**プラス側は、な**」
　プラス‥‥‥側？
「いや‥‥‥バイクはボディがアースだからよ。そっちは、ボディに結びつけるしかねーだろ？」
　バイクのライトというのは、ハイ・ローがあるためコードは３本。うち１本が共通のアース（つまりマイナス）なのですが、これを間違うと、交流だろうが直流だろうが点きません。したがって、（本来通り）ボディからアースをとる、というのは、最も確実な方法とも言えます。最も確実ではあるのですが。

「ガッチリ？」
「ガッチリ**ネジ止め！**」
　ああ‥‥‥‥。伝達不足でした‥‥‥‥。
　ボディにネジ止めしてありゃ、そりゃ倒れるわ‥‥‥。
　技術者は「ネジ止めはシッカリ！」が、習慣なのでしょう。

駐在さんたちは、謎のライト点灯と謎のバイク転倒で、すっかり泡を食っている様子。
「うまいな。点灯と転倒」
　言ってる場合じゃないよ‥‥‥（泣）。

　幸いにして今回は、ピンクバイもウィンカーを破損しただけだったので、お説教もなく解放されましたとさ。
「なに勝手に都合のいいストーリー作ってる‥‥‥!?」
「あれ？」
「あれ？　じゃねぇ！　ウィンカーだけでも十分すぎるわ！」
「だって、元は駐在さんたちが‥‥‥」
「だってもヘッタクレもあるかーーーーーーー!!」
　駐在さん、怒り心頭！
「そうだ！　本官は、前回もお前らのせいで顛末書まで書いてんだぞ！」（4巻参照）
　白バイ倒壊２度目の五十嵐さんは、なおカンカンです。
「それも、『**高校生の竹が倒れて破損**』じゃ意味がわからん』とか言われて、さんざんだったんだからなっ!!」
「あー‥‥‥それは五十嵐さんの説明が悪いんじゃ？」
「やかましいわーーーーー!!」
「だから、こうして頭下げてるじゃないですか」
「下げ足りん！　お前らは**地核まで頭下げろ**！」

　しかし、駐在さんの弱みも、五十嵐さんの弱みも知り尽くしている僕です。ダテにしょっちゅう謝っていません。
「五十嵐さん。早苗さんは、怒りっぽい男はキライですよ？　**お嫁に行くなら心の広い男性**がいいって‥‥‥」

「な‥‥‥‥！　なんだとぉおお！」
力んではみた五十嵐さんでしたが、
「あーー本官はーー。別にーー怒ってるとかじゃーー‥‥」
　ほら！
　五十嵐さんには早苗さん。惚れた弱み。

　そして、駐在さんには。
「だいたいにして、お前らはなぁあーーーー!!」
「駐在パパも。あまり大声出すと、愛ちゃんが‥‥‥」
（愛ちゃん＝４月に生まれた駐在さんの長女。９巻登場）
「怒鳴り声を聞いて育つと**人格形成上よくない**そうですよ？」
「う‥‥‥‥‥！」
「逆に笑い声を聞いて育った子は、心の豊かな子になるそうです」
「‥‥‥‥‥‥‥。ど‥‥‥どーして君たちってば、そういうことばっかりするのかなー。**あ〜ははは〜〜〜**」
　ほらね〜。
　笑顔は大切です。

　が。さすがに２度目とあって、五十嵐さんもまいった様子。ウィンカーとはいえ、署の補修部品を使うのには、『報告書』が必要なのだそうです。
「すんません。弁償します‥‥‥‥」
　さっきから、そればかり繰り返すチャーリーを、気の毒に思ったのか、五十嵐さん、
「あ？　いいよいいよ。中古部品屋でもあたるから。ウィンカーはCB350以上、共通部品だから特に安いんだ」

「中古部品‥‥‥ですか？」
「ああ。白塗(ぬ)り部分じゃなくってよかったよ。まったく」
（白バイには、当たり前だが特殊な部品が多い）

「五十嵐さん」
「あ？　なんだ？　ママチャリ」
「五十嵐さんは心が広かった、って、早苗さんに報告しときますよ！」
「ば‥‥‥ばばば、ばか！」

「ホントに？　か？」

　＊＊＊＊＊＊＊＊＊＊

　でも、結局のところ、中古部品代は僕たち3人がワリカンで出すことにしました。ひとりあたま300円ちょい。
「わりぃ‥‥‥」
「いいって、チャーリー。3人でやったんだし」
　チャーリーは人一倍肝が小さいので、すっかり塞(ふさ)ぎ込んでいます。
「次の白バイからは失敗しないよ‥‥‥」
　塞ぎ込み方が間違っていないでもない。

　しおしおのチャーリーと別れ、千葉くんとの帰り道。
「なぁー千葉。なんだってチャーリーは、あんなに殺人750にこだわるのかな？」
　チャーリーは、整備工場を営む長兄の影響か、「大のメカ好き」でしたが、乗ることよりは、いじることが好きな

第13章　走れ！　チャーリー号！

のであって、とりたてて大型バイクに憧れも興味も持っていませんでした。
　かといって、あの「ビビリ屋」が、本当かもしれない『呪われたバイク伝説』にのめり込むのは、極めて不自然。
「いじりたいんじゃないのー？」
「750を？　呪われたバイクをか？」
「うーーーーーーーーーーーん」

　この日、家に戻ると、駐在さんから電話がありました。
〝なんかー。五十嵐の白バイのヘッドライトが点かないんだけどー。何をしたのか教えてくれないかー。あ〜ははは〜〟
　笑顔。笑顔。

第3話　呪われた750（3）

　その後も『殺人750』の所在はいっこうにつかめず、そのわりに「殺人750が売っているらしい」という情報だけは、あっちからもこっちからも入ってきました。Ｙ市のバイク屋の数など、たかが知れてるはずなのに実に不思議です。

　そこで、情報通の久保くんが言いだしたのが、
「こりゃ、金融ルートじゃねーか？」
「金融ルート？」
　金融ルート。簡単に言えば〝借金のカタ〟に、乗っている車を押さえ転売してしまう商売で、一般の中古市場より

もかなり格安で流通するらしいのですが、名義変更ができなかったり、そのスジが関わっていたりと問題も多く、健全な高校生には無縁なものでした。
「タマ（売り物）がなくなると、事故車でも水没車でも平気で売るらしいぜー？」
「それ、ありえるぞ！　久保！」「呪われた750だもんな！真っ当には売れないもんな！」
　確かに。ありそうな話でした。「４人死んでる」ということは、『死亡事故車』です。
　しかしながら、金融ルートは、いわば裏ルート。
「裏ルートとなるとー」
「俺らじゃ、ちと、調べようがないよなー」
　ということで、この話は、THE END‥‥‥。

　かと思ったら‥‥‥。
「なぁなぁ。なんとか調べらんねーかなぁ」
　なおもチャーリー、喰い下がります。チャーリーは、元々熱くなりやすいところがあるのですが、今回の喰いつきかたは尋常じゃありません。
「わかったわかった。『殺人750』はある！　実在する！」
「そうそう。チャーリーが正しかった！」「アンタが大将！」
「な？　それでいいだろ？」
　みんなで、なだめすかすのですが。
「いや‥‥‥そんなんじゃなくってよ。ほかに調べる手ないかな？　金融ルート。‥‥‥そうだ！　井上、お前の父ちゃんは？」
「いや‥‥‥‥父でも、さすがに裏ルートまでは‥‥‥」

第１３章　走れ！　チャーリー号！　　23

グレート井上くんのグレート父さんは、確かにこの町きっての大物でしたが、それは表での話。よしんば知っていたとしても、息子から聞ける話ではありません。

「だからって‥‥‥‥**なんでまた俺んとこ戻る!?**」
「だってなー」「駐在、裏ルートだろ？」
「**どういう意味だ！　俺は正規で警察官になっ‥‥**」
「駐在さん、愛ちゃん、愛ちゃん！」
「‥‥本官は、正規に警察官になったのだよ？　あはは〜」
　ああ、便利な愛ちゃん。生まれてすぐに女神様。
「でも、駐在さんは、元アレですしー」
「それ言ったら殺すって言ってあったよねー？　ママチャリくーん。あははは〜」

　ダメでした‥‥‥。笑顔で殺されそうでした‥‥‥。
「あと、金融ルートつったらー‥‥‥‥‥」

「いや、いきなり来て裏ルート教えろって‥‥‥‥」
「お願いします！　支店長さん！」
「だからね？　うち、銀行だから。表ルートの」
　一度、銀行強盗騒ぎを起こした銀行。そう、ゆき姉(ねえ)が勤めていた銀行の支店長さんです（3巻参照）。
　ゆき姉は、寿(ことぶき)退社しましたが、なんてったって僕たちは！
「定期預金者でしょ？　団体扱いの」
「そうね‥‥‥。確か、各自2000円だった‥‥‥かな？」
「2000円でも客は客！」

「そうは言うけど、だいたい君らは、元は銀行強盗なわけでー」
「そこをつかれると痛いなー」
「もっと痛がってね？　なにしろ**強盗**だからね？　**強ー盗ー**！　はい！　言ってみて？」
「GOー……」「TOー……」
「なに英語みたいにかっこつけてんの？『GOTO』じゃなくって『強ー盗ー』。はい！」
「ごーー……」「とーー……」
　たった一度の過ちに、世間の風は冷たい……。

　が。銀行を後にした所で西条くん、
「あ！　そうだ！　いる！」
「え？」
「裏ルートに詳しい人がいるっ！」
　言いだしたのが、

「ゆき姉の〜〜〜〜？」「お兄さま〜〜〜〜？」

　ゆき姉は、西条くんが小学校の頃に通っていた道場の娘さんにして初恋の女性。その兄。つまり、西条くんにとっては「兄弟子」です。
「ゆき姉の結婚式ん時、再会したんだ。ケンイチ兄ちゃんつってな！　昔っから、めっちゃ強くってよー」
　ここまでは理解できました。なにしろ、西条くん本人でさえ尋常じゃない強さ。その兄弟子ってんですから。
「あんまり強すぎて、ヤーサンにスカウトされたんだ」
「ニーさんが……」「ヤーさん……」

「あ。誤解すんなよ？　今は、キッパリ足洗ってー」
「今は‥‥‥？」「何やってる人‥‥‥？」

「ケーキ屋」

「ケーキ屋〜〜？」「ヤーさんがケーキ屋〜〜〜？」
「そう。ゆき姉のウェディングケーキは、ケンイチ兄ちゃんの手作りだったんだ！　な？　スゴイだろー」
　スゴイ。スゴイけど、スゴイのはそこではない。
　ヤクザが足を洗って、まぁ、なんになろうとケッコウなことなわけですが、よりによりによりによってケーキ屋？
「そ。界隈じゃ『ケーキ屋ケンちゃん』*つって、有名らしい」
「ケーキ屋‥‥‥」「ケンちゃん‥‥‥」「て‥‥‥‥‥」
【*ケーキ屋ケンちゃん＝1972〜73年にTBS系で放映された人気ホームドラマ】

　そのケーキ屋ケンちゃん。西条くん曰く「ケーキ屋やるまでは、裏街道をF1カーでまっしぐら！」。
　まっしぐらに走って、行き着いたのがケーキ屋‥‥‥。
「かなりの顔利きみたいだからよ。たぶん知ってると思うぞ？　会ってみるか？　店行けば簡単に会えるぜ？」
　会ってみたいような、みたくないような‥‥‥。
「なんて店？」

「メルヘン」

「メル‥‥‥」「ヘン‥‥‥」

ヤーさんなのに『メルヘン』‥‥‥。
　やっぱり会わずに済めば、それに越した事はなさそうです‥‥‥。アヤしい臭いがプンプンします。

　なのに、ここでもチャーリーはゆるぎませんでした。
「西条！　ケーキ屋ケンちゃんに会わせてくれ！　いや‥‥‥せめて聞いてくれ！」
「ああ。みんなで行くか？　ショートケーキくらいは、おごってもらえるかもしんないぞ？」
「いや‥‥‥」「俺らは‥‥‥」
　全員が躊躇する中、
「メルヘン、俺、知ってますよ！」
「ホントかよ!?　坂本」
　またしても坂本くんが助け舟。
「はい！　ケーキおいしいんですよ！」
「へー‥‥‥」「けど、なぁ‥‥‥」
　食べ物で釣られる僕たちではありません。

「そこでバイトしてるコが、めっちゃカワユイんです！」
「！」「！」「！」「！」「！」「！」
「井上先輩の妹さんといい勝負ですよ？」
「夕子ちゃん、と‥‥‥？」
「はい！」

「行くっ！」
「行くともさ！　ケーキ屋メルヘン！」
「チャーリーの熱意に負けたぜ！」
　煩悩に勝る勇気なし。

第13章　走れ！　チャーリー号！

第4話　ケーキ屋メルヘン（1）

　と、いうわけで、日曜日。有志で行くことになりました。
　目指すはＡ市。ケーキ屋ケンちゃんの店『メルヘン』。
「殺人ケーキ屋ツアー、楽しみです〜」
　混ざっちゃってるぞ？　ジェミー。ある意味、合ってる気もしないではないけど。

　集合場所、児童館前。午前９時。天気は晴れ時々曇り。
　免許のないジェミーは坂本くんの後ろ。原付しかない僕や西条くんも、それぞれ孝昭くんと久保くんの後部に分乗し、総勢６人の中規模ツアーです。
「雨降んなくって、よかったよなぁ」
「ああ。晴れてるうちにサッサと出ようぜ？」
　自転車時代から、ツアーのたび、この会話が繰り返されてきましたが、今年はちょっとだけ違います。
「待ってろって！　俺がもうすぐ免許とっからよ！」とは、河野会長すでに18歳。
「おおお！　河野、もう教習所かぁ。いいなぁ」
「ああ。夏休みには、セレステ*でドライブだぜ！」
　河野会長は、僕たちの中でもいちばん誕生日が早く、４月で免許取得可能になります。対していちばん遅いのが村山くんの３月。いちばん運転がうまい村山くん（２巻参照）が、いちばん最後になるというのもなんとも皮肉。と、この時は思っていました。

【＊三菱ランサーセレステ＝1975年に三菱自動車から発売されたスペシャリティクーペ】

「そいじゃーまいりますかーーーー！」
「行きましょうーーー！　殺人ケーキ屋ツアー！」
　だから混じってるって‥‥‥。

　Ａ市までは、国道を通って片道45分あまり。国道とはいえ、片道１車線の追い越し禁止区間です。
　『異変』は、県道と合流し、制限速度が40キロとなる地点で始まりました。

「おっせ〜〜〜な〜〜〜〜〜〜〜」
　イラついているのは孝昭くん。確かに遅い。制限速度の40キロを切っており、目前には長蛇の大名行列！
「抜いちゃうかーーーーー？」
「そうだなぁーーーー‥‥‥」
　２輪でも、集団になると、追い越しはなかなかたいへんです。黄色車線区間では２輪であっても追い越しは禁止ですので、白バイかパトカーでもいたら即アウト。
　それでも、慎重に１台、また１台。
「五十嵐さんが出ませんよ〜に〜〜〜〜」
　後続車を確認しながら抜いていくと‥‥‥。

「あ。あれだあれだーー、あれ！　あの軽自動車！」
　大名行列の先端まで到達しました。
「あの、すっげー遅いフロンテクーペ＊が元凶だ」
　先頭のフロンテクーペを境に、のびのびと広い道路が広

がっています。
　【*フロンテクーペ＝1971年、スズキが発売した世界最小のスポーツクーペ。360cc全長３mながら、流麗なデザインはイタリアの巨匠ジウジアーロが手がけた】

「見ろよー。後ろのキャラバンも相当キテるぜーーー」
　フロンテクーペの後ろには、大きなワゴン車、日産キャラバンがベッタリ張り付いていました。かなりイラついているようで、激しく蛇行したかと思うと、モロに対向車線にはみ出して抜こうとします。
　ところがフロンテクーペ！　これをちっちゃいボディで俄然阻止！　抜かせまいとばかりに対向車線にはみ出します！
「うわーーー、やるもんだなー。あのフロンテーーー」
「ホントだ‥‥‥‥！」
　　　　パパパーーーーーーーーーーーーーーーー‼
　怒りのキャラバンは、クラクションとパッシングを交互にしかけ、すさまじいばかりのアオリ攻撃！　これから現場にでも向かうのか、９人満載で（当時のワンボックスワゴンは、もっぱら作業員の現場移動などに使われた）、あげくは、窓から顔を出して罵声を浴びせ始めました。
〝どけーーーーーー！　ボケーーーーー！〟
〝運転すんじゃねーーー！　ドヘタクソーーー！〟
　直後、
　カランラン‥‥！
「うぉっ！　あぶね！」
　助手席のヤツが投げつけた空き缶が、フロンテクーペには命中せず、風圧でこっちに飛んできました。

孝昭くん、これを辛うじてクリア。
　連中は、これに気づいて気づかぬフリです。
「野郎ぉお！」「まぁまぁ、孝昭。落ち着けって」

　そうこうしているうちに、前方の交差点の信号が赤に変わりました。フロンテクーペ、キャラバンに張り付かれたまま停車‥‥‥絶体絶命‥‥‥‥。
　かと思いきや。止まるフリだけで全力ダッシュ！　黄色信号ギリギリで交差点を抜けたのです！
　これにブチ切れたキャラバン！　信号を無視して交差点突入！
　パパパパーーー！
　パパーーーーー！
　飛び交う激しいクラクションの怒号をかいくぐり、猛烈な勢いでフロンテクーペを追跡し始めました！

　僕たちも当然赤。憤懣やるかたない孝昭くんでしたが、さすがに停止。後続の久保くんたちも並んで止まりました。
「孝昭ぃーーー、大丈夫かーーー？」
「あ？　まーな。見てたか？」
「見た見た！　すっげーバトルしてやがんなー」
「あれ、キャラバンに捕まったらタダじゃすまねーぞ？」
　暴走族の猛威と、死亡事故の多発（史上最悪記録は1970年）に頭を痛めていた国は、道路の制限速度を一斉に下げ、バイパスというバイパスを『追い越し禁止』としました。この反動か、ドライバー同士の運転をめぐるトラブルが多くなり、あちこちで同様のモメごとを見ることができたものです。

第13章　走れ！　チャーリー号！

予感は当たっていました。
　交差点からほどないドライブインの駐車場。フロンテクーペが、キャラバンの作業員たちに取り囲まれていたのです。
「あーあー。やっぱりなー」「捕まってやんのー」

「降りろーー！　うらぁーーー！」
　ガン！　ガン！
　作業員のアンちゃんのひとりが、フロンテクーペのドアを蹴りつけながら、怒鳴っています。

「西条、助けようぜ？　キャラバンにゃこっちも借りがある！」
「んー、そうだなぁー」
　西条くんと孝昭くんが揃っていれば、アンちゃんの9人くらいは、なんとかなります。
「西条が行かねーなら、俺ひとりでも行くぜ！」
　孝昭くんが、アクセルに手をかけた、と、ほぼ同時でした。

バーン！
　いきなり、フロンテクーペのドアが開き、その反動で、蹴りつけていた作業員がふっとばされました。
「!?」「!?」「!?」「!?」
　運転席から面倒くさそうに降りてきたのは、村山くんほども丈のある大男！
「てめっ！」「ふざけやがっ‥‥‥」

出てきた運転手に、残り８人が一斉に襲いかかった！
‥‥‥。その瞬間。

「はっほ〜〜〜〜〜〜〜〜〜♪」

　かけ声とも叫び声ともつかぬ奇声が聞こえたか、と思うと、
　バシィィッ！
　舞うような後ろ回し蹴り！　蹴りの音ってのは、実際にはほぼ無音、のはずが、はっきりここまで聞こえました。
　次の瞬間からは、
「はっほ！　はっほ！　はっほ〜〜〜〜〜♪」
「ぐぇぇ！」「がああ！」「うぉおお！」
　奇声は、瞬時にアンチャンたちのうめき声に変わり、あっという間に９人殲滅！（←おおよそ実話）
「す‥‥‥すげ‥‥‥‥！」「な、何もんだ？　ありゃ？」
　西条くんも『瞬殺』の異名を持ちますが、そんなもんじゃありません！
　なんてったって、やめない。

「はっほ！　はっほ！　はっほ！　はっほ！」
　相手は１発ノックアウト状態で、地面にへばりついているというのに、まったく攻撃の手を緩めません。戦意はおろか、意識もないような相手をガンガン蹴りつけます！
「はっほ！　はっほ！　はっほっほ！」
　こうなると、一転、イチャモンをつけた作業員たちのほうが気の毒になってきまして、
「さ、西条。止めてやれよ」「死ぬぞ？　あのアンチャン

たち」
「いや、死なない程度はわかってるって」
「はっほっほ～～～～～～～～♪」
「ぐぇええええええ‥‥‥ええ‥‥‥え！」
　そうかなぁ‥‥‥。死にそうだけどなぁ‥‥‥。

「あれって、西条と同じ構えだな」
　孝昭くん。さすが、ケンカの天才には見分けがつくようです。
「同じ流派か？　西条」
「うん‥‥‥」

「‥‥‥だって、アレ、ケンイチ兄ちゃんだもん‥‥‥」

「え～～～～～～～～～～～～～～～～～！」
「あ‥‥あれが‥‥いや‥‥‥あのお方が‥‥‥？」
「‥‥‥‥ゆき姉の‥‥‥お兄さま？」
「‥‥‥ケーキ屋‥‥‥ケンちゃん？」

「はっほ～～～～～～♪」

　とんでもないもんに会いに来てしまった気がする‥‥‥。

第5話　ケーキ屋メルヘン（2）

　まさかの衝撃の出会い『ケーキ屋ケンちゃん』。

すでにＡ市に入っているので、遭遇したって、そりゃ不思議じゃないのですが。
　とにかく見るからに凶暴。身長は村山くんより高く、千葉くんをも上回る肩幅のガタイの良さ！
「よく体おさまってたな‥‥‥。あの軽自動車に‥‥‥」
「たぶん‥‥‥カプセルに入ってたんだ‥‥‥」
「いや、ウィンダム*じゃないんだから‥‥‥」
　【*ウィンダム＝ウルトラセブンに登場するカプセル怪獣。
　　体長40mだが普段はモロボシ・ダンの持つカプセル
　　に収まっている。ポケモンの元祖】
　そのガタイに、駐在さんに劣らぬ人相の悪さにグラサン。白スーツに色シャツという、元の職種がひと目でわかるファッションセンス！　少なくとも、
「メルヘン‥‥‥ってのとは‥‥‥違うよなぁ‥‥‥」
「うん‥‥‥違う‥‥‥」

　僕たちが呆然と見守る中。ケンちゃんは、スタスタとキャラバンの所へ行くと、勝手にドアを開けてカギを引き抜きました。これでアンチャンたちは逃げられません。
　戻ってくるなり、今度は、倒したアンチャンたちひとりひとりの胸ぐらに手をつっこみ、何やらあさっています。
　目的はどうやら免許証。財布から免許証だけを抜き取ると、ポイポイと本人たちの上に返していきます。
　初めて目の当たりにする〝そのスジ〟の手口！
　テキパキと事務的にこなされるその恐ろしさ！
　ケンちゃんが西条くんの知り合いでなかったなら、オシッコちびりそうな光景です。

第１３章　走れ！　チャーリー号！　　３５

やがて人数分9枚の免許証を集めると、ケンちゃん、
「テメェら。なんかオレに言うことあんだろうがよぉ」
　諭(さと)すように言いました。
　誰もこれに答えずにいると（まぁ、倒れてますから）。
　ガッ！
　ひとりの頭をいきなりワシ摑(づか)み！　地べたに打ちつけます！
「テメェら」**ガッ！**「なんか言うこと」**ガッ！**「あんだろ！」**ガッ！**
　うーん‥‥。打ちつける音が台詞(せりふ)の一部になってる（怖）。
　ようやっと。
「す、す‥‥‥すんませんでした‥‥‥‥」
「おーーわかってんなら、**土下座しろぉ、土下座ぁ！**」
　全員が、ヨロヨロと姿勢を変え、土下座。いやはや、とんでもない車を煽(あお)ったものです‥‥‥。

　ケンちゃん、免許証の写真と変形した顔を照合しながら、
「運転してたのはーーー富樫(とがし)か。富樫っつうんだな？　オマエ」
「はい‥‥‥‥‥」
「お前(め)らよぉ。あそこは『40㎞制限』ってお国が定めてんだよ、お国がぁ！」
「はい‥‥‥‥‥」
「オイラが、それキッチリ守ってんのによォーー。**それアオるたァ、どういう了見(りょうけん)だ！　くらァァア！**」
　さすが元モノホン、大迫力！
「オイラがなんか悪いことしましたかぁ？　**ェエ？　富樫ィ！**」

「す‥‥‥‥すいませんでした」

「さっきオイラのフェラーリ蹴ったのはーー、**淳司！ 淳司っつーんだな！ お前！**」
「は‥‥‥‥はい‥‥‥」
「淳司よー。**フェラーリ**はよー。修理代たけーんだよ」
「‥‥‥‥フェラーリって、その軽」「**フェラーーーーリ！**」
「‥‥‥‥ですからスズキのフロン」「**フェラーーーーリ！**」
「はい‥‥‥フェラーリ‥‥‥傷つけてすんません‥‥‥」
　元ヤーさんは、軽自動車のフロンテクーペをフェラーリに変えることもできる大魔法使いでした‥‥‥。

「べ、弁償させていただ‥‥‥」「**誰がそんなこと言った!?**」
「は‥‥‥はい‥‥‥でも‥‥‥‥‥あの‥‥‥‥‥」
「**俺がたかだかフェラーリの１台２台で騒ぐ男に見えるかあ？　ぁあああん？**」
　ものすごく景気のいい話です。魔法が使えれば、軽自動車でもこんなにリッチ。
「お‥‥‥おみそれしました！　すすすすいません‥‥‥」
　再び地面にめりこむほどの土下座に、
「ふむ‥‥‥‥」
　ケンちゃんも落ち着きを取り戻したかのようでしたが。
『真の恐怖』は、ここからでした。

「お前ら。あれだけイライラするっつーのはな？」

第１３章　走れ！　チャーリー号！　　　３７

「はい‥‥‥‥」
「甘いもんが足りねーんだ！　うん」
「はい？」
「そこでだ！」

「ちょうどオイラが**ケーキ持ってんだけど、**な？　食ったほうがいいかもなぁー」
「‥‥‥は‥‥‥はい？」
「だからよっ！　甘いケーキ食ったほうがいいっつってんだよ！　イラつかねーよーによっ！」
「は‥‥‥？　はいーー‥‥‥」

「１個80円だけど。何個食う？」
「‥‥‥はぁ？」
「１個80円で売ってやるっつっつってんだよっ！　甘〜〜い甘〜〜いケーキをよっ！」
「あ‥‥‥はい‥‥‥じゃ、それぞれ１個ずつ‥‥‥」
「いや！　富樫は、もうちょっと食ったほうがいいな。ウン。あのイライラは甘いもん、ぜんぜん足りてねぇ」
　顔を見合わせ、相談するアンチャンたち。
「そ、そいじゃ‥‥‥‥」「ひとり２個ずつ‥‥‥」
「ん〜〜〜。**ひとり３個ぶんくらいあるけど。どっしよっかなーーーぁあああああ」**
「あ‥‥‥。じゃ」「ひとり３個ずつ‥‥‥」「食いたいス‥‥‥」
「そっか！　食いたいか！　お前らも！」
「は、はいー‥‥」「食いたいっス‥‥‥」「ケーキ‥‥‥」

「まいどありっ！」

　真っ昼間の国道沿いで繰り広げられた恐喝劇に、僕たちは啞然とするばかりです。
　だって脅したのがケーキ。しかも定価販売。

　ケンちゃんは、フロンテクー‥‥‥フェラーリの助手席からケーキをプラケースごと持ち出すと、給食のように、アンチャンたちに配り始めました。
「うん。お前のチリヂリ頭はモンブランだっ！　モンブランの頭してるっ！　うん！」
「ど‥‥‥ども‥‥‥」
「淳司は、いちごタルトな！　いちご！　果物とれっ！」
「ハイ‥‥‥。ありがとうございます‥‥‥」
　無理やりケーキ買わされたあげく、礼まで言わされています。

　ところが‥‥‥‥。
「あ！　うめぇ！」「ほ、ほんとだ！　うめ！」
「こんなうまいケーキ、食ったことないッス！」
　食べた先から、口々に出る絶賛につぐ絶賛！　どうやら本当にうまいらしい。
「だろ〜〜〜。俺が精魂こめてんだ。マズイわけがねぇ。**お前にゃタルト１個オマケにつけてやる！」**
「え！　いいんスか？　ありがとうございます！」
　殴り倒した相手を、すっかり懐柔。
「80円なっ！」

「え?　あ‥‥‥はい?　でも‥‥‥オマケって‥‥‥」
「まいどありっ!」
「はい‥‥‥‥‥」

　う～ん。すごい販売方法だ‥‥‥ケーキ屋メルヘン。

第6話　ケーキ屋メルヘン (3)

　キャラバンのアンチャンたちが、イラつき防止用ケーキをほおばっている間、ケンちゃんは、取り上げた免許証から熱心に何か書き写していました。
「よし!　お前ら、呼んだヤツから来い!　まずは**雄介**!」
「オ、オスっ!」
「これ、お前の免許証な。大切にしろ」
「あ、ありがとうございます!　た、大切にします!」

「それから、これ!」
　免許証といっしょに、なにかピンク色の紙を渡しました。
「なんスか?　‥‥‥‥これ」
「あ。それスタンプカード。いっぱいになると500円分ケーキ割引になんだ」
「え‥‥‥す、すたんぷかーど‥‥‥?」
　恐喝相手にスタンプカード。画期的顧客獲得法です。
「お買い上げ100円ごとにスタンプ1個。まぁ**半年くらいでいっぱいにしろ**」

いっぱいにしろ、っていうスタンプカードってあるんでしょうか？
「え‥‥半年‥‥‥っすか？　そんなにケーキは‥‥‥」

「ああーそういえば前にもなーー、そのスタンプカード持ったまま１年たってもうまんないヤツいたけどなァー。そいつのカードは**今は青いん**だ！　どうしてだと思う？」
「さ、さぁ‥‥‥‥？」
「うん。うちのカードはピンクだが、**市立病院の受診カードは青いんだよ〜〜〜〜**。雄介はピンクと青、**どっちのカードがいいいいいい？**」
「あ‥‥‥はい！　か、必ずいっぱいにしまっス！　必ずっ！」
「そうか！　それがいい！　住所録(と)っちゃったし！　今日はよ！　特別に10個押しといてやったからよ！」
「え！　ほ、ほんとっすか？　あ‥‥‥ありがとうございますっ！」
　ありがたがってるし。
「いいってことよ〜〜。雄介ぇ〜〜、お前と俺との仲だ！」
　恩売ってるし。

「次ぃ！　冨樫っ！」
「押っス！」
　まるで通知表でも配るかのように、次々と「強制的」スタンプカード会員を増やすケーキ屋メルヘン。
　やがて９人全員がスタンプカードを受け取ると、
「そいじゃ〜〜〜ワタクシどもは‥‥このへんでー‥‥‥」

第１３章　走れ！　チャーリー号！

「し、しつれーしま〜〜〜〜〜〜す‥‥‥‥」
 そそくさとキャラバンに戻ろうとしました、が‥‥‥。
「あ！ 待て！ お前ら！」
「は、ははははは、はい!!」「な、ななな、何かまだ？」

「お誕生日にはスタンプ２倍だから〜」
 なんとキャンペーン付き！

 これがあの「ゆき姉」のお兄様‥‥‥‥‥。
「な？ スゲぇだろ？」と、西条くん。
「う‥‥‥‥うん‥‥‥‥」「スゴすぎる‥‥‥‥」
「ウェディングケーキまで作っちゃうんだぜ？」
 だから、スゴイのはそこではない。

「おーーい！ ケンイチ兄ちゃーーーーーーーん！」
 キャラバンがソロソロと出ていったところを見計らって、西条くんが声をかけました。
「ぁあん？」 振り向くケンちゃん。
 グラサンの下から確認するその目つきは、やはり、『ケーキ屋さん』のものではありません。いえ、『ケーキ屋さんの目つき』を特に知っているわけでもないのですが、ケーキ作るのに「あんなするどい目つきはいらない」ってことはわかります。

「ケンイチ兄ちゃーーーーーーん！」
 駆け寄る西条くんに
ビュッ！
 なんとケンちゃん！ 至近距離で、いきなり本気(マジ)パン

チ!?
　パシィッ！
　西条くん、これを辛うじて左手で受けとめました。

「お。お前、西条じゃん」
　え！　パンチしないと確認できないワケ!?
　よかった‥‥‥西条についていかなくて‥‥‥（怖）。
「腕ぇあげたなぁ。西条ー」
「ケンイチ兄ちゃんこそ。あいかわらず！」
「ぁあ？　見てたのか？」
「見てた！　恐喝！」
　ビュッ！　パシィッ！
「わはははははは！」「あはははははは！」

「成長したなぁ。ゆきの着替えノゾキに道場通ってたみたいなもんだったのになー」
「うん。ケンイチ兄ちゃんに、のぞき穴のショバ代ゆすられたっけなー」
　ビュッ！　パシィッ！
「わはははははは！」「あはははははは！」
　2人が、かなり独自の方法で旧交を温め合っている所へ、恐る恐る近づきますと‥‥‥、
「ぁあああん？」
　ケンちゃん、例によってグラサンの下からにらみつけます。
「あ。ケンイチ兄ちゃん。こいつら、俺のダチ」
「西条のぉおお？　おともダチぃいいいいい？」
　ああ‥‥‥語尾がいちいちおっかない‥‥‥。

第13章　走れ！　チャーリー号！　　43

「こ、こんちは‥‥」「ども‥‥」「はじめまして‥‥」
　すると、ケンちゃん。僕をいきなり指さしまして、
「お前ぇ！」
「え！　ぼ、僕ですか？　は、はい？」

「ガチャピンの中にいた？」

「い‥‥‥いえ、いません‥‥‥人違い、です‥‥‥」
「なんだ。じゃ、興味ねぇや」
あービックリした、あー死ぬかと思った。
　ケンちゃんの「興味」っていったい？

　とにかく、ケンちゃんと正面切って平気なのは、旧知の西条くんと、かろうじて孝昭くんだけ。孝昭くんはまぁ、姉がアレですし、チンピラ慣れもしてますから、そりゃ大丈夫でしょうけど。ほかのメンバーは戦々恐々。
　ケンちゃんに比べたら、同じヤーさんでも、竜ヶ崎神社で戦った片桐（4巻登場）のほうが普通にさえ思えます。

「今、ちょうどケンイチ兄ちゃんとこ向かってたんだよ」
「あーん？　俺の店ぇえ？」
「うん。電話しといただろ？」
「ウーン。**ご注文のお電話以外は聞こえないように**なってっからなぁーー」
　便利な耳です。商売人です。
「ほら。金融ルートの話。中古バイクの‥‥‥」
「あーーーーーーーーーーーっ！」
　ビクゥッ！

突然、大声出さないでもらいたい‥‥‥。
「コイツがどうしても知りたいっつーんだ」
　西条くんが、チャーリーを紹介しました。
「よ、‥‥‥よ、よろしくお願いします‥‥‥‥」

「ふうーーん。なら、別にここでいいだろがよ？」
「店でなきゃダメなんだっ!!　絶対に店なんだっ!!」
　西条くん。元ヤーさんで兄弟子の提案をキッパリ拒絶！
　なぜなら、店には**「かわいいバイトの子がいる」**から。
「そ、そうか。わ、わかった‥‥‥」
　ケンちゃんが初めて押され気味。
　すごいぞ西条！　すごいぞ煩悩！

「なら続きは店だ！　お前ら単コロか？　んじゃ俺のポルシェの後ろ付いてこい！」
　フェラーリじゃなかったのか？　元フロンテクーペ。
　さっそうと軽のポルシェに乗り込むケンちゃん、
「あ。そうだ！　お前ら！」
「は、はい」「なんでしょう？」

「お前らも、スタンプカード、いる？」
　いりません。絶対に。

第7話　ケーキ屋メルヘン（4）

　僕たちはケンちゃんを誤解していました。

それまで僕たちは、あの「ケーキ恐喝」劇は、ケンちゃんが〝最初から仕組んだもの〟と思っていたのですが。
「ケンちゃん、おっせ〜〜〜〜〜〜〜〜〜〜！」
　ケンちゃんのフロンテク‥‥‥フェラー‥‥‥ポルシェは、普通に時速40キロ以上、出なかったのです‥‥‥。
　ものすごいバックファイヤーを起こしながら、フロンテク‥‥ポルシェは、僕たちを従えてまたもや大名行列！
「速度‥‥‥守ってたんじゃなかったんだな‥‥‥」
「うん。すっげー迷惑‥‥‥‥」

　国道から一般道に入って、市街地より少し裏手の駐車場に、フロ‥‥‥ポルシェは停車しました。停車はしたものの、キーが抜かれても、エンジンはブルブルとしばらく止まりません。いわゆる『ディーゼリング現象』です。
「ケンイチ兄ちゃん。ボロだなーこのフロ」「**ポルシェ！**」
「ボロなポルシェだなー。この**フロンテクーペ！**」
　ビュッ！　パシィッ！
「わははははは！」「あはははははは！」
　また始まった‥‥‥。武道家ってみんなこうなのか？

　ここで、恐る恐るチャーリー。
「それ‥‥‥たぶん‥‥‥キャブ*が詰まってるんです」
【*キャブ＝キャブレター。空気と燃料を混合する装置】
「へぇー。わかんのか？　ちっこいの」
「チャーリーは車くわしいんだ。中学で自動車作ったほどなんだぜ？」と、西条くん。
「ふーん。そいで金融ルートなんぞ知りたいのか？」

あ‥‥‥‥‥。
　ケンちゃんがそう言ったことで、僕にも、チャーリーがなぜ殺人750にこだわっているかが、わかった気がしました。
「いや‥‥‥あの‥‥‥、よかったら、俺、見てみます！」
「そいつぁ助かるなぁー。ベタ踏みで40キロしか出なくってよー」
　やっぱり。

「そ、それじゃ、俺は、ここでケンイチさんの車見るから。みんな先に行っててくれるか？」
　ビビリ屋チャーリー、肝心なところへきて敵前逃亡？
「いいけど、工具あんのか？　チャーリー」
「バイクに積んである」
「わかったチャーリー！」「がんばれチャーリー！」
　でも、ほかのみんなの目的は、一刻も早く「バイトのかわゆい女の子を見る」ことですので、ここは快諾です。

　こうして、主役のチャーリーを駐車場に残したまま、ケンちゃんに連れられ表通り。
　本当にありました！『洋菓子メルヘン』！
　存在自体ビックリでしたが、もっと驚きはその外観。
「パステル‥‥‥」「元ヤーさんなのにパステル‥‥‥」
　店名通り、パステルピンクのメルヘンチックなお店は、いかにも女性客に好まれそうですが、経営者は元ヤクザ。
　実際、店内は若い女性でにぎわっていました。その中に混じって、おおよそケーキ屋に似合わぬ「いかついお兄さ

ん」が数名。おそらく『強制会員』の方なのでしょう。
　恐るべき客層の広さです。『洋菓子メルヘン』

「でーーー？　なんの話だっけ？」
　ケンちゃんは、僕たちのために、わざわざ店の表にテーブルと椅子(いす)を用意してくれました。
「あーっと、その前にケンイチ兄ちゃん‥‥‥」
　西条くんが説明するに及ばず、なんと噂の「バイトの子」とおぼしき子が、ケーキセットを運んできてくれたではありませんか！
「おこしやす〜♡」
　京言葉‥‥‥!?
　正直なところ僕は、「かわいいバイトの子」情報は、チャーリーの孤立を見かねた坂本くんの「口からデマカセ」と思っていました。だって、「夕子ちゃん並み」の子が、そんなにゴロゴロいるはずないのであって‥‥‥。
「どうぞ〜♡」
「あ‥‥‥ど、ども」
　でも、本当でした。「夕子ちゃん並み！」とまではいかないまでも、確かにキュート！　メガネこそかけていますが、垢抜(あかぬ)けた雰囲気が、なんとも魅力的です。
「ほな、ごゆるりと〜♡」
「ごゆるりしてきま〜〜〜〜〜す♪」

「あーー。そういうことかーー。西条も進歩ねぇなーー」
「ケンイチ兄ちゃん！　ダレ？　あれ、ダレ？」
「まずヨダレふけヨダレ‥‥‥‥。アイツはなー。女房の姪(めい)っ子なんだ。年は確か西条と同じはずだな」

「へー。姪御さん」「同い年！」「なんか垢抜けてるゥ♪」
「まぁ。京都から来たんだ」
「京都！」「やっぱりー」「舞妓はんって感じするゥ♪」
「和菓子屋の娘でな」
「和菓子！」「やっぱりー」「八つ橋って感じするゥ♪」
「しかも、おフランス生まれだからな」
「フランス！」「やっぱりー」「ボンジュ〜ルゥ♪」
「‥‥‥‥お前らの目にゃ、ポリシーってものがねぇのか？」
　言われちゃいました。

「ただなぁ、あの子にゃよー。ちと気の毒なとこがあってな」
　気の毒なこと‥‥‥？　あんな明るそうな子に？
「記憶がよ。すぐ消えんだ‥‥‥‥‥」
「え‥‥‥‥‥」「記憶が‥‥‥‥」

「それで2つ以上注文しない客は覚えられないんだよ〜〜」
　またこの人は‥‥‥‥。そんな手に誰が。
「あ！　もうひとつ注文いいっすか？　ケンイチさん！」
「あ〜〜〜。俺も俺も」「おいらも〜〜〜〜〜〜」
「おネエさん！　オレ、もう２っつ〜〜〜〜〜〜」
乗るのかよっ!!

第１３章　走れ！　チャーリー号！

第8話　ケーキ屋メルヘン（5）

　みんなが大騒ぎする中、僕はなるべく彼女を見ないようにしていました。その子には、加奈子さんとも夕子ちゃんとも違う、強いて言うなら、早苗さんのような？　人を惹きつける力みたいなものがあって、そこはかとなく〝危険な香り〟がしたからです。いわゆるプチ〝魔性の女〟？
（この女の子こそが、後々、僕たちを翻弄しまくるのですが、それは後の巻にとっておきまして）

　京女に、すっかり骨抜きの西条くんたちに代わりまして、
「ところで、ケンイチさん。金融ルートの話なんですが‥‥‥」
「別に『ケンちゃん』でいいぜ？　妹のゆきが世話んなったんだってなぁー？　お前」（3巻参照）
「いえ‥‥‥お世話かけたのは僕たちなんですが‥‥‥」
「銀行強盗ゴッコしたんだってな！　**本物の銀行で！**」
　げ。つつ抜け？
「あの話、気に入ったぜ〜〜〜〜〜〜〜〜！」
　世の中、何が気に入られるかわかりません。やはり銀行強盗はしてみるもんです。
「今どき、預金持って銀行に強盗入るバカなんてのは、ヤクザん中にだっていない！　**たいしたバカ**だ！　**すごいバカ**だ！　**バカの王様**だ！　うん！」
　褒められてんでしょうか‥‥‥？

「あー。そうだ。金融ルートの話だったな。知ってるぜ？」
「さすが！」さすが元ヤーさん！
「こんなど田舎（いなか）じゃ裏社会自体狭いからな。みんなお顔見知りってわけよー」
「へー」
「何を隠そう、今、ちっこいのに修理してもらってるポルシェが金融ルートから奪っ‥‥‥ご購入した車だからな！」
「そうだったんですか!?」
（今、一瞬、「奪った」って言い損ねたよな‥‥‥？）

　ケンちゃんの話によれば、そのスジのかたがたは、たいていが金融ルートで車を入手しておられるのだそうで。
「だから駆け出しの若いのでも、セドグロ*だの外車だのが乗れるってワケだ」
「なるほどー‥‥‥」
【*セドグロ＝日産の高級車セドリックとグロリアのこと。
　当時はまだベンツは普及しておらず、ヤーさんの高級
　車といえば、セドグロ全盛だった】

　その割に、ケンちゃんは、なぜかボロボロの軽自動車。
「アレか？　アレはまーーー、ケーキ２個だったからなぁー。あんなもんだろ」
　ケーキ２個って‥‥‥。１個80円って言ってましたから、80円×２＝160円？　車が160円？
「店建てちまったから金なかったしな。だからよー、最初っから調子わりんだが、直せってのも気ひけてよ」

第13章　走れ！　チャーリー号！

160円じゃそうでしょうとも。

「そういや、西条。修理どうなった？　だいじょぶか？　あのちっこいの」
「チャーリーなら大丈夫だって。そのへんのメカニックなんかよりずっと上なんだぜ？」
「ん〜〜〜〜〜、ちっと見てくっか。フェラーリ」
　ポルシェでしょ？

　駐車場へ戻ってみると、チャーリーは、かなり本格的に車をバラしていました。いつの間にか坂本くんも手伝っています。
　開いているボンネットを見るなり、ケンちゃん、
「うわぁあ！　エ、エンジンがねぇーー！　どこやった！」
「フロンテクーペはリアエンジンだぞ？　ケンイチ兄ちゃん」
　（フロンテクーペはRR（リアエンジン・リアドライブ方式）。エンジンは普通の車でいうところのトランク部分にある。そういう意味ではポルシェと同じ）
「も、もちろん知ってたぜ〜〜〜。ギャグだ、ギャグ！」
　ビュッ！　パシィッ！
「わはははははは！」「あはははははは！」
　知らなかったようです。

「どう？　チャーリー」
「うん。もう……少し………」
　しかし、チャーリーの作業は、それから延々と続きまし

た。
　空模様が怪しくなってきたこともあって、西条くん以外のメンバーたちが全員帰宅し、それでもチャーリーはやめようとしませんでした。もっとも、エンジンがバラバラですから、ここでやめる、というわけにもいかないわけですが。

　修理は、とうとう夕方に突入。
「ほらよ。照明持ってきてやったぜー？」
「すんません‥‥‥思ったより重症で‥‥‥」
「ま。壊したっていいからよ！　フェラーリの1台や2台」
　世界一安いフェラーリ。実質ケーキ2個分。
　照明がともされた駐車場で、チャーリーと坂本くんの作業はなおも続きました。
　西条くんは、店と駐車場とを行ったり来たりしていましたが、僕は、ときおり照明係を買って出たりしながら、ずっと駐車場側にいました。
　なぜなら、店には〝プチ魔性の女〟がいたからです。僕には和美（かずみ）ちゃんというリッパな彼女がいるわけで（9巻参照）、ここは操（みさお）を立てないと‥‥‥。

　なのに途中。
「きばってはるなぁ♡」
　なんと！　あの女の子が、オニギリを持ってきてくれました。恐らくケンちゃんから言付かったのでしょうが、近くに来られると、ケーキの移り香か、ほのかに漂う甘い香りが‥‥‥。

第13章　走れ！　チャーリー号！

（く‥‥‥！　悪霊退散！　悪霊退散！）
　チャーリーは見向きもしません。ただもくもくと作業を続けます。その集中力たるや。

　そして、商店街のあかりも落ち始めた頃に、ようやく。
「よし！　坂本。エンジンかけてみてくれ」
「はい！」
　ブルルルル‥‥‥‥。
　エンジンがかかりました！
　フォーーーン！　フォーーーン！
　2度。3度。空ぶかしすると、フロンテクーペは、小さな体に似つかわぬ咆哮(ほうこう)を上げました。元の「40キロしか出ない」車とは見違えるようです！
「よっしゃーーー！　ケンちゃん呼んできてくれる？」

「直したのか！　すっげぇーーー！　ちっこいの！」
「いえ‥‥‥。遅くなってすんません。そのへん走ってみてくれますか？　俺、免許ないんで」
「おお！　そうかそうか！」

　テスト走行に出たケンちゃんが戻ってきたのは、30分以上もしてからでした。
「どうでした？　ケンイチさん」
「あーーーー、速ぇ速ぇ！　見ろ！　テスト走行の公式ラップだ！」
　公式ラップ？
　ケンちゃんが、懐から出して見せたのは、
「違反キップ‥‥‥‥？」

「おお！　速度出過ぎてよ！　バイパスで捕まっちまったぜーーー！　あっはっはっは！」
　確かに‥‥‥‥。公式ラップ。

第9話　レッド作戦（1）

「すんません‥‥‥」
「いいっていいって！　おめぇが謝るこっちゃねぇだろ」
　当初、粗暴とばかり思われたケンちゃんでしたが、義理に堅く、やさしい面もありました。
「それにしてもたいした腕だなぁ、ちっこいの！」
「いや、俺も。なんか、いじれておもしろかったです！　ケンちゃんのフロンテクー」「**フェラーーーーーリ！**」
「ケンちゃんの‥‥フェ、フェラーリ‥‥‥‥」
　小心者のチャーリーは、まだ対応しきれていないみたいですが。

「で、お前が知りたいってー750売ってる店だがな？」
「わ、わかったんですか!?」
「ああ。金融ダマ専門で扱ってるトコは県内だって数軒しかねぇ。Y市内にゃわずかに1軒だけだ」
　僕たちは〝バイクはバイク屋さんが売るもの〟という固定概念に捕われすぎていました。金融ルートでは、2輪専門などはなく、自動車と一緒に売られていたのです。

「電話かけといてやったぜ？　その『呪われた750』かは

わかんねーが、ベラボーに安いことは確かだ」
「あ、ありがとうございます！　で……いくらでした？」
「今んとこ、9万だとよ」
　坂本くんの「10万を切ってる」情報は本当だったのです。
「9万円……かぁー…………」

　＊＊＊＊＊＊＊＊＊＊

「あーーーー駐在さんが普通に見えるーーーー」
「いきなりやって来て、何言ってんだ？　お前ら？」
　駐在所。かつてここの警察官は、僕たちにとって「最も常識のない大人」でしたが、今や第2位に転落。それもトップとの間には、断崖絶壁のごとき差があります。
　ゆき姉の結婚式には、駐在さんも、師範（ゆき姉のお父さん）の招きで列席されていたので（3巻参照）、あの婚礼には、なんと1位と2位が揃い踏みしていたことになり、そう考えると感慨深いものがあります。イヤな意味で。
「だからなに勝手に来て感慨にふけってんだ!?」
「あ、そうでしたそうでした。駐在さんは、『呪い』って信じますか？」
「ぁあ？」

　チャーリーが『殺人750』にこだわったのは、やはり「750が欲しい」からでした。理由は詳しく話しませんでしたが、その価格が9万円と知って、その決意は揺るぎないものになったようです。
　確かに9万円は、750としては破格ですが、高校生にと

ってけして安い買い物ではありません。しかもあのビビリ屋ですから、実在するとわかってなおさら、『呪い』は、たいへんな障壁となっていました。
「‥‥‥それが俺とどういう関係あんだ？」
「それで、駐在さんが買わないかなぁー、と」
「はぁあ？　なんだって俺が呪われなきゃなんないんだ!?」
「だって、駐在さんは、『呪い』なんか信じないって‥‥」
「それに万一、呪われたとしてもー」
「一石二鳥！」
「バカヤローーーーーーーーーーーー！」
「駐在さん、笑顔笑顔」
「やかましぃわーーーーーーーーーーー!!!」

　ケンちゃんのおかげで、駐在さんがどんなに怒鳴っても平気でしたが、わずか数日で「愛ちゃん笑顔」作戦が効かなくなったのは想定外でした。
「僕ら、なんか悪いこと言ったかな？　井上」
「ものすごく言ってた気がするけど‥‥‥。確かに最近、イラついてるよね。駐在さん」
「あ！　井上もそう思ってた？」
「うん。愛ちゃんが生まれてから、特にひどいような気がする‥‥‥」
　そうなのです。愛ちゃん誕生で舞い上がっていた駐在パパなのに、それから日を追うごとに、着実に怒鳴り方がひどくなっている気がします（怒鳴る原因は棚の上）。

「子育てって大変なのかもね。授乳は夜中でも３時間おき

第13章　走れ！　チャーリー号！

にやんなきゃいけないし」
　西条くん、これに激しく反応。
「え～～～！　それって、奥さん、3時間おきにオッパイ出すってことか!?」
「そりゃ、まぁ……授乳だし……」
「ああ……3時間おきに駐在所たずねたい！」
「………」「………」「………」

　この謎に、喫煙者・孝昭くんは気づいていました。
「駐在。最近、吸わなくなったよな？」
「オッパイをか!?　やっぱ3時間おきに吸うのか!?」
「はあ？　そっから離れろ、西条。タバコだよ！　タバコ！」
　タバコ……！　あ………　言われてみれば………。
　駐在さんは、1日2箱は吸う超ヘビースモーカーです。説教する時には、いつもプカプカと吸いっぱなしのはずが……。
「こないだなんかガム噛んでたぜ？」
それだぁ！

「そうなの。あの人、タバコやめたのよ？」
　奥さんは、実にあっけなく重大なことを吐露(とろ)してくれました。
　そーだったのかー。
「だいぶムリしちゃってるみたいだけど。ウフフ♡」
「でしょうねー。やっぱり愛ちゃんのために？」
「そうね。あとは……経済的なこととか……」
（1975年12月、煙草税の大幅増税に伴い、タバコが50%

も値上がりし、100円のセブンスターは150円に。駐在さんのハイライトも80円から120円になった）

「でも、よくやめましたよねー。駐在さんも」
「どうかしら？　陰で吸ってるみたいだけど。吸ってるの見つけたら、ママチャリくんも注意してあげてね♡」
「ええ。もちろん！」
　もちろんですとも♪♪♪
「でも、それよりいい手がありますよ？」

　実際のところ、駐在さんは、「時々、奥さんに隠れて吸っている」ようでした。
「ウチの食堂来たとき吸ってたぜ？」
　カナリ屋食堂の息子、河野会長に見つかっていたのは致命的。
「こないだもさー。机にハイクラウン*の箱あったろ？　あれ、中身タバコだから！」
【*森永ハイクラウン＝森永が1964年から発売した高級チョコレート。外国タバコを彷彿させるハードパッケージで大ヒットした】
　不良高校生のような見えすいた手口ですが、加奈子さんは、こう言っちゃなんですが「かなりニブイ」ので、気づかれないのでしょう。
　でもねー。さすがにキスすればねー。わかるよねー。

　そう。授けた策は『Kiss』。

第１３章　　走れ！　　チャーリー号！

第10話　レッド作戦（2）

　奥さんにはすすめておきながら、僕はすすめたこと自体を、その週の週末まですっかり忘れていました。
　元より、あの絶世の美女・加奈子さんが、爬虫類とキスすることなど、思い描きたくもないわけです。それはもう、「異種格闘技戦」とでも言いますか、「カマキリに襲われる蝶」とでも言いますか。とにかく「ありえねー」シーンです。
　嫉妬してる？　奥さんに？
　まさかね。百恵ちゃんが友和（呼び捨て）にキスされた時*だって、ヤキモチは焼きました。同じようなもんです。
　【*山口百恵、初キスシーンは1975年公開の映画『絶唱』。
　　相手は現在の夫である三浦友和さん】

　だいたい、僕には、和美ちゃんという「れっきとしたカノジョ」がいるわけで。
「ケーキ屋さん、行ったんですって？」
「え………。な、なんだよ、やぶからぼうに」
　週末は「れっきとした」和美ちゃんと下校デート。
　和美ちゃんは土曜でも部活が遅いので、僕は、西条くんたちと一旦別れた後に、再度学校まで戻り、一緒に下校する。それが「土曜日の恒例」になりつつありました。

「京都弁のすっごいカワイイ子がいたんですってね？　西条くんたちが教室で盛り上がってた」

「あー‥‥‥うん‥‥‥まぁ‥‥‥ね‥‥‥」
「**ふぅ～～～～～～～～～～～ん**」
　女の子ってのは、つき合い始めるとどうしてこうなんでしょうか？

「誤解すんなよ。チャーリーのつき合いで行ったんだ」
「麻生くんの？」
「そう。チャーリーが750を欲しがっててさ」
「750？　麻生くん、去年、バイク買ってもらったよね？」
「よく知ってるなー。そうだよ？　125ccだけどね」
　和美ちゃんは、チャーリーとは小学校から一緒で、僕より長いつき合いです。このため、僕よりもチャーリーについて詳しいところがありました。
「和美、チャーリーと仲よかったもんな」
「ム！　そんなことでゴマかされないんだからーーー！」
「ち、違うって！　だからー、ケーキ屋の女の子なんか見てないって！」
　あえて見ないようにしていました。それがまたヘンに後ろめたかったりもするのですが‥‥‥。

「ホントに？」
「ほんと」
「ホントにホント？」
「ほんとにほんと」
「ホントにホントにホント？」
　女の子は、この無限ループが大好きです。
　男性のみなさん。これに一気にカタをつけるには、

第13章　走れ！　チャーリー号！

「ほんとにほんとにほんとにほんとにほんとにほんと！」
　息が続く限り並べ立てること！（コピペ可）

「ゴメンナサイ……。だって、何度言われてもうれしいんだもん……」
「あ………いや………」
　和美ちゃんは片思い歴４年（９巻参照）。可能なら、同じ年数だけ聞き続けたいのでしょう。きっと……。
　訪れた静寂(せいじゃく)に、そっと寄り添う和美ちゃん。
　人目を避けられる夜の下校は、僕にとって（あるいは和美ちゃんにとっても）好都合でしたが。
　それ以上に、夜道の暗さのドキドキ感……。

〝ママチャリく〜〜〜ん、ママチャリく〜〜〜ん〟
　これがなければ、ですが………（泣）。
　駐在所放送。ほんっと目ざといなぁ……。
　行かなきゃ行かないで、続けて何を放送されるかわかりません。まったく恐ろしい町です。

「どうしたんです？　駐在さん」
　僕を待っていたのは、意外な厚遇(こうぐう)でした。
「うむ。女房が餃子(ぎょうざ)作ったんだけど、余ったんでな。食ってけ」
「え？　奥さんが？　でも………僕、今は外に……」
「腹へってんだろ？　２、３個つまんでけ。ホレ」
「はぁ………」
　それはそれは、おいしそうな餃子でした。

ん？　まてよ？　餃子･･････？

あーーーーーー！　わかった！
「駐在さん。僕、和美ちゃんとは、まだキスしてませんよ？」
「な･････！　な･････！　なな･･････！」
　あ。図星。
　駐在さん、きっと隠れてタバコ吸ったのが、僕が奥さんに授けた「キス作戦」でバレたに違いありません。その腹いせに、僕に餃子をたらふく食わせ、
　　　　　↓
　そのまま和美ちゃんとキスすると、
　　　　　↓
「イヤ！　ニンニク臭いっ！」という魂胆！　ミエミエ。

「残念ながら、そこまでいってないんですよ～。駐在さん」
「くぅ･･････う･･････！」
　心底悔しそうです。
　が。駐在さんの大人げのなさをナメてました。

〝**そうか～～～ママチャリはまだカノジョとキスもできてなかったのか～～～知らなかった～～～**〟
「な！　なんで放送のスイッチ入れるんですかっーー!!」
　しかも和美ちゃん、スピーカーの真下！
〝**実は、ほかの女の子とは経験･･････**〟　ブチッ！「やめてくださいって!!」

第１３章　走れ！　チャーリー号！　　６３

「わははは〜〜〜！　ま、せいぜい"がんばれ！　オコチャママチャリくん！　略してオコチャリ"
"なんですってーー！　この元暴走族がーーーーー!!!"
"あーーー！　まだスイッチ入ってんだぞ！　バカ！"
"だったら切ればいいでしょーーーーー！"
"あ、コラ！　駐在所の機材勝手にいじんな！　コラ！"
"ガタッ！　ゴトトトッ！"
"2人とも何やってんの！　愛が起きちゃうでしょ！"
"すいませ〜ん"

　こんな放送が町中に流れる地域って‥‥‥。

　＊＊＊＊＊＊＊＊＊＊

「そいつはひでーな‥‥‥」
「だろ？　西条もそう思うだろ？」
「やっぱ3時間おきにチュウしてやがったのかーーー!!」
「いや‥‥‥そっちじゃなくて‥‥‥」
「**ゆるせね〜〜〜〜〜〜!!　駐在ぃ!!**」
「いや、だから‥‥そっちは‥‥‥夫婦なんだし‥‥‥」
「**おぼえてろーーーーーーーーー!!**」
　もはや聞こえていません。

「て、わけでー、『駐在を肺ガンから守ろう作戦』参加者急募！」

そういう運びとなりました。
　普通、禁煙を始めた人がいると、「いかに禁煙を破らせるか？」に固執したりしますが、僕たちは違います。
「ここは駐在の禁煙に極限まで協力しようじゃないか！」
　そうです。徹底的に！　コンチクショってくらいに！
「俺やる〜♪」「オレも♪」「ボクもやります〜♪」
　駐在さんにしかける時は、実行部隊の人材にことかきません。

「そんじゃぁー、ノッポさん部隊からはー‥‥‥‥」
「俺がやる」
「あ？　チャーリーがぁ？」
「なんだよ。ダメなのかよ」
「そうじゃねーけど。だいじょぶか？」
　チャーリーは、ここのところ『殺人750』のことで頭がイッパイで、なかば腑抜けのようになっていたのです。

「殺人750は‥‥‥‥あきらめた。９万なんてどうしようもねーもん‥‥‥‥」
「そっかー。まー、安いつっても９万は大金だよなー」
「ウン‥‥‥‥」
「ここは、いっそのこと『殺人女』にしたら？」
「いらねー‥‥‥‥」

　駐在所には、まだハイクラウンの箱がありました。すでに偵察済み。
　ハイクラウンのラベルには、風味によって赤、黄、青、黒の４色がありますが、河野証人によると「どの色とは決

めていないらしい」ので、全色揃える必要がありました。ハイクラウンは高級チョコですが、箱だけ揃えるのはいたって簡単。
　当時、女子の間でハイクラウンは大流行！　女子を当てれば、必ず持ってきている子がいたからです。

「だからって‥‥‥なんだって僕が‥‥‥‥」
「村山が頼めば、女子は中身があってもくれる！」
　イケメンくんには、イケメンくんの使い道があります。
　なおも渋る村山くんに、孝昭くん、
「村山ぁ。お前３月生まれだろ？　それも月末」
「そ‥‥‥そうだけど？」
「俺は５月生まれだ！　数日違えば、お前、あやうく学年も下だったんだぜ？　言うこと聞けや！」
「わ‥‥‥わかったよ‥‥‥‥」

　ところが。これが大成功。
「20個くらい、集まったけど‥‥‥」
「20個だぁああああ？　ザケんじゃねーぞ！　村山ぁ！　各色１個でいいつったろーがぁっ！」
　集めたら集めたで文句を言われる村山くんです。モテ過ぎたるは及ばざるがごとし。

「中身‥‥‥入ってるのあるけど、孝昭も食うか？」
「いただきま〜〜〜〜す！　村山サン！」
　食うのか？「５月生まれ」のプライドはないのか？
　しかも孝昭くん、食べ始めてから気づきました。
「あ。考えてみたら、姉ちゃんもハイクラウン持って

た！」
　村山くんの苦労っていったい‥‥‥？

　ノッポさん部隊チャーリーは、タバコを加工。
　マッチ全盛時代。タバコにマッチ棒を仕込む、というイタズラが流行ったのですが（タバコに火を点けるといきなり燃えだす）、そのデラックスバージョン。
　ひとつには「イワシの脂」を仕込み、ひとつには「火薬」を仕込みました。イワシの脂は、独特な煙と「んがぁ！」となるような味になり、火薬はゴージャスに花火です。
　本来、火薬を扱うのは、同じノッポさん部隊でも、化学に精通した森田博士が専門でしたが、
「森田じゃ、タバコ１本で駐在所破壊するくらいになる」
「もはやテロだよな、テロ」
　という、もっともな意見で今回は除名。無難な判断です。

「できた～～～～～～～～～～‼」

　さっそく、駐在さんのわずかな留守を狙って忍びこんだ駐在所。時間帯は、「最もタバコが欲しくなる」食後。
「あるある～。ハイクラウン～」
　本当に机にのってます。吸う気まんまん！
「よし！　赤だ！『レッド作戦』開始！」
「ＯＫ！」
　青だったら『ブルー作戦』、黄色なら『イエロー作戦』。黒だったら『ブラック作戦』。かっこいいのですが、実はどの作戦も**内容は同じ**。パッケージの色が違うだけ。

第１３章　走れ！　チャーリー号！

あとは、「駐在さんがどこで吸うのか？」を待つばかりです。
　まぁ、どこで吸おうとイワシか花火。騒ぎになることは間違いありません。きっと、駐在さんも「吸ってしまったこと」を心底、反省されることでしょう。
「楽しみだぁ〜」
「次はイエロー作戦もやってみてーよなー」
　同じだっちゅうに‥‥‥。

第11話　レッド作戦（3）

　西条くんは、さっきからしきりに感心しています。何に感心してるって、今さら「望遠鏡」に。
「駐在おっきい〜〜〜〜〜〜〜」
　子供か？
　かと思うと、今度は逆から覗(のぞ)いて
「駐在ちっちぇ〜〜〜。ってか、駐在所遠い〜〜〜」
　子供だ。

　今回は、遠隔監視のために、望遠鏡まで持ち出したのですが‥‥‥。駐在さん、住居部に入ったっきり。
「まずいなぁ。午後の授業、始まっちゃうぞ？」
「お！　駐在、戻ってきた！」
　と、望遠鏡を覗きながら西条くん。
「マジか？」「ハイクラウンは？」

「それがー、よく見えねーーー‥‥‥」
「って、西条。**望遠鏡さかさまのまんまじゃん！**」
「あ。ホントだ。どうりで駐在、ちっちゃいと思った」
　望遠鏡まで持ち出した意味って‥‥‥？

「お！　ハイクラウン、持ち出した！」「やりぃ！」
　駐在さんがハイクラウンを制服のポッケに入れ、駐在所を後にしたところを、フツーに肉眼で確認。
「どこで吸うつもりかな？」
「やっぱカナリ屋じゃねーか？」
　この時の予測は、河野証言により、本命は『カナリ屋食堂』でした。そのために、カナリ屋には、わざわざ人員まで配置してあったのですが‥‥‥。
「ありゃ？」
　方向が少し違います。公園側でもありません。
　辿り着いたのは‥‥‥。
「げ！　銀行‥‥‥!?」

「こんなとこ来て吸ってやがったのかーーーー」
　確かに銀行ロビーなら、灰皿もあり、タバコ吸い放題（現代のような禁煙エリアはない）。奥さんに見つかる心配もありません。おあつらえむきのソファや、空調まであります。
　しかし、僕たちにとっては完全な「計算外」。喫茶店だろうが食堂だろうが、タバコが多少火花吹いたくらいなら「笑い事」で済みますが、銀行となるとそうはいきません。
　ましてや、あの銀行では、１度GOTO騒ぎ起こしてます。

第１３章　走れ！　チャーリー号！

「ど‥‥‥‥どうする？」
「どうするったって‥‥‥」
　迷っている間にも、ウィンドウの向こうでは、着々と事態は変化。支店長さんが、わざわざ奥から出てこられました。
「し、支店長じゃん」
「なんでこんなとこいんだ？」
　ここの支店長だからです。

　駐在さん、支店長に誘われ、左手奥の応接ソファへと移動したところで、
「まずい！　とりあえず阻止だ、阻止！」
「レッド作戦中止ーーーー！」
　こうなったら、乱入してでも、駐在さんからハイクラウンを取り上げるしかありません！

　ドヤドヤ。
「ちゅ、駐在さん！」
「あ！　君たちは‥‥‥‥！」
　驚いたのは支店長さんですが、かまってられません。
「あのー‥‥‥駐在さんー。ちょっとご相談がー‥‥‥」
「ぁあ？　後にしろ！　お前ら場所もわきまえられんのか！」
　場所をわきまえてるから、言ってるんですけど‥‥‥。
　駐在さんの前には、書類が置かれていて、何やら記載し始めていたところでした。
「そっちで書き終わるまで待ってろ！」
「はぁ‥‥‥‥‥‥‥」

やむをえず、隣のソファで、駐在さんが書類を書き終えるのを待つ事になりました。もう午後の授業が始まってる頃ですが、言ってる場合じゃありません。

"‥‥‥駐在さん、それじゃここと、ここに銀行印を"
"ここですな？　はい‥‥‥"
　低いパーテーション越し、駐在さんと支店長さんのやりとりが続いています。どうやら何かの契約のようですが。
"はい、けっこうです。すいませんね、駐在さん。署には共済もおありでしょう？"
"いやいや、地域あっての駐在所ですから。それに貴行には、**一度とんでもないご迷惑**をおかけしてますし～"
　とんでもないご迷惑？　それって僕たちのこと？

"はい。そこにご捺印(なついん)で。これで手続きは終了です"
"捺印‥‥‥と。は～～～やっと終わった～"
　終わった？
"しかし銀行の手続きってのはメンドーなもんですな～。まるで警察の調書みたいですな。わはははは！"
"いや～すいません。やはり、お金を扱うものですからね"
"どうです？　支店長さんも一服"
　あ？　一服？
"あ。すいません。ちょうど切らしてたとこでして‥‥‥"
　すいませんのに吸うのか!?
「**ちゅ、駐在さん！　待っ‥‥‥！**」
　チャッ。
　遅かった‥‥‥！

第１３章　走れ！　チャーリー号！

シューーーーーーー!!
吹き出す煙!
「んあ‥‥‥!?」「えっ‥‥‥!?」

ピューーー! ピューーー! ピューーー!
飛び散る火花!
「ななななななな! な、なんだ!?」

　あたりはイワシ脂と火薬でモウモウ! 支店長さんは、何が起きたかわからず、花火タバコをくわえたまんま目を白黒させています。
　一方の駐在さんのタバコは、ちょっとばかしイワシ脂の量が多かったのか、すさまじい煙を伴いながら炎上!
「ぅあちっ! あちちちちぃ!」
　駐在さんが、イワシタバコを吹き出したからタイヘンです。その火が、なんと机の上にあった書類の複写用カーボン紙に引火(当時の複写書類はノンカーボンではなく、カーボン紙を挟まなくてはならなかった)!
　カーボン紙ってのは、基本「カーボン(炭素)+油+蠟」ですので、これがまたよく燃えるわけです(←本当)。
「うわーーーーー! しょ、書類がーーーーー!」
「だ、誰か! み、水! 水持ってきて! 早く!」
　銀行内は、騒然!

　そのうちに、
ジリリリリリリリリリ‥‥‥!
　火災報知器が鳴り出しまして、

しゃわ~~~~~~~~~~~~~。

スプリン‥‥‥クラー‥‥‥？

第12話　支店長さんの融資講座

　１時間後。支店長室。
　VIP待遇の僕たち。そのへんの高校生では入れません。
「君たちねー！　ふざけたマネしてもらっちゃ困るんだよ！」
　怒鳴っているのは支店長さんではありません。
　はい。町の消防署長さんです。おかげさまで。
「すいませんでした‥‥‥」
　ずっと土下座。かれこれ30分。

「僕たちは‥‥‥ただ‥‥‥駐在さんの喫煙は体に悪いなぁ‥‥‥と‥‥‥」
「お前ら‥‥‥‥」
　あ。駐在さんだけはわかってくださった？
「ザケんじゃねーーーーぞーーーーーーーー!!!」
　んなわけがないのでした‥‥‥。

「やっとこメンドーな書類書き終わったとこだったのに！燃やしやがってーーー！」
「いや。燃やしたのは駐在さんのタバコ‥‥‥」

「やかましいわっ!!」
　そんな中、支店長さんだけは、冷静でした。やはり「馴れ」ってヤツでしょうか？
「駐在さん。お手数ですが、あちらでもう一度お手続きを……」
「ったくう！」
　駐在さんがほかの行員さんに連れられて出ていくと、消防署長さんも、
「今度銀行で火遊びしたら承知しないぞ！」という、世間ではあまり聞けない注意を残されて帰られました。

　残ったのは、支店長さん。
「はぁ………。私はここの支店に赴任したことを、心底悔やんでるよ……」
　お気持ちはお察しします。
　とはいえ、支店長さん。駐在さんと違い、たいへんできた方で、チャーリーの叔父さんが同じ銀行の上司（3巻参照）ということもあって、僕たちには比較的好意的でした。
「あれって、わざわざ作ったの？　駐在さんに禁煙させるためだけに？」
「はい！」「もちろん！」「イワシ脂が外に染み出さなくするのに苦労しました！」
「ふーん。君たち……、その努力をほかの分野に生かそう、とか思わないの？」
「そうは言いますが……」「なかなかないもんなんですよ」「イワシ脂を生かせる分野って」
「そういうニッチな分野のことじゃないんだけどね……。私が言いたいのは……」

「あのー‥‥‥燃えちゃった書類は‥‥‥‥」
　世間知らずの高校生としては、**駐在さんが燃やした**重要書類が気になります。
「あー。ローン用紙ね。大丈夫。今、書き直していただいてるから」
「ローン？」
「ほら。駐在さんのとこ、赤ちゃんがお生まれになったから。今のスターレットじゃ小さすぎるからって、新車をね。警察官には共済制度もあるのに、わざわざウチで借りてくださってねー。ホント、義理堅い人だよねー」
　駐在さんが新車を買う!?
　それはそれで大トピックスでしたが、チャーリーだけは、この話をまったく別の観点で聞いていました。
「支店長！　バ、バイクはどうなんですか？」
「バイク‥‥‥って‥‥‥‥？」
「車買うのには、お金貸すんですよね！　だったら、バイクならどうですか？」
「もちろん‥‥‥。使途がはっきりしていれば、銀行はお金を貸すのが商売ですから」

「9万‥‥‥‥い、いや、7万でいいんです！　貸してもらえないでしょうか!?」
　なんと！　チャーリー。このタイミングで融資申し込み？
　9万とは。言うまでもありません。『殺人750』の代金です。
　ボヤ騒ぎを起こしたあげくの借金申し込み。しかも未成

年ですから、ケンモホロロ‥‥‥かに思われましたが。
「あのね。麻生部長の甥御さんだったよね。君」

「これは、普通の経営者さんも勘違いされてる人多いんだけど‥‥‥。君たち、お金を借りるのは、『なるべく少なく、なるべく早めに返す』のがいい、って思ってるだろ？」
「そりゃ借金ですから」「当たり前でしょ？」
「うん。ところが銀行ってのは、そうじゃない。『大きい金額を、より返さない人』が上客なんだよ」
「え〜〜〜〜返さないヤツのほうがいいんですか？」
「そう。例えば100万円お貸しして、翌日返されたらいくらになると思う？」
「えっと〜〜〜〜‥‥‥」
「現状の金利だと、だいたい110円くらいだ。ところが1000万円を1年間借りっ放しの人は40万円金利を払ってくれる。どっちがいいお客さんかな？」
「40‥‥‥」「万円‥‥‥」
「そういうこと。7万円でも、1000万円の申し込みでも、銀行としては、まったく同じだけの事務手続きをしなくっちゃいけない。なのに、麻生くんに7万円融資したとして、1週間で返済された場合‥‥‥」
　支店長さんがパチパチとソロバンをはじいて、
「わずか32円にしかならない」
「でも、危険度は‥‥‥」
　金額が多いほどに、「リスク」は増します。
「うん。だから銀行は、調査もするし担保もとる」
「タンポンですかぁ？」

「**たーんーぽー**。タンポポの**たーんーぽー**」
　実にわかりやすい。

「定期あればねぇ。定期を担保にして、そこから借りることができるね。18歳以下でも」
「え！　18歳以下でタンポンですか？」
「いや‥‥‥タンポ、ね？　そう。あとは、保険とか」
「えーーー？　保険でも金借りられるんですか？」
「そうだよ。あまり知られてないけど、積立型の保険には『単貸し制度』っていうのがあってね。積んだお金の95％くらいまで、無条件で借りることができる」

「いずれにせよ未成年で無収入だからね。銀行が高校生相手に融資するってことは、まずありえない」
　ありえないのに、わざわざ教えてくれた支店長さん。その理由が感動的でした。
「君たちももうすぐ社会に出るわけだから。知っておいて損はないと思うよ。勉強になっただろ？」
「は、はい！　ありがとうございます！」
「勉強になりました！」
　午後の授業よりもずっと。

　そういえば。午後の授業‥‥‥‥‥‥‥どうしよ？

第13章　走れ！　チャーリー号！

第13話　約束の場所（1）

　チャーリーは、やはり『殺人750』をあきらめてはいなかった。

　午後の授業を、またしても史上最強の遅刻理由『献血』で乗りきろうとした僕たち（3巻参照）でしたが、献血車の対応は、今までとは豹変していました。
「あんたたちは、400㎖以下は受け付けません！」
「え～～～～！　なんだよ～、それ～～～～～！」
　なんと！　女心と献血車！

　実は、直前。「遅刻の言い訳に利用している」ことを、駐在さんが、献血車のオバちゃんにバラしたのです。
　それまで、僕たちの情熱と血潮を熱烈歓迎していた日本赤十字社も**善意が歪んでいる**ことを重く見まして、献血条件を、いきなり400㎖のみ！　に引き上げたのでした。
「くそーーーーー！」「大人はきたねーぜー！」
　例によって、子供のきたなさは棚の上。
　それでも「背に腹はかえられない」僕たちは、その暴挙としか言いようのない条件を、飲まざるをえなかったのです。
「まぁまぁ、ヤクルトも飲めるから！　はい、手一出してー」（←献血するとヤクルト１本がもらえた）

銀行も日本赤十字社をも巻き込む僕たちと駐在さんの戦争。文字通りの〝血で血を洗う戦い〟になってきました。献血だけど。
「駐在のやつーー」
「おぼえててーー」
　血の気が抜けているので、イマイチ怒りが弱い。
　そこはせめて「おぼえてろ」でいかないと‥‥‥。

　この日の放課後。僕たちは、全員でチャーリーの所に集合することになりました。
　発端は、またしてもチャーリーの愛弟子、坂本くん。
　チャーリーが、銀行に融資を申込むほど真剣と知るや、
「先輩！　なんなら俺が貸しますよ！　750の金！」
　などと言い出したのです。
　坂本くんは、公共事業の請け負いを専門とする水道工事屋の長男で（このおかげで溶接技術を身につけているわけです）、自営業のご子息だけあり、たいへん羽振りのいい後輩でした。
　しかし、
「坂本ぉ。いい気になんなよ？」
「そうだぞ！　金あんならエロ本も買ってくれ！」
「違うだろ‥‥‥？」
　違います。僕たちには、グループの和を維持するために、いくつかのルールがありましたが、その中に『グループ内での半日以上の金の貸し借りを禁ずる』というものがありました。お金が人間関係を破壊することを、高校生なりに知っていたからですが、このルールを決めたのが、誰あろうチャーリーだったのです。

「いや、俺だけって言いませんよ！　だったら、みんなで出し合って‥‥‥」
「ダメだ。ダメなもんはダメだ」
「だって先輩！　殺人750、いつなくなるかわかんないすよ!?　あんな掘り出し物、二度と出ないっすよ!?」
　それでもチャーリーは、坂本くんの申し出を、かたくなに拒みました。

　ところが。西条くんから。
「チャーリー。実はなー。殺人750、買い手ついたらしいんだ」
「え‥‥‥‥‥！」
「昨日、ケンイチ兄ちゃんから連絡あった。一応、ケンイチ兄ちゃんの顔で止めてくれてるみたいだけどな」
「え‥‥‥‥‥！　そ‥‥‥‥‥」
「ほら、チャーリーがよー、殺人750あきらめて殺人女のほうがいいって言ってたしー、俺もそれ以上は‥‥‥」
　それはお前だろうが！

　買い手がついたとあっては、もはや一刻の猶予もありません。
　そこで急遽、このことを、みんなで協議することにしたのです。が‥‥‥‥その場所が。
「裏山？」「チャーリーんちの？」「工場じゃなくって？」
「うん‥‥‥‥」
「ウソだろ〜〜〜〜〜〜〜〜〜〜」
　チャーリーの家の裏山は、標高は100メートル足らずで、山というより、むしろ丘に近いものでしたが、今日に限っ

て400mlも血を抜かれてます。この状態で上り坂はキツい！
「これというのも駐在のせいだー」
「おぼえててー」
　だからそこは「おぼえてろ」でいかないと‥‥‥。

　とりわけ、電車通の西条くんを乗せている僕にとっては、それは『大リーグボール養成ギプス』に匹敵する荒行です。
　そこで！
「ここは駐在さんに責任とって送ってもらおー」
　というのは、誰しも考えつくことです。
「そうかな‥‥‥？」「お前だけじゃね？」

　さっそく駐在所を訪れ、交渉開始！
「僕らが２人乗りしてもいいんですか？　駐在さん」
「なんだ、その脅しにもなってない脅しは‥‥‥」
　もっともですが、ここでひるんではいけません。
「あんな騒ぎになったとはいえ、駐在さんがハイクラウンにタバコ隠して吸ってたのは、まぎれもない事実なんですよ？　奥さんが、そんなセコい手のこと知ったら〜〜〜」
　本格的に脅してみました。我ながらヤな高校生です。
「く‥‥‥‥‥‥！」
　相応の効果があったようです。
　が。駐在さん、思い直したかのように、
「別にそこまで言わんでも、麻生んちの裏山のほうなら、警らに行くついでで乗っけてってやるぞ？」
「え？」
　拍子抜けするほどに寛大。

第１３章　走れ！　チャーリー号！

「どうした？　乗ってかないのか？」
「いえ‥‥‥」「お願いします‥‥‥」
　世の中、やってみないとわかりません。脅迫はしてみるもんです。

　ひさしぶりのシビックパトカー。
「まさか別の山で置き去りとかねぇよなー、駐在ぃ」
「警察がそんなことするか！」
　駐在さんはやります。実際、去年は姫沼置き去りをくらいました（1巻参照）。
　しかし、僕たちの不安をよそに、パトカーは、何ごともなく裏山到着。おかげでいちばん乗りです。
「着いた‥‥‥ありえねー‥‥‥」
「向かったんだから着くのは当たり前だろ」
　そうでもないのですが、ここは素直に、
「ありがとうございます。駐在さん」
「いやいや、なんのなんのー」
　ほら。警察官と高校生にだって、こんな美しい友情が。

　僕たちをパトカーから降ろすと、駐在さん、
「ところで、このへん、公衆電話ってどこかな」
「公衆電話ですか？　麓まで下りないとありませんよ」
「そうかーーー。そこしかないかーーー」
「はい、けっこう距離ありますね。なにか緊急な用事でもあったんですか？」
「うん。緊急っていえば緊急だ。お前らにとってだが」
「はい？」
「お前ら、ハイクラウンの**黄箱と青箱と黒箱**はどうし

た?」

　え‥‥‥‥‥‥‥?

　言われてみれば。ブルー作戦の青箱とイエロー作戦の黄箱‥‥‥。どこにいったのでしょう?
　確かチャーリーが、持ったまんで‥‥‥‥。
「いや、なんか銀行で見た気がしてなーーーハイクラウン」
「え‥‥‥‥‥」「銀行‥‥‥‥‥」
「あれもタバコ入ってたのか? 俺にしかけるための」
「え‥‥‥いや‥‥‥‥‥」
　し、しまった?
「支店長、堅い人だからなーーー。学校に忘れ物として届けるかもなーーー。ハイクラウン!」
　まさか‥‥‥! 最初からそのつもり‥‥‥!
　気づいた時は、後の祭りでした。
「電話だけでも入れといたほうがいいと思うぞ? **公衆電話、麓にあるそうだから! わはははーーー♪**」
　そう言い残すと、パトカーは猛烈な勢いで去っていったのです‥‥‥。
　ブオォ‥‥‥。
　と思ったら、ほどなくバックで戻ってきまして、
「このへん、**マムシ出るらしいから**。気をつけてな?
わはははははーー♪」
　ブオォ‥‥‥。

　く‥‥‥‥! そぉーーーーー駐在ぃーーーー。

第13章　走れ!　チャーリー号!　　83

「おぼえててーーーーーー」

第14話　約束の場所（2）

　いちばん最初に到着したことが逆にアダになりました。結局、麓の公衆電話まで徒歩で下りるハメになった僕と西条くん。
　しかも、電話口で支店長さんは、
　〝え？　ハイクラウン？　確かに預かってますよ。駐在さんが、『定期預金と引き換えにでも渡してくれ』って‥‥〟
　定期預金と引き換え‥‥。
　献血車といい、銀行といい、どうしてこの町は、こんなにも高校生につらい仕打ちをするのでしょうか？

「よーーー。西条ーーー」「せんぱーーーーい」
　ほかのメンバーは、献血で失った「英気」を養ってから来たらしく、公衆電話前についたのは、それから30分もしてからでした。
「早えなぁー。西条」
「まーなー。早いっつーか、フリダシに戻るっつーか」
　後者です。駐在さんのおかげです。
「あれ？　ジェミー、なんで自転車あんだ？　坂本も？」
　西条くんが気づきました。同じ電車通のはずのジェミーと坂本くん、しっかり自転車に乗ってきてます。

「えーっとー‥‥‥俺はー‥‥‥えっとー‥‥‥」

坂本くんのは、見るからに「女子から借りた」風のミモレ*。
　【*ミモレサイクル＝ブリヂストンが70年代に発売した
　　ミニサイクル。スカート丈の『ミモレ』から「スカー
　　トで乗れる」ことをアピールし一世を風靡した】
「おや～～～～～？」「坂本くぅぅぅん？」
「あ‥‥‥！　いや、先輩、そんなんじゃないっス！」
　慌てぶりが、「そんなん」です。
「坂本よー。お前、ルールわかってんだろーなー？」
「わ、わかってますって！」
　僕たちのもうひとつのルール。『好きな子ができたら公表する』。同じ女子をめぐってトラブることを避けるためですが、こちらは、まぁ、あってないようなルールでした。
　ここでは、師匠チャーリーが助け舟、
「西条は、サドル舐めたかっただけだろー」
「ち、ちげーよ！　バカ！　人のカノジョのを舐めるか！」
　おお！
「サドルは、やっぱ加奈子さんのだぜ～～～～♥」
　人の妻はいいらしいです。

　一方、ジェミーの方は、ひと目でわかりました。
「チャーリー先輩んちで借りてきました～。サドル舐めてもいいです～。ペダルも舐めていいです～」
「舐めねーよ‥‥。チャーリーんとこ寄ったんなら、いっそのことスティングレイでも乗ってくりゃいいのによ～」
「スティングレイが公道走れるわけねーだろ？」
「スプリンクラーってなんですか～？」

「スティングレイだよ‥‥‥」「なんでヤなこと思い出させっかな‥‥‥」「ちっとも似てねーぞ‥‥‥」

　スティングレイとは、アメ車の『コルベット・スティングレイ』のことではなく、チャーリーが中学時代に友人と自作した自動車の名前。
　ポンプの25ccエンジンを動力とし、時速30キロくらいで自走することができますが、当然ながら公道は走れません。
「へーーー。すごいんですね！　スプリンクラー！」
**「スティングレイ！　**てめ、わざと間違えてんだろ！」

　しかし、２人が自転車を調達してきてくれたのは助かりました。坂本くんとジェミーを２人乗りさせ、ジェミーが乗ってきた自転車に、僕と西条くんとで乗ることができたからです。
　結局、「普段通り」ですが。

「オ〜〜〜」「エス！」「オ〜〜〜」「エス！」
　裏山の道は、たいした急坂ではありませんが、中腹当たりまでさしかかると、さすがにみんな立ちこぎです。
「オ〜〜‥‥‥」「エス！」「オ〜〜‥‥‥」「エス！」
　西条くんを後ろに乗せた僕は、もはや限界‥‥‥。
「お〜〜‥‥‥」**「エス！」**「お〜〜‥‥‥」**「エム！」**
「かけ声が‥‥‥ヘンだぞ‥‥‥？　西条‥‥‥」
「そうか？　じゃ、オ〜〜〜！　エル！　オ〜〜〜！　エル！」
「ち、力、抜けてきた‥‥‥‥‥」

「しょうがねぇなぁ。どけ！　俺がこいでやる」
「え？　ホントか‥‥？　西条。ありがたい‥‥‥」
　と、思ったら。
「あーーーーー！　**自転車ドロボーーーーーー！**」
「こぐとは言ったが、お前乗せるとは言ってねーーー」

　おかげで、その場所に着いたのは僕がいちばん最後でした。
「ゼェ‥‥‥‥西条〜〜〜〜！　きさま〜〜〜〜！」
「まぁまぁ。下りは運転させてやっから！」
「なぐさめになってないだろ！」

「でー？　見せたいものってなんだよ。チャーリー」
「うん。こっち」
　うっそうとした茂みの中、ろくに整備されていない脇道が１本、奥へと続いています。道路脇の草木が生い茂りすぎていて、自転車は引いていくしかありません。
「気ぃつけろよー。駐在がマムシいるって言ってたぞ？」
「マ、マジかよ！　ジェミー、前歩け！」と、久保くん。
「マムシが出ても死んだフリすればいいです〜〜」
「そりゃクマだろ‥‥‥？」（クマでさえ迷信）
　マムシの前で死んだフリすれば本当に死にます。
「そうだ！　歌うたっていきましょ〜〜！」
「**だから、それはクマっ!!**」

「♪ハイホ〜　ハイホ〜〜〜」
　なのに、なぜか歌っている僕たちです。

第13章　走れ！　チャーリー号！

「♪ふっふんっふっふんふんふん」
　なんでいつも歌詞知らない歌、選ぶかなー……。

　ハイホ〜♪　のみを、10回以上リフレインした頃、樹木の向こう側に、広場が広がりました。ちょっとしたグランドと言ってもいいくらいの平地(ひらち)で、雑草生え放題ではあるものの、舗装まで施してあります。
　その隅っこに錆(さび)だらけになった数台の車と、古いマイクロバスが1台。
「おー！　なつかしいなー」と、千葉くん。
　そう。僕と千葉くんは、かつてここを訪れたたことがあります。

「なんなの？　ここ」
　同じ二中出身でも、井上くんや久保くんは知りません。
「ここは、昔、廃車置き場にすんのに、親父(おやじ)が国鉄から払い下げてもらったんだ」
「へぇーーーー」「すげ！　秘密基地だ！」
　西条くんは、すでに「はしゃぎモード」準備OK。
「昔はもっと車とか置いてあったよな？」
「うん。一度クズ鉄の値段が高騰したことあってさ。ほとんどサバけちゃったんだよ」
「道もなくなってる？」
「もう、車、持ってくることもないからな。国鉄側で封鎖したんだ。今は畑になってる」
　チャーリーは、それが残念でしかたなかった様子です。

　敷地内に入ると、その手前側に平屋の作業小屋があり、

その赤茶けた扉に、白いペンキで、大きく『W.C』
「デカいトイレだなー。チャーリー」
「違うよ。イニシャルなんだよ。俺が書いた……っていうか……俺たちが書いた」
「オレたち？」
「そうだ。チアキ＆………」
　チアキは、チャーリーの本名『麻生智晶』のチアキ。その「C」です。

「Wは………」
「渉くんの『W』か？」
「うん……。ま、そういうこと」
　やっぱりな……。

　実は、先日、和美ちゃんとの下校デートを、駐在所放送で妨害された際。和美ちゃんから、
『麻生クン、中学ン時も750欲しいって言ってたよね？』
『あーーー、言ってた言ってた。そういえば！』
『じゃ………ワタルくんと関係あるのかな………』
　渉くんは、チャーリーとは親も戦友同士で、ほとんど従兄弟同士のようにして育った、言わゆる「竹馬の友」です。和美ちゃんやグレート井上くんとは小学校時代から。僕や千葉くんとは、中学校で一緒でした。

「えーー！　渉のWって。ウソだろーー！　チャーリー！」
　突如騒ぎ出したのは、やはり中学で一緒だった久保くん。
「普通WCつったらよー！　トイレに決まってんだろ

ぉがよ！」
「え‥‥‥。そ、そんなこと言ったって‥‥‥」
「その２文字のおかげでよ〜。すっかり油断しちゃった俺の肛門括約筋はどうしてくれんのよ〜〜〜！」
　腸の弱い久保くん。マムシに緊張が続きましたので、耐えられなかったようです。
「ああ。ここ本物のトイレちゃんとあるぞ？　ほら、あっち」
「お！　ホントだ！　ラッキ♪　神は俺を見捨ててなかった」
　よほど肛門括約筋が大活躍していたのか、本物のWCへとダッシュする久保くん！
「でも何年も使ってないから―。気をつけろよ―――」
「え〜〜〜？　それならそのへんの茂みのほうがましだ！」

　何年も使ってない？
　‥‥‥ってことは渉くんがいなくなってからずっと？
　今さら気づくまでもなく、舗装面を割って生えた雑草たちが、過ぎ去った時間の長さを物語ってはいたのですが。

第15話　約束の場所（3）

　1968年。チャーリーこと麻生智晶９歳。

「渉、左の翼にWって書け。オレは右にCって書く」

小高い堤防の上。2人の小学生が立っています。ひとりは少年チャーリー。その隣に親友、渉くん。
　チャーリーの手には、作りたてのグライダー『ブルーインパルスF86』。いよいよテスト飛行前の仕上げに、2人一緒にイニシャルを書き入れているところです。
　でも、2人一緒に書いたので、
「あ。バカだなーーー！　渉ぅーー！　それじゃMじゃん！」
「え？　智晶クンこそCが左右逆だよ？」
「バカヤロ。渉が逆なんだってーー！」
「ゴ‥‥‥ゴメン」
　チャーリーと渉くんは同い年でしたが、戦友である親の関係（軍隊での階級）をそのまま反映してか、立場はチャーリーのほうが兄貴分でした。実際、誕生月もチャーリーのほうが半年ほど早く、名前もチャーリーからは呼び捨て。渉くんからは「クン付け」です。

「でも大丈夫かな〜、智晶クン」
「大丈夫だ！　だって『ブルーインパルス』だぜ！」
「ウン。根拠わかんないけど。スゴイや！」
　サインした翼の裏側には、ヘンな導火線が伸びています。それは、チャーリーが考えた「グライダー加速装置」。加速装置といったって、ただのロケット花火をバラしてつけただけなのですが。

「いいか。導火線が燃えるのは1秒で15㎜だった。1分ずらすには15㎝あればいいことになる」
「う、うん。そ、そうかな？」

第１３章　走れ！　チャーリー号！

［チャーリーの計算→秒の一単位上は分。mmの一単位上は
cm　∴15mm／秒＝15cm／分］　✗
「このF86が自力で空中を飛べる時間が約30秒だからー。
加速装置の第１導火線を30cmにして30秒後に点火！」
　［チャーリーの計算→30cm＝30秒　理由不明］　✗
「30秒のほうが１分より長いんだね」
「え？」
　ちょっとだけ考えこむ少年チャーリー。
「ま、いいや」
　よくはないと思うのですが。そこは小学生。

「とにかく、その後、左右の加速装置５つに次々点火する。
そうすると５回の加速が行われー‥‥‥。30秒×５倍飛
ぶわけだから150秒！　なんと１分半にもわたって飛行す
る！」
　［チャーリーの計算→150秒＝100秒＋50秒＝１分半］　✗

「だろ？」
「うん！　スゴイよ、智晶クン！　だいぶ違う気もするけ
ど！」
　チャーリー、時間と距離の計算がゴッチャです。しかも
１分を100秒計算。
　ともかく。左右に５つずつの「加速装置」を装着した２
人による自作グライダー『ブルーインパルスF86』は、彼
の計算によれば、１分半にわたって大空を舞い、さらに最
後は「一大イベント」まで控えているらしい。

「じゃ、やろーぜ！　秒読みで一緒に火をつけるんだぞ」

「ほんとに大丈夫？」
「え。大丈夫だって。目の前、川だけだし！」
「だね！」

「じゃ、いくぞ！　……5、4、3、2、1！」
　渉くん、右加速装置点火！
　シューーーーーーッ！
　火をふく導火線！
「あ〜〜〜〜！　渉ぅ！　ゼロで点火だろうがぁ！」
「ゴ、ゴメン！」
「まぁいいや」
　だから、よくはないと思うのですが。
「ゼロ！」
　少年よ。その間にも「時は過ぎている」のだよ。
　数秒も遅れてチャーリー左加速装置点火！

「それーーーーーーーーーーーーーー！」
「飛べーーーーーーーーーーーーー！」

　＊＊＊＊＊＊＊＊＊

「久保ぉーーーーーーーーーーー！」
「たのむよ〜〜。もう声かけんなよ〜〜〜〜」
「いや。野グ○もいいけど、マムシに気ぃつけろよーー」
「**え〜〜〜〜〜〜〜〜〜〜〜〜〜〜**」

「マムシに噛まれたら、心臓に近いほうを縛って毒を吸い出すんだったよな？」

第13章　走れ！　チャーリー号！

西条くん、なんか思いついたようです。
「応急処置ね。でも、虫歯ある人とかはムリらしい。虫歯から毒が入るって。それがなんか？」
「いや。今度はよー。こういうとこに、女子とか連れてきてよーー」
　女子とか？
「マムシにチン○噛まれた～～～　って言ってぇ～～～～～～。**吸い出してもらうっ！**」
「‥‥‥‥」「‥‥‥‥」「‥‥‥‥」「‥‥‥‥」
「‥‥‥‥‥まぁいいや。で、チャーリー。そのWCの中にあんのか？　見せたいもんってのは」
「ん？　うん、そう。坂本、扉開けるの手伝ってくれる？」
「はい！　先輩」
　完全無視する僕たちの後方。西条くんの妄想は止まりません。
「西条は～ん♡　そない動きはったら～吸いにくおす～♡」
　なぜに京都弁‥‥‥。
　女子「とか」ではなく、明確に一個人を指しています。
「あ～～！　そないしたら～～～～毒がぁ～～～～！　毒が出るぅううう」
「はいはい‥‥‥」「西条のは毒だ‥‥‥」

　ところが、このタイミングで野○ソ中だった久保くんが、
「ヘビーーーーーーーーーー！」
　茂みから飛び出してきたからタイヘン！
「**ええええええええええええええええ！**」

「さ、西条、出番だぜ！」
「いや……俺は吸われるほうの話で、吸うほうは……。お、お前やれ！　久保とは二中同士だろ？」
「ぼぼ、僕は虫歯ある！　そ、そうだ！　千葉は『歯の健康優良児』だったろ？」（5巻参照）
「え！　いつのこと言ってんだ！　そ、そうだ！　ジェミー！　女装すりゃできんだろ！」
「絶対やです〜〜〜〜〜！」
　かつてないほど大モメにモメた結論。
「久保！　悪いが、毒まわって死ね！」
「お前のことは忘れない！」
「お経は僕にまかせろ！」
　見捨てることになりました。

「…………え？　何が？　蛇いたってだけだけど？」
　きょとんと、久保くん。
「な、なんだ……。俺はまたてっきり……」
「うん……。チ○○゜噛まれたかと思った……」
「脅かすんじゃねーよ！　バカが！」
　言われなきそしりを受ける久保くんです。
「え……？　みんな、なに怒ってんだ？」

「いいんだ……久保。もう思い出させないでくれ……」
「俺、さっき、ちょっと想像しちゃったよ………」
「僕も……今夜うなされそうだ……」
「行深般若波羅蜜多時〜〜」
　西条くんの妄想のおかげで、思わぬ友情のもろさを露呈

した僕たちだったのでした。
「やっぱ、こういう時のためによー。女子とか仲間に入れたほうがよくおまへんか？」
　どういう時のためだよ‥‥‥。ヘンな京都弁混ぜんなよ‥‥‥。

　ようやく「平静」をとりもどした久保くん。
「そうかぁ‥‥‥。WCのWってなぁ、渉のWかぁ」
　久保くんもまた、渉くんをよく知るひとりです。
「ま、まぁ〜、俺は、最初っからそうじゃねーかと思ってたけどよ！」
「ウソつけっ!!」

・・・・・・・・・・・・・・・・・・・・・・・・・・・・・・
第16話　約束の場所（4）

　左の翼に渉の『W』。右の翼に智晶の『C』
　少年チャーリーたちのグライダー『ブルーインパルスF86』は、きれいに空中へと舞い上がっていきました。

「飛んだぁーーーーー！　智晶クンすごーーーーい！」
「ほらなーーーーー計算通りだ！」
　と、思われましたが‥‥‥すぐさま、
　シューーーーーー！
　先に点火された渉くんの左翼加速装置が作動！
　とたんに、F86は、キリモミ飛行！　当たり前。
「あ‥‥‥ありゃ？」

ここでさらに右翼加速装置に点火！
　シューーーーーーー！
「あ。智晶クン、持ち直したよー！」
　それもつかのま、
　シューーーーーーー！
「あーーーーーー！」「落ちるーーーーー！」
　すでに「飛行」と言えるかどうかもわからない状態に陥ったF86は、めちゃめちゃな軌道を描いて、川とは真逆の民家側へと急降下！
「マ‥‥‥マズい‥‥‥あのままだと‥‥‥」
「となりの土屋さんちに‥‥‥」

ぐぁしゃ！

「ラ‥‥‥ラッキィ‥‥‥。家じゃなかった」
「だね‥‥‥。もっとマズい気もするけど‥‥‥」

　不時着したのは、鶏小屋でした。
コケーーーー!!
**　　コケーーーー!!**
**　　　コケーーーー!!**
　鶏たちにとって、F86の墜落は、まさに青天の霹靂！

「よし！　取りに行くぞ！　こっちだ！　名月！」
「了解っ！」
『名月』というのは、『忍者部隊月光』*の隊員名。この頃の少年たちは、忍び寄る時にはみんな「忍者部隊」でした。

【*忍者部隊月光＝1964年〜66年にフジテレビ系で放映された特撮ドラマ】
「サササ！」「サササササ！」
　わざわざ声に出して忍び寄るあたりが忍者部隊。
　垣根にまわりこみ、鶏小屋の裏手へ。
「よせ！　拳銃(けんじゅう)は最後の武器だ！」
　忍者部隊のキメ台詞です。
　いつの間に持っていたのでしょう？　拳銃。

　２人が、鶏小屋潜入に成功した、と、ほぼ同時でした。
　シューーー！　シューーー！
　残りの加速装置に次々に引火！　勢いでF86が小屋の中で暴れ始めたから大変です！
「あああ‥‥‥！」
コケーーーーー!!　コケーーーーー!!
　コケーーーーー!!
　さらにここで用意した一大イベント発生！　煙幕花火作動！
　そう。本来なら、本物の『ブルーインパルス』のように、大空に煙の線を描くはずが。
　コケーーーーー!!
コケーーーーー!!
「ケホホホ‥‥‥。今だ、名月！　煙にまぎれて」
「でも、ニワトリが。ニワトリ‥‥‥ゲホホ」
　さすがに、土屋さんちからも、何ごとかと出て参りまして。
「**あーーーーーー！　また郵便屋のこせがれ！**」
「こ‥‥‥こんにちは〜‥‥ゲホ‥‥‥」

「よせ、渉。拳銃は最後の武器だ。ケホホ‥‥‥」

　後日。麻生家。
「あれからねぇ。ニワトリ１個も卵産まないんだよ！郵便屋さん！」
「まったく申し訳ないことで‥‥‥」
　玄関先で平謝りの母を、物陰から見守るしかない少年チャーリーと渉くんです。
「ったく、なげーなー。あのカミナリオヤジめ‥‥‥」
「うん。かれこれ１時間くらい怒鳴りっぱなし！」
「え〜〜〜〜〜、100分かよ〜〜〜〜」
　そこが違う。

　＊＊＊＊＊＊＊＊＊＊

「渉のＷかぁ‥‥‥」
「久保はどっちかっていうと、いじめてた側だもんな？」
「い、今さら、よせよ。井上ぇ‥‥‥」
　渉くんの話になると、久保くんでさえ神妙になります。

　なぜなら、渉くんは、中学３年生のある日「こつ然といなくなってしまった」からです。本当にこつ然と。
　中学生の興味本位の噂では、どうやら「夜逃げらしい」のですが、そこに「ヘンな宗教が絡んでいた」説もあり、親たちもそれを口にしたがりませんでした。

　チャーリーは、黙って扉のナンバー錠を解錠していました。「あ、外れた」

第１３章　走れ！　チャーリー号！

「よっしゃー。まかせろ！」
　ズズ‥‥・ズ‥‥‥‥。
　千葉くんが扉に手をかけると、錆びついた、というよりは、砂の摩擦のような音がして開き、中から、モーターオイルとカビの混じったような、どこか懐かしい匂いが溢れ出してきました。

「みんな。入れよ」
「うん‥‥‥」「ああ‥‥‥」「へー‥‥‥」
　雑然とした室内。新しい風が部屋のホコリを舞い上がらせ、唯一左側にある窓のくもり硝子からの光が、軌跡を描いて部屋を照らし出しています。
　見慣れない工具、オイル缶、タイヤ、用途のわからないチェーン、作業着。とにかく雑多な物で溢れる室内の真ん中に。
「それ」は、ビニールのカバーをかぶったまま存在していました。

「チャーリー‥‥‥」「これって‥‥‥」
「うん‥‥‥」
　チャーリーは、僕たちが声をかけるまで、小屋のひとつひとつを懐かしそうに手にとっては置き直し、手をパンパンと払うといった行為を繰り返していましたが、ついには、そのカバーに手をかけ、
「見せたい物ってのはこれなんだ」

　バササ‥‥。

猛禽類の翼の羽ばたきのような音とともに「それ」は、姿を現しました。

「ス‥‥‥‥‥」
「**スティングレイ!?**」

「違うよ。ジェミー」
　確かに違います。それは、僕たちの知る『スティングレイ』よりは、ふた回りほども大きく、造りもはるかに本格的な物でした。
「これはスティングレイ２号」
「２号‥‥‥‥‥」「あったんだ？」
「うん。作ってたんだよ。ステングレイ完成した、すぐ後から、な」
「渉くん‥‥‥と？」
「うん‥‥‥‥‥‥」

「すげ！　本格的じゃん！」
　全員、驚きをかくせません。
　弟子の坂本くんや、車大好きの村山くんも、
「すごい。デフまでついてる‥‥‥」
「デフってなんだ？」
「河野‥‥‥、免許とるのにそんなことも知らないのか？」
「デブより少しやせたヤツのことだよな？」
「ちがうって‥‥‥」
　デフとは『ディファレンシャルギア』の略。車が曲がる際、外側のタイヤが内側のタイヤより回転数が多くなる

第１３章　走れ！　チャーリー号！

「内輪差」を調整する機構で、当然、４輪車には全てついていますが、それを中学生が作ったとなれば驚異的です。

「廃車の軽自動車の、くっつけただけだよ」
「いや〜、それにしたってすげぇよ！　チャーリー」
　その通りです。軽自動車のデフを自作のシャシーに取りつけるには、相当な技術力と緻密な計算が必要です。
「渉は計算、得意だったからなー。俺と違って。ハハ」
　力なく笑うチャーリー。

　しかし。デフまでついているスティングレイ２号でしたが、車としては重要な物がありません。
　そうです。エンジンです。

　チャーリーは、かたわらにあった『スティングレイ２整備てちょう』と書かれたB5版のノートを手に取ると、パラパラとめくりながら、語り始めました。
「俺と渉はな。親父同士も仲よかったんで、ちっちゃい時から一緒に遊んでた。そりゃぁ親戚以上のつき合いだった」
「ああ。戦友、だっけか？」
「戦友っつーか。シベリアで一緒に抑留されてたんだ。ルームメイトっつーか。まぁ、収監仲間だったんだよな」
「シベリア？　終戦ん時だな？」「いや、……終戦後もだよ」

（太平洋戦争末期、旧ソ連が『日ソ中立条約』を破棄して参戦。投降した日本兵や民間人をシベリアに抑留し、過酷

な強制労働につかせた。約60万人の日本人が連行され、30万人以上が死亡したとも言われる。抑留は最終的に1956年まで続いた)
「56年‥‥‥っていうと‥‥‥僕らの生まれる２年前？」
「いやいや〜、村山クンにとっては３年前だろー」
　こんなところでも、生まれ月の差でいばる河野会長。
「あ、だからチャーリーんとこは長男と年離れてんのか！」
　チャーリーは３人兄弟の末っ子ですが、次男までは戦前の生まれで、チャーリーだけが戦後生まれ。このため、兄弟ながら極端に年が離れているのです。
「サザエさんちにおける、カツオだな！」
「ワカメちゃんもいんだろがぁ！」
「サザエさんとこはいいよ‥‥‥この際」「そいで？」

「シベリアじゃよー。食うもんもろくに与えられず、マイナス50度ん中で労働だからな？　同じ部屋の仲間が、ひとり、またひとり、ってな‥‥‥。朝、冷たくなってんだと。そりゃぁつらかったって、親父、飲むたびに言ってた」

「そんな中で、渉の親父とよ、あと２人。親父の部隊で生き残ったのは、その４人だけだったって‥‥‥」
　それが自分たちの生まれる２年前まで現実としてあったことが、驚きであり、衝撃でした。僕たちのまわりには、そんなことを彷彿させる物は、何ひとつないのです。

「シベリアから帰還すると、渉の親父は整備兵だった技術

を生かして自動車と農機具の修理工場始めた。けど、息子と同じで、お人好しな人でな。すぐに行き詰まったらしい。それでウチの親父が、代々の田畑売って買い取ったんだよ」
「ああ、それでチャーリーんち、修理工場やってんのか」
「うん。だからアニキがおっきくなるまで、あの工場は、実は渉んちでやってたんだ」

「うちの親父は金には厳しい人だから。それが田畑売って助けたわけだから、よっぽどの部下、ってか、親友なんだ」
「金にはシベリア！」
「‥‥‥‥‥」「‥‥‥‥‥」「‥‥‥‥‥」
「ウケろよっ!?」
　無理だよ‥‥‥。千葉。

　やがて昭和40年代の大自動車ブームが到来し、「自動車」とつければ商売が成り立つようになります。渉くんの家も別の場所にもうひとつの工場を作って、めでたく復活。
　残った工場は、チャーリーの長兄が引き継いで経営されることになりました。形式上は分家です。

「毎年、お正月には、そん時の戦友４人が、家族ごと集まった。俺も渉もこの日がすごく楽しみだったんだ」
「チャーリーの父ちゃんと、渉の父ちゃんと？」
「あとは、ひとりは東京、もうひとりは愛知の人で、俺たちはそれぞれ『東京のおじちゃん』『名古屋のおじちゃん』って呼んでた」

「特に名古屋のおじちゃんとこは子供いなかったから。渉のことなんか、実の息子みたいにかわいがってよー」

「かわいがって、よ‥‥‥‥」

第17話　約束の場所（5）

　1969年。少年チャーリー10歳。

「渉、いくらお年玉もらった？」
「えっと。まだ300円。智晶クンは？」
「オレもまだ300円だ。おじちゃんたちもなー。なんのために正月集まってんだか」
　別に「お年玉をあげるため」に集まってるわけではないのですが、小学生の目からはそうなのです。

　そこでチャーリー、考えました。
「渉！　お年玉から150円、出せ！」
「え？　どうして？　何すんの？」
「ボール買う！」
「野球のボール？　智晶クンのお年玉で買えば？」
「いや、オレは、200円でプラモ買っちゃったから。あと、30円はジューC買ったしー、10円でカルミン‥‥‥」
「もう使っちゃったの!?」
「今年になってからは、な」

「今年って‥‥‥まだ２日しか経ってないよ？」
「けど、**300円の枠は守ったんだぜー？**」
「いや。遠足じゃないんだから‥‥‥。全財産でしょ？」
　お金の計算においても、チャーリーは渉くんよりずっと杜撰(ずさん)でした。

「で。そのボールで何すんの？　智晶クン」
「ONのサインを書くんだ」
　(ON＝言うまでもなく王貞治(おうさだはる)と長嶋茂雄(ながしましげお)のゴールデンコンビ)
「えーー！　王と長嶋の？　サインボール偽造すんの!?」
　声を潜めるチャーリー、
「実はな。午前中、プラモ屋で清野(きよの)に会ってな？」
「清野って‥‥‥クラスの優樹(ゆうき)クンのこと？」
「そう。清野が言うにはよ。隣のＫ小に、とんでもなく悪賢(わるがしこ)いヤツがいてな？　この手でお年玉荒稼ぎしたらしいんだ」
「うわ〜〜。悪いヤツだね〜〜〜〜」
「まぁ、中学入れば会えるだろうからな。楽しみだよな」
「うん！　でも、おともだちにはなりたくないね！」
　これが、おともだちになっちゃうわけなんですが。

　こうして少年チャーリー。Ｋ小の悪賢いガキを見習って、ONのサインボールを偽造。
「王貞治って、そんなサインだっけ？」
「バカだな。高校時代のだって言えばいいんだって」
「あ！　そうか！　頭いいねー。智晶クン！」

居間では、かつての戦友たちが、テレビの『新春隠し芸大会』など観ながら、一献(いっこん)傾けているところでした。
　まさに期は熟せり！
「東京のおじちゃ〜〜〜〜ん！」
「お！　おいでになったな？　悪戯(いたずら)ボウズども！　どうした？」
「おじちゃん、巨人ファンだったよね？」
「ああ。そうだぞ。ジャイアンツ、君らも好きか？」
「そりゃぁもう！　オレなんかONの高校時代のサインボール持ってんだぜ！　見せてやろうかー」
「ONの高校時代の！　ほぉ！　そりゃすごいな」
　目を輝かせる「東京のおじちゃん」です。

「クイズに答えられたら、このボール、東京のおじちゃんにあげる！」
「え？　王選手と長嶋選手の？　いいのか？」
　すると名古屋のおじちゃんも、
「おお、おもしろそうだなー。おじちゃんも交ぜてもらおうかな」
「え？　でも、名古屋のおじちゃんは中日でしょ？」
「中日ファンだって、王と長嶋は別格さぁー」
　まんまと乗りました。

「それじゃー第１問」「今年は何年でしょ〜」
「とり年！」「とり！」
「ピンポ〜ン！」「２人とも大当たり〜〜〜〜〜」
　ぱちぱちぱち

第１３章　走れ！　チャーリー号！

「第2問」「玉は玉でも子供が大喜びの玉はなーんだ？」
「野球ボール！」「チョコボールだ！」
「ブーーー！　はずれ」「ヒント！　お正月に関係あります」
「お正月〜？」「あーー、わかった！　お年玉かい？」
「当たりーーー！　じゃ、サインボールあげるね！」
「おおおおお！　……でも、王って軟式だっけか？」
「な、軟式？」
　田舎の小学生だったチャーリーは、野球に軟式と硬式があることなど、まだ知らなかったのでした。
「ま、いいや。ありがとう！　これ、すごい価値だよ！」
「でしょ？」「でしょでしょ？」
　わくわくとお年玉を待つ2人。手がソワソワしています。

　一方、名古屋のおじちゃん。しげしげと王選手のサインボールを見ていましたが、
「ところでさー。智晶クン、渉くん」
「はい〜〜」「はい〜〜」

「**玉**貞治って、誰？」
「あ………。こっちも長**鳥**茂雄……」

　正月早々、修理工場に吊るされている2人。
「失敗したね………。智晶クン……」
「頭にお年玉あったもんだから、つい書き間違えた‥‥」
「K小のヤツって、どうやったんだろーねー」
「オレも今それ考えてた。清野の話じゃ、女子もだまし放題なんだってよー」

「悪いヤツもいるもんだね〜。中学入るの憂鬱だよ」
「和美なんか一発かもよ〜？　気いつけろよ？　渉ぅ〜」
「な、なんでそこで和美ちゃん‥‥‥‥」
　でも渉くん。真っ赤です。

　＊＊＊＊＊＊＊＊＊＊

　渉くんが「和美ちゃんを好きだった」という話は、僕も聞いたことがありました。というか、中学入学時、快活で目立っていた和美ちゃんは、実は男子に人気がありました。
　何を隠そう、この男も。
「もっと悪どい小学生？　俺らの小学校にいい？」
　K小出身者、『茂みの似合う男』久保くんです。
「そんな悪どいヤツ、K小にはいねぇよな？　なぁ？」
「あーーー‥‥‥‥どうだったかなーーー‥‥‥‥‥」

番外編
もっとすごい小学生

その小学生は、縁側で、ひたすらボールを磨いていました。
「よぉ。お正月からひとりで何やってんだ？」
「あ、おじさん。見ればわかるでしょ？　ボール磨いてんの」
「なんだって正月からボール磨き？」
「んーーー。売るの」
　小学生はケロリと言いました。
「売る？　お、よく見りゃ、サインボールだな？」
「そ。巨人軍のとか」
「えーーーー！　すごいじゃないか！」
「すごくないの。２軍のだから」
「２軍の？　なんだってそんなもん？」
「県営球場に２軍が来たことあったでしょ？　あの時、ベンチ行ってサインもらってきたんだ。いつか**１軍になったら価値上がる**かもしれないでしょ？」
「なーるほどーーー。先行投資ってわけか！」

「どしたどした？」「何やってんだ？」
　この様子を察知して、ほかのおじさんたちも集まってきました。
「へー。２軍のサインねぇー」「面白いこと考えるなぁ」

「それがねー。こないだこの中に金田(かねだ)ってのがあって」
「かかか、金田？　マジか、こら！」
（金田＝金田正一(まさいち)。現役最多の400勝を達成した伝説の投手）
「うん。それ、友達に30円であげたら大喜びして！」

番外編　もっとすごい小学生　　１１３

「バ、バカか！　金田を30円って‥‥‥」
「金田ならゆうに2000円はいくぞ！」
　まぁまぁそこはガキなんだから、と、ほかのおじさんがとりなします。

「へー。2000円もー。じゃぁ、**土井**も？」
「どどどど、ど、どい〜〜〜〜〜？」
「**末次**は？」
「す、す、すえつぐ〜〜〜〜〜〜？」
「**森**とか？」
「もももも、もり〜〜〜〜？」
　そんなすごい２軍、あったら見てみたい。
　誰も「サインボールがあった」とは言ってません。
「たた、確かに**ダイヤの原石**だよ！　こりゃ」
「そうなの？　ボク、野球くわしくないもん」
「こら、あんまり磨くな。サイン落ちると悪いから！」

「でも、もう、これ全部売るんだ。おこづかいにするの」
「いくらで？」
「いくらって‥‥‥１個50円。元がそうだから」
「バ、バカ！　原価で売ってどうする！」「そうだ！　投資にならんだろうが！」
「だって、いつ有名になるかわかんないし。あ、**長嶋は有名になったよねー？**」
「ななななななな、**ながしまぁっ！**」
　だから「あった」とは言ってない。有名にはなりました。

「そのボール、おじさんに売れ！　な！」「そうだ！　売

れ！　お前みたいなバカが持ってても宝の持ち腐れだ」
「え‥‥‥ダメだよ。こんな誰が書いたかわからないサインボール。柴田ってのは高かったのかなぁー」
「し‥‥‥‥、柴田!?」
　だから「あった」とは言ってません。
「ほんっとバカだな！　お前はぁーーーーー」
「悪いことは言わない。おじさんたちに売りなさい！　な？」

　しばらく考え込んだ小学生でしたが、
「あ。そうだ！　これでおじさん同士がケンカになるのもイヤだからーー。１個ずつ決めてこうよ？」
「１個ずつ？」
「そう。サイン見てさ。それが一流になるか、おじさんたちが予想して、いちばん高い人がそのボール買うの！」
「オークションか！」「そりゃおもしろいな！」
　お正月の親戚のおじさんがた、ってのは、どういうわけか博打好きです。どこのご家庭でも。
「どしたどした〜？」
　ほら。『賭博の匂い』を嗅ぎ付けて、ほかのおじさんたちも集まってきました。
「おもしろいな！」「おじさんもまぜてくれるかな？」

　全おじさんが集合したところで、小学生、
「あ。やっぱやめる。原価の50円でいいよ」
「うるさい！　さっさと始めなさい！　バカ」
「そうだ！　グズグズ言ってないで始めろ！　バカ」
　熱くなっちゃってるので止まりません。

番外編　もっとすごい小学生　　115

「そう？　わかった！　その代わり、どんなボールが当たってもボクは知らないよ？　それでいい？」
「いいぞ！　始めろ！」「早くしろ！」「よーし！　負けねぇぞ！」「昨日の麻雀(マージャン)のカタキとってやる！」

「じゃ、まず〜、この"高橋(たかはし)"ってボール！」
　始まりました。熱きサインボールオークション。
「ん〜。１軍になりそうにない名前だなー。**60円**」
「おじさんは**70円**だ！」「負けるか！　**100円**で買いだ！」

　＊＊＊＊＊＊＊＊＊＊

「って、やっぱ、お前だったのかぃっ!!」
「えーーーーっと……。そう……みたい……」
　ああ、いやな思い出を白状させられました。

「それで？　いくらになったんだよ？」
「全部で3000円くらいだったかなぁー。大人は熱くなると止まんないから」
「げっ！　3000円？」「２軍のサインボールが？」
「４個だけね。残りは僕が書いた」
「ええええ〜〜〜〜」「みずまし〜〜〜〜？」
「詐欺じゃん!?」
「違うよ。僕は**誰の書いたサインかわかんないから原価でいい**って、念を押してるのを勝手に値上げしたんだから」
「だって巨人軍のサインボールって……」

「全部とは言ってない」
「・＿・」「・＿・」「・＿・」「・＿・」「・＿・」

「あ。金田ってのは本当にあったよ？　金田利雄っていうの」
「金田じゃないじゃん!!」
「え？　金田だろう？」
「・＿・」「・＿・」「・＿・」「・＿・」「・＿・」

　これをかたわらで聞いていた坂本くん。
「で、弟子にしてくださいっ！」

第18話　約束の場所（6）

　チャーリーの思い出話は続きます。
「渉の家の工場が建つまでは、生活も一緒って感じだった。そん頃からな。車のカタログ見ながら言ってたんだ。いつか２人で自動車作ろう、って」

「広告の裏にさぁ、絵なんか描いちゃってな。ジェットエンジン載せようとか、ミサイル積もうとか‥‥‥」
「すげ！　それすげ！」
　西条くん、本気です‥‥‥。

　広告チラシの裏の、２人の夢いっぱいの自動車は『スティングレイ』と名付けられました。

「テレビの『海底大戦争』*流行ってたろ？　カッコいいから、ってだけでつけたけど、『スティングレイ』って、魚の『エイ』のことなのな？　ハハハ‥‥‥」
　また、力なく笑いました。
【*海底大戦争スティングレイ＝イギリスの特撮人形劇。有名な『サンダーバード』の前身的作品で、日本では1964年〜65年にフジテレビ系で初のカラー番組として放映された】

「スプリンクラーは、どういう意味なんでしょうね〜？」
「さぁな‥‥‥‥」

　　＊＊＊＊＊＊＊＊＊＊

　2人が中学に進学すると、その絵は、具体的な設計図へと発展していきます。

　1971年　少年チャーリー12歳。

「聞いたか？　渉。昔、体育のセンセが担任したクラスで、自動車作った生徒がいるんだってよ」
「へーー。生徒だけで？」
「そう。だったらよ、オレたちにもできると思わねーか？」
「うん！　そうだねー。動力さえあれば‥‥‥‥‥」
「なんかな。先輩はポンプのエンジン使ったんだって」
「ポンプ？　あるよ？　うちに」

渉くんの家は農機具の修理もやっていたので、こういう物資にことかきません。

　ポンプのエンジンは排気量10～40cc程度。当時、ガソリンエンジンは、高価であったために、いろいろな用途に使えるよう、動力部と作業部とは分れていました。動力を伝えるのはベルト１本です。したがって、ポンプの代わりに、タイヤにベルトを繋げば「タイヤは回る」＝「車は走る」。
「できる！　これならできるぞ！　スティングレイ！」
「だね！　智晶くん！」

　２人は時間も忘れて、自動車作りに没頭しました。今までチラシの裏側にしかなかったものが、実際に地上を走るのですから！
　試行錯誤を繰り返すこと、１ヵ月半。
「よし！　できたぞーーーーー！」
「やったね！　智晶くん！」
　それは、「チラシの裏」の、ミサイルつきのスティングレイとは、ずいぶん異なりましたが、とにかく、エンジンで自走します。まさしく自動車。

　もともとポンプ用のエンジンは、バイクや自動車のようにスロットル（アクセル）などという物はありません。言ってみれば常に「最大出力」（または高低二段切り換え）。
　これに従い、彼らの『スティングレイ』も、ベルトがくっつくと走り、離れると止まる、という単純なものでした。

「じゃ、乗ってみろ」
「え！　智晶くんが最初でいいよ！」
「いやぁ。初乗りは渉だろ〜」「いやいや、智晶くんが‥‥‥」
　どうやら２人とも初乗りは避けたいようです。
　なぜならば、テスト走行用の道路の先に、あの「土屋さんち」の鶏小屋があったから。２人の脳裏には、煙とともに鶏小屋に散った『ブルーインパルス』の勇姿がありました。

「なんとなく、ボクだろうと思ってはいたけどね‥‥‥」
「ブツブツ言わずにスタートしろ！　渉ー！」
「うん！　じゃ、行くよーーーーー！」

「5、4、3、2、1‥‥‥」
キュキュッキュキュ!!
　ベルトの摩擦する音と同時に、車は走り出しました！
「あ、こら！　ゼロでスタートだろーがぁ！」
　しかしスティングレイ。渉くんを乗せ、しっかり走っているではありませんか！
「うん！　走ってるー！　走ってるよーーーーーー！」
　しかも、
「すごい！　めちゃくちゃ速いーーーー！」
「ホントだ！　速ぇーーーーーーー！」
　自転車で伴走するチャーリーが、グングン引き離されていきます！　そりゃそうです。35ccとはいえ「常にフルスロットル」！

「渉ーーー！　コーナーだぞ！　曲がれーーーーーー！」
「曲がれって‥‥‥これどうやって曲がんの〜〜〜〜？」
「ハンドルあるだろーーーーーーー」
「あるけど、曲がんないんですけどーーーーーー」
　さっそく重大な「凡ミス」発覚。
「じゃあ、戻ってこいーーーーーー」
「どうやって戻んのーーーーーーー」
「そいじゃ、体重移動で曲がれーーーーーー！」
「よし！　‥‥って、ビクとも曲がんないだけど〜〜〜」
　そりゃまがりなりにも４輪ですから。まがりなりにも曲がりません。
「渉ーー！　ブレーキだーーー！　ブレーキーーー！」
　ブレーキは正常に作動しました。これも非常に簡単なしくみで、ベルトが駆動輪から離れるだけ。
「智晶くーーーーーーーーーん」
「なんだーーーーーーーーーー」
「惰性って忘れてない〜〜〜〜〜？」
　そうです。動力から離したって慣性の法則というものがあります。車は止まりません。

「うあああああああああ‥‥‥‥！」
「わ、わたるぅーーーーーーーー‥‥‥！」

　後日。麻生家。
「うちの鶏になんか恨みでもあんの？　郵便屋さん」
「まったく毎度申し訳ないことで‥‥‥」
　試作品スティングレイは、そのまま土屋さんちの鶏小屋直撃。奇しくもブルーインパルスと同じ運命を辿ったので

番外編　もっとすごい小学生　　121

した。
　違ったのは、その破壊力。
「まだ4羽くらいめっかんないんだけど⁉」
「はい‥‥‥申し訳ございません‥‥‥」
　平謝りのチャーリー母です。
　その後ろ、土下座したまま、ヒソヒソ声で話す2人。
「相変わらず、なげーなー。あのカミナリオヤジ」
「うん。来てからもう1時間くらい怒りっぱなし」
「え〜〜〜〜。60分かよ〜〜〜〜〜〜〜」
　今度はあってます。さすが中学生。

　そこへ、チャーリーのお父さんが戻ってきました。
「ただいまー。智晶ーーー、おもしろいもん拾ったぞー」
　上機嫌のご帰宅です。
「そのへんに野生の鶏がいたんでなー。シメてもらってきた！　今夜は鳥鍋(とりなべ)だぞーーーー！　母さん！」
「と、と、父ちゃん！」
　必死にめくばせするチャーリーでしたが、
「おや、土屋さんのご主人。どうかなさいました？　‥‥えっと‥‥‥どうです？　ご一緒に鳥鍋でも‥‥‥」

　＊＊＊＊＊＊＊＊＊＊

「あん時の父ちゃんには、まいったっけなぁ‥‥‥‥」
「わははは！　さすがチャーリーの父ちゃん！」「野生の鶏って〜〜〜〜」「あはははは！」
「やっぱ血だな、血！」
「もう少し献血してこようかなぁ‥‥‥‥」

122

献血では無理だと思います。

第19話　約束の場所（7）

　1972年　少年チャーリー13歳。

　2人が作った『スティングレイ』は、その後、改良に改良を重ね、「ちゃんと曲がり」「ちゃんと止まる」ようになりました。
　こうなると、公表したくなるのが人の常。まして中学生ですから。
「ねぇ。スティングレイ、学校のグランド走らせたくない？」
　言い出したのは、珍しく渉くんからでした。
「学校のグランドだったら広いし。それにほら、土屋さんちの鶏小屋に突っ込む心配ないし‥‥‥」
「ええ？　今度は突っ込まないって！」
　逆にチャーリーは、珍しくこの案に消極的でした。が、
「あーーーー！　わかった！　渉、和美にいいとこ見せたいんだろ！」
「そ‥‥‥そん‥‥‥なんじゃ‥‥‥‥」
　チャーリーには、まだ"デリカシー"という概念はありませんでしたが、渉くんの気持ちを誰よりも理解していました。
　渉くんは、勉強はそこそこでしたが、背は小さく、運動もダメダメでしたから、得意分野で「いいとこ見せたい」

というのは、当然の心理です。

「けどよー。和美は、確か悟だろ？」（5巻参照）
「う、うん‥‥‥でも、フラれたらしいし‥‥‥」
　この頃に和美ちゃんが好きだった悟は、実は渉くんの従兄弟。そのため、ずっと彼なりの葛藤があったのですが、この年のバレンタイン、和美ちゃんが悟にこっぴどくフラれ（9巻参照）、そのことが彼の背中を押したのです。
「わかったぜ！　渉！　雪溶けたら、グランド走らせよう！　和美の前で！　運転は渉でいいぜ」
「ウ、ウン！　あ‥‥‥ありがと！　智晶くん！」

「でもよー。どうせ女子に見せるんなら、もっとこう、カッコよくしねーか？　スティングレイ」
「あ、いいねー！　それ！」
「エンジンもよー、こんなチャチぃポンプのじゃなくってよー‥‥‥そうだ！　ナナハンとか！」
「750!!」
　2人の会話に『750』が登場したのは、この時でした。

　もちろん、シャシーが耐えないとか、デフが必要になるとか、大人から見れば現実味のない、他愛もない夢なのですが、そんなことは、その時の2人にはどうでもよかったのです。
　ただ『750のエンジンをスティングレイに積む』。
「スティングレイ2号だ！」
「うん！　作ろう！　スティングレイ2号！」
　それを一緒に夢見る友達がいる。

少年たちには、それだけで十分でした。

　彼らがほかの多くの子供たちと違ったのは、それをなし得る環境が整っていたことと、そして何より、それを「現実にしよう」と動きだしたこと。そのことなのです。

　２人は、さっそく『スティングレイ２号』の設計図（らしきもの）を描き始めます。
「ミサイル何機積めるかな？」
「ミサイルはあきらめようよ……。智晶くん……」
「そうかぁ。やっぱレーザーか？」
　構想がまとまると、次は製作場所の確保です。
　２人の計画では、『スティングレイ２号』は、１号よりも、ずっとずっと巨大になるはずでした。そんな大きな物に、兄の整備工場は使えません。

　そこで、２人が選んだのが、裏山にあった廃車置き場。
　そこには、廃車した車のタイヤや、外した部品などを保管しておくプレハブ小屋がありました。
　２人は小さい頃から、ここが大好きで、何度も秘密基地を作っては、親によって撤去されていたのですが。
「ここにしようぜ！」
「うん！　ここがスティングレイ基地だ！」
　性懲りもなく。

　ラッキーだったのは、この頃に、チャーリーの兄が工場の近くに新たな廃車置き場を確保したため、その場所自体が用済みになったことでした。

これ幸いと、2人は勝手に小屋の南京錠を付け替え、扉には、2人のイニシャルを書くことにしたのです。
　そう。ブルーインパルスの翼にも描いた『W』と『C』。2人の作るものには、いつもそのサインがありましたが、実は『WC』ではありません。本当は『C&W』。アメリカの拳銃メーカー『S&W』(Smith & Wesson)に似ていてカッコイイ！　というのが、その理由でした。

「ここでスティングレイ2号を完成させる！」
「約束だ！」「うん！　約束！」
　その約束と、2人の友情の証しとして。
「オレが渉のWで！」「ボクが智晶クンのCを！」
　互いに、相手のイニシャルを書くことにしたのですが、
「でも、智晶くん？」
「なんだ？　まさかC左右逆に書いたとか言うなよ？」
「そこは間違えないけど……。この引き戸の取手さ。逆側についてるんだけど……」
「え〜〜〜〜〜〜〜〜〜〜………？」

　＊＊＊＊＊＊＊＊＊＊

　爆笑！
「あはははははは！　それでWCなのか！」
「そう……。気づいた時は、もう書き終えた後で……」
「あはははははは！　チャーリーらしいぜ！」「まったく！　わはははははは！」「あはははははは！」
「それを間違えた久保って悲しい〜〜！　あははは！」

久保くんの『大括約筋』も一緒に笑い者。

「そいでな。その日のうちによ。この帳面作ったんだ」
　チャーリーは、手にしていたノートを見せました。
『スティングレイ２号整備てちょう』
「『手帳』がひらがなだ‥‥‥」「さすが玉貞治‥‥‥」
　そこには、その日「引き戸が逆になったまま書いたC&W」のことも、ちゃんと書き込まれていました。しかも図解入り。整備手帳というよりは、学級日誌に近いものです。

「どんな些細(ささい)なことも書きこんでった。１ページ進むたびに、なんか、１歩ずつ近づく気がしたんだよな」
　それは気のせいなどではなく、確かに近づいていました。デフの仕組みとか、シャシーの強度であるとか、２人はいつしか、大人のメカニック顔負けの知識を身につけていったのです。

　ただし、いちばん肝心なことが進んでいません。
「750のエンジンがな‥‥‥‥。手に入んない」
「250ccでもいいとか、考えなかったのか？」
　それ以前に、廃車置き場には、たくさんの自動車のエンジンがあったはずです。
「考えなかったなー。あの頃は。ガキだったし‥‥‥‥」

「それが『約束』だったし」

第20話　Honesty（1）

「じゃ、約束だよ！」「おお！　約束な！」

　1973年　少年チャーリー14歳。

「750貯金っ！」「ガンバローーーーー！」
　そこで2人は、この基地に「共有の貯金箱」をひとつ置いて、毎月毎月、貯蓄していくことにしました。
「渉！　見ろ、この貯金箱を！」
「すごーい！　ナンバー式だ？」
「そ！　銀行勤めてる叔父さんからもらってきた！　これなら鍵なくす心配ないだろ？」

　2人は、この鍵になる数字を『7・5・0』にセットしました。2人しか知らない「夢のナンバー」。

「じゃ、最初の金入れようぜ！　いくら持ってきた？」
「えっとー‥‥‥ボクは560円‥‥‥」
「え〜〜〜！　それっぽっちかよ〜〜〜〜〜〜！」
「ゴメン。智晶くんは？」
「オレは570円」
「10円しか違わないじゃん！」
「違う！」
「え？　どう違うの？」
「さっきファンタ買っちゃったから540円しかない！」

「なにいばってんの‥‥‥‥」
　こうして『750貯金』は計1100円でスタート。なんとも心細いスタートです。

「750のエンジンっていくらくらいすんだろな？」
「中古でも20万くらいはするんじゃないかなぁー」
「20万か〜。きっついな〜。少しまけてくんない？」
「ボクに値切ってどうすんの‥‥‥」
　2人の夢は、経済問題で早くも暗礁(あんしょう)に乗り上げました。

「お年玉の時は少しは増やせるけど‥‥‥‥」
「お年玉かぁ。名古屋のおじちゃんが頼りかなぁ‥‥‥あ、そうだ！　渉、工場に吊るされた時、覚えてるか？
「うーーーん、吊るされすぎててわかんない」
「ほら、正月！　ONのサインボール作った時！」
「ああ‥‥‥**玉**貞治ね‥‥‥‥思い出したくないけど」

「あん時によ、K小にすっげー悪賢いヤツいるって言ったろ？」
「うん。ボロ儲(もう)けしたって小学生ねー。極悪非道の」
「ソイツがな、どうやら今の1組のクラス委員のことらしいんだ。あるいはソイツなら‥‥‥‥」

　あくる日。
「頼むっ！　この通りだ！　お前を**学年きっての極悪人**と見込んで頼みがある！」
「いきなりそんなふうに見込まれても‥‥‥なぁに？」
「金の稼ぎ方教えてくれ！」

「はあ？」

「ん～～～～。いくら欲しいわけ？」
「できれば20万‥‥‥‥」
「に、にじゅうまん～～～～～？ できなければ？」
「できなければ、せめて20万円くらい？」
「おんなじじゃん！」
　当時、高卒男子の初任給が５万6000円くらい。それがいかに途方もない金額かおわかりでしょう。

「やっぱ極悪非道委員長でも無理かぁ‥‥‥‥」
「い、いや。極悪非道って‥‥‥。人にもの頼む時は褒めるもんだよ？　麻生くん‥‥‥」
「ごめん。**お前はリッパ**」
（それだけかよ‥‥‥‥‥‥‥‥）

「まぁ、でも。まったく無理ってわけでもないかな？」
「ほほ、ホントか!?」
「ウン。20万は無理でも、５万円くらいまでなら‥‥‥」
「ど、どんな方法だ？　サインか？　サインボール偽造か？」
「なんでそのこと知ってんの？」

　＊＊＊＊＊＊＊＊＊＊

　それが、僕とチャーリーとの、本格的な「縁」でした。
「ま。今は腐っちゃってるけどなー」
『腐れ縁』と言いたいのでしょうか？

「人のこと、ゾンビみたいに‥‥‥‥」

「で？　稼いだのか？」
　みんなの興味はそこです。
「うん。そこそこ稼いだよ」
「どういう方法だよ？」「女か？」「女ダマしたのか？」
「なんでそうなる!?」
「そうだぞ！　それは誤解だぞ！」
「千葉ぁ‥‥‥‥‥‥‥」
　やはり千葉くん、小学校から一緒なだけあります。チャーリーに渉くんがいたように、僕にも千葉くんという
「男だってダマすよなぁ！　なあ？」
「いや‥‥‥‥‥‥‥」
　幻想でした。
「そうだった！」「警察ダマすくらいだからな！」
「俺らが間違ってたぜ！」「心からすいませんぜ！」
「わかってくれれば‥‥‥‥いいよ‥‥‥‥」
　なんか‥‥‥。実は友達いない？　‥‥‥僕。

　＊＊＊＊＊＊＊＊＊

「女ダマすのか？　やっぱ？」
「だから誰から聞いたの？　そういう噂‥‥‥」
「それだけは口が裂けても言えねぇ。清野に悪いもん」
　言ってます。
「そうじゃなくってー」
　僕がチャーリーたちに授けたのは。
「『愛のケンとメリー』大作戦！」

「そんなもん売れんの?」
「僕は、これで1ヵ月でギター買った」
「すげぇ! さすがリッパくん!」
「別に『立派』って名前じゃないんだけど‥‥‥そんなにまでして褒めなくっていいよ‥‥‥」
「じゃ、極悪くん!」
「そこまで、戻さなくってもいい‥‥‥」

　翌日。僕はチャーリーと渉くんと一緒に、となりのN市にいました。
　そう、『ケンとメリー作戦』実行のため。
「じゃ、まずここの日産プリンスからだよ」
「ここにあんのか?『ケンメリ』」
　1972年9月、日本のスポーツカーの代名詞的存在『日産スカイライン』がフルモデルチェンジ。それが『ケンとメリーのスカイライン』、通称『ケンメリ』。
　若いカップル「ケンとメリー」をモチーフとしたCMと、イメージソング『愛と風のように』で大ヒット。さらには、シンボルマークとなった『Ken&Merry』の相合い傘マークのステッカーが大流行します。
　僕が着目したのは、このステッカーでした。

　とにかく、たいへんな流行で、若者中心に、中高生が鞄(かばん)やノート類に貼ったり、はてはライバルであるトヨタ車にさえ貼っているドライバーがいたほど。
　このマークを入れたTシャツ、マグカップなど、種々様々な「Ken&Merryグッズ」も登場し、カーショップのみ

ならず、普通のファンシーショップでも販売されました。
（現在でもオークションなどで高値取引される）

　もともとが車のシンボルマークですので、最初は無料で配布されていたのですが、あまりに欲しがる人が多すぎたためか、間もなく、日産では入手困難になりました。欲しい人は「買う以外にない」わけです。
「ところがね。日産プリンスの機関誌には、その後も『付録』としてついてるんだよね〜。カタログもらっても、機関誌まではもらわないから、気づいてる人がいないだけ」
「なるほどぉ〜〜〜〜〜〜」「あったまいい！」

「じゃ、いい？　あとは手はず通りに！　渉くんも」
「おお！　いいとも」「ウン、わかった！」
「すいませ〜〜〜ん」
　まず、僕が営業の人をひきつけます。
「すいません。高校３年の兄がー、ちょっとスカイラインの資料もらってこいってー」
「あー、いいよ。待っててね。今そろえるからね」
　この「兄が高校３年」こそ営業マンへの殺し文句。なぜなら１年以内に「新車を購入する可能性が最も高い」購買層だからです。それがたとえ〝中学生の弟〟であっても、ないがしろにはできません。
　車のカタログには、厚さが違う数種類があり、客層によって渡すものが違います。中学生はランクＥですが、今「高校３年の兄」がいる僕はランクＡ。奥へ行ったのは、店頭には出せない「相応なカタログを用意する」ためです。

「ホントだ。ひっこんだ‥‥‥！」
「感心してないで！　今だよ！　早く！」
　営業マンが奥に行ったところを見計らって、チャーリーと渉くんが行動開始！　ターゲットは、ステッカーのついた日産の機関誌です。
「はやくはやく！」

　２人が表に出ていた機関誌をあらかた持ち去った頃、
「はい〜。お待たせ〜」
「ありがとうございます。すいません。名刺、カタログに挟んでおいていただけます？　兄と父に渡すんでー」
　僕は、この台詞が、営業マンにとっていかに重要であるかを知っていました。
「じゃ、お兄さん、お父さんにもよろしくね」
「わかりました！　あ。そういえば、ケンメリのステッカー、**20歳になった姉**も欲しがってたなー」
「ああ！　いいともー！」
　ランクＡなら、もらえるのです。

　表で待機していた２人。
「お疲れさん！　ところで、姉なんていたの？」
「いないよ？　父ちゃんに子持ちと再婚してもらうしかない」
「なんか、ボクたちのために悪いネ。お父さんにまで」
「‥‥‥真面目にとらないでよ‥‥‥渉くん‥‥‥」

　こうして僕たち３人は、まる半日をかけ、自転車でまわれる限りの日産ディーラーをハシゴ。大量な『Ken&Merry』

ステッカーを入手したのです。
「はぁ～～～～‥‥‥疲れたね～～～～」
「そのへん座れよ。リッパくん」
　僕が初めてチャーリーたちのWC小屋を訪れたのは、この時でした。
「へー、こんなとこでやってんだー？」
「まぁな。カッコいいだろ！　秘密基地！」
「うん‥‥‥でも、最後の上り坂がキツかった‥‥‥」

「で。これ‥‥‥売れんの？」
「うん。１冊で300円くらいにはなるよ」
「300円～～～～～？」
　１冊には、それぞれ１シートのステッカー。１シートあたり、大２枚と小10枚がついていました。
「大は１枚50円、小は５枚セットで100円で、１シートあたり300円。今日は60冊は集めたからー」
「18000円!?」
「すげぇ！　すげぇよ！　極悪非道委員長！」
　また名前、変わってるけど‥‥‥。
「苦労の甲斐(かい)があったねーーーーー！」
　うんうん。手をとりあって労をねぎらう３人です。

「だったらウチの工場のも持ってこようかなぁー」
「はあ？」
「いや、ウチの工場も日産車あつかってっから」
「あ。ボクんちでも日産やってる！」
「はぁあ？」

「だから日産の機関誌なら、いくらでも手に入るぞ?」
「最初っから言えよっ!!!」
　半日の苦労はなんだったのでしょう‥‥‥‥。

　＊＊＊＊＊＊＊＊＊＊

「ケンメリステッカーかぁ。姉ちゃんも持ってたなぁ」
　と、孝昭くん。
「早苗さん、北女だもんね」
「なんで？　北女関係あんの？」
「何を隠そう」
　僕たちが、売り先として選んだのが「北女」だったのです。
「でも、その頃は、まだ早苗さんは入学してないよね」
「だな。中学でスケ番はってた頃だ」
　一中でもスケ番だったのか‥‥‥。
「赤だった？　白だった？」
「赤だったかな？」
「へぇ～～～～～～～」
「なにニヤついてんだよ！」
「恋のおまじないとして流行ったんだよ」
「恋のおまじない、だあ？」

　『Ken&Merry』のステッカーは、基本は「白地に赤い傘」。その逆の「赤地に白い傘」のものもあり、それぞれ「白バン」「赤バン」と呼ばれていました（後には「黒バン」も登場）。
　高校生の間では、誰が言い出したでもなく、鞄に貼られ

た『Ken&Merry』のステッカーの色によって、赤バンは恋人がいる目印、白バンは恋人募集中。

「へ〜〜〜、じゃ、姉ちゃんには男いたんじゃん！」
「早苗さんにぃい？」「ないない」「絶対ない」
「だよなぁ。ねぇよなぁ！　あははははは！」
　弟が言っちゃダメだろ‥‥‥？

　北女のあるＹ市は、県下では珍しい男女別学校が多く、女子校としては、私立の北女と、公立のＹ東とＹ商業。男子校は中央とＹ工業。恋のチャンスは少なめです。
「だから、Ｙ市なら、必ず流行ると思ったんだよー」
「‥‥‥‥さっきお前、『誰が言い出したでもなく』って言わなかったか？」
「あ‥‥‥‥‥‥‥‥」
　グレート井上くんてば‥‥‥相変わらずスルドいんだから。
「やっぱ女ダマしてんじゃん！」
「いやいや」
　男もダマしてます‥‥‥。

　＊＊＊＊＊＊＊＊＊＊

　渉くんの家は、日産車の取り扱いでは、チャーリーの所よりはるかに上らしく、おかげで、数日後には、たくさんの機関誌が、**なんの苦労もなく**集まりました。
「日産の人がわざわざ持ってきたんだよ」
「へぇー。やっぱ渉んちはすげぇなーー！」

中学生だった渉くんには、家業が整備がメインなのに「新車の販売高が多い」という商売上のちぐはぐさも、もちろん「仕入れのある危険性」も、わかっていませんでした。
　ただ「日産に顔が利く」ことが、うれしいばかりで。

「すごいよ、渉くん！　末端価格にして優に３万円はある！」
「末端価格って‥‥‥」「アブない薬みたいだね‥‥‥」
「卸(おろ)すんだよ。１枚ずつ売ってたんじゃタカが知れてる。利益は減るけど、あっという間にサバけるんだ」
「卸すって？　誰に？」
「女子高生のお姉さん」
「やっぱ女ダマすんじゃん！」
「人聞き悪いなー。それも清野くんが言ってたの？」
「え！　な、なんで清野ってわかった!?」
　昨日言ってたからです。今ので確証も得ました。

「北女にね。ブラバンの先輩が行ってるんだ。麻生くんたち、知らないかなぁ。川向井(かわむかい)先輩」
「川向い‥‥‥」「土屋さんちだね‥‥‥智晶くん‥‥」
「土屋さんじゃなくって、川向井先輩だってば」
「土屋さんち‥‥‥‥‥」「ニワトリ‥‥‥‥‥」
「？」

138

第21話　Honesty（2）

　北女を訪ねると、翌日には、ステッカーの束は１万円札になりました。川向井先輩が「一括仕入れ」してくれたからですが、一括仕入れしてもいいほどに「需要」があったのです。
　チャーリーも渉くんも、この「奇跡」に大喜び！

　特にチャーリーです。
「7、5、0……と。見ろーーー！　渉ーーー！　昨日まで1100円だったのに、今日は10倍の11000円だぞーー！」
「さっきから何回おんなじことやってんの？　ナンバーキー壊れちゃうよ？」
「だってよ〜〜〜〜。１日で10倍ってことはよ〜〜〜。10日で100倍ってことだろ？」
「違うと……思うけど……」
［チャーリーの計算　１日10倍＝10日×10倍＝100倍］✕
　その貯金だと、10日で100万円を超えます。

『Ken&Merry』は、初回のような「一攫千金」こそなくなったものの、その後も、堅実に売上をのばし続けます。
　一方で、２人も、毎月末ごとに300円ずつ入れ続け、貯金箱は、始めた当初より、ずいぶんと重くなりました。
　ジャラジャラ！
「いくらになったかな〜〜〜〜♪」

番外編　もっとすごい小学生　139

「16,120円。整備手帳に書いてあるでしょ？」
「わーってるってー！」
　チャーリーは、お金を入れるたびに、貯金箱をジャラジャラいわせて、その重さを楽しむのが半ば趣味のようになっていました。あまり開けると「ナンバーキーが壊れる」と、渉くんから固く注意されたからです。

「それより智晶くん、今日はデフ取り付けるんだよ？　早くしようよー」
「あー、そうでした、そうでした！」
　ジャラジャラ！
「またぁ！」
「だってよ〜〜〜〜〜〜〜」

　しかし。
　お金が関わると、「人間関係が壊れる」のは世の常です。
　純真だった２人にも、それは例外ではなく。いや、純真だからこそ、それは深刻でした。

『Ken&Merry』の「今週の売上」は、1000円ジャストでした。これを入れると、750貯金は合計２万円を超えます。が、お札ですから、貯金箱の重さにも、もちろん音にも変化はありません。
　そこでチャーリーは、ひさしぶりに750貯金を開けてみたくなりました。
「７、５、０‥‥‥と！」
　カチャ‥‥‥。
　750貯金箱は、以前とまったく同じように開きました。

「な‥‥‥‥！　なんだこれ!?」

　それから渉くんが到着するまでの2時間、チャーリーは必死に頭を整理しようと努めました。努めたのですが。

「あ。智晶くん、午前授業だったんだねー。いいなぁ」
　何ごともなかったかのように入ってきた渉くん。
「渉ーーーーーーーーーーっ！」
「え？　何？　どうしたの？」
「750貯金、どうしたんだ!?」
「え‥‥‥‥‥」
　チャーリーは、唇が小刻みに震えるのを、抑えることができません。
「今日で2万円越すはずだった！　だが見ろ！」

「全部ワッシャーだ！」

　貯金箱の中は、お札でも硬貨でもなく、ネジ用のワッシャーらしき物にすり替わっていました。

「渉！　お前！　盗ったな!?」
「え！　し、知らないよ！」
「そんなはずない！　ここはお前とオレしか知らないんだ！　お前以外、誰がいるってんだ！」
「‥‥‥‥え‥‥‥‥そ、そんな。ここは、ほ、ほら！　親たちも知ってるし‥‥‥‥、リッパくんとか‥‥‥‥」
　この言い訳が、さらにチャーリーを憤慨させました。

番外編　もっとすごい小学生

「アイツはなぁ！　お前と違って、女にも金にも困ってねーんだよ！　それくらい思い知ってんだろーーー！」
　激昂のあまり、チャーリーは言ってはならないことを口にします。
「お前が好きな和美だってなぁ！　アイツにホレてんだからな！」
　そこからは、もう、売り言葉に買い言葉です。
「だったら智晶くんだって怪しいじゃないか！」
「なんだとぉ！　もういっぺん言ってみろ！　渉ぅ！」

　生まれた時からずっと兄弟のように、いいえ。兄弟以上の間柄で育った２人の、初めての本格的な喧嘩でした。

　＊＊＊＊＊＊＊＊＊＊

「それから俺は‥‥‥この小屋には来なくなった。渉は幾度か誘ってきたけど‥‥‥」
「ふう‥‥‥ん‥‥‥‥」
「俺はな。金なんかよりな？　アイツが俺にウソついてたことと、お前に疑いを振ったことが許せなかった。少なくとも、ステッカーなきゃ、まだ数千円だったわけだからな。言ってみりゃ恩人みたいなもんをよ。それをよ‥‥‥」
　その頃には、僕はチャーリーとすっかり意気投合し、互いになくてはならない存在になっていました。あるいは、渉くんは、僕に嫉妬していたのかもしれません。チャーリーにも。和美ちゃんにも。

「よくコイツ信じたなー」
「だよな。俺なら渉と同じで、コイツ疑う」
「あのねぇ‥‥‥‥僕は750貯金のナンバーは教えられてなかったの！」
「ど～かな～～～～」「あやし～な～～～」
　やっぱり友達のいない僕です‥‥‥（泣）。

「信じたさ‥‥‥‥‥‥‥」
　ポツリ、とチャーリー。
「あ？」「え？」「お？」
「チャーリー‥‥‥‥‥‥」
「俺も、コイツにだけは盗られまいと、毎日毎日家に持ち帰ってたもん。貯金箱」
「信じてねーじゃん！」

第22話　開かない貯金箱（1）

　チャーリーの家は、お金には厳格で、しかもそこそこに裕福です。家に持ち帰っていた貯金箱の中身が、勝手にワッシャーなどにかわるはずもなく。犯人は、残念ながら、渉くん以外にはありえませんでした。

「偶然ってか。必然ってか。あれほど頻繁に家を訪ねてきていた渉の家族からも、パタッと音信がなくなってよ。俺にとっては好都合だった。渉んちの家族と顔合わせたくなかったしよ。意地はりあってる最中だったからな」

しかし、現実の大人社会は、子供同士のいがみ合いよりも、ずっと深刻でした。
「渉んとこ、たぶん、金回り悪くなってて顔出せなくなってたんだよな‥‥‥。ウチのオヤジ、渉んちの工場の保証人やってたから‥‥‥」
　そのことがまた、渉くんが犯人である確信を高めていたのも、確かなことだったのです。

　＊＊＊＊＊＊＊＊＊＊

　1974年　少年チャーリー15歳。

「智晶くん‥‥‥スティングレイ、作ろ‥‥‥」
「はぁ？　もうダメに決まってんだろ？　泥棒と一緒に作れっか！」
「そ、そんな‥‥‥‥ボクは‥‥‥」
「ああ。やってねぇんだよな？　ネズミかマムシだよな？　鍵の番号750知ってるマムシだよな！」
「‥‥‥‥‥‥‥‥‥‥‥‥‥‥」
　やはりチャーリーは、渉くんを許すことができません。

　そして、それから数日して、とうとう。
「あ、あのさ！　智晶くん！　お‥‥‥お金、さ！　‥‥‥‥戻したからさ！　またスティングレイ‥‥‥」
「ああ？　やっぱりお前だったのか！　渉ぅ！」
「え‥‥‥と‥‥‥‥‥‥‥‥‥」
「そんならそうと、なんで言わないんだ！　ばっくれやがって！」

「‥‥‥‥‥‥」
　ようやく白状した渉くんに、チャーリーは辛辣(しんらつ)でした。

「金なんか知るか！　テメーとは絶交だよ！」

　＊＊＊＊＊＊＊＊＊＊

「その後によ。俺もよ。あぁ、しくじったー、って思ってよ。何度も何度も謝ろうって思ってさぁ」
「ああ」「うん」
「ホントだぜ？　謝ろうって‥‥。いっしょにスティングレイ作ろうってさぁ！　言うつもりだったんだよ‥‥‥」

「言うつもりだったのによ‥‥‥‥」
「ああ、わかってるよ。チャーリー」「わかってるって」
　二中のみんなが、チャーリーの肩を叩きます。
「なのによ‥‥‥」
　事情を少し知っている千葉くん、
「引っ越したんだよな？　渉。急にいなくなって驚いた」
　チャーリーは、それには答えず、
「うちの親父、保証人だったから、借金取りはウチにも来た。居間で大声で言い合うから、いやでも聞こえちゃうんだよな‥‥‥」

「もともと修理工場ってのはよ。ほとんどツケだから。渉の父ちゃんみたいなお人好しにゃ、向かねぇ商売だ。そうだろ？　集金できなきゃよ。どんなに技術あったってよ」
　クレジットカードや引き落しなどが普及していなかった

番外編　もっとすごい小学生　　145

当時、売掛金回収は、整備工場にとって死活問題だったのです。

「なのに、渉んとこは議員センセんとこやってたからな」
「議員？」「すげぇじゃん！」
「知らねーだろうがなぁ、議員サンってのは、修理は出すけど、金はビター文払わないんだぜ？　車検代も税金も全部立て替えなんだ。その代わり、仕事の便宜はかってやる、ってのが、暗黙の了解っつーかな。業界じゃ常識なんだ」

「けど、渉の親父は、クソ真面目だったから。苦しくなって、集金に行っちゃったらしいんだよなー。立て替えた税金だけでも払ってくれって。どうなったと思う？」
「さぁ‥‥‥‥」
「その日から、銀行が手のひら返したように金貸さなくなったんだと。どこの銀行も」
「‥‥‥‥‥‥‥」

「銀行、貸さないとどうなるんだ？」
「資金繰りがつかなくなる」
　答えたのは、グレート井上くん。
『資金繰り』というのは、簡単に言えば「今月、手元に100万あれば、来月には200万入る」という場合に、銀行から借りてやり繰りすること。たとえば、来月１億円もらえる仕事があっても、今、手元に10円しかなければ、会社はつぶれてしまいます。
　ほぼ全ての企業が、これを毎月毎月やっているわけですが、途中、足りないところで「貸せない」と言われると、

行き詰まってしまうわけです。

「チャーリーの叔父さんの銀行は？」
「支店長サンも言ってたろ？　銀行には銀行の都合ってのがあんだ、って」
「うん‥‥‥」

「しかたねぇから、また議員さんとこ行ったらしい。すいませんでした、ってな？　謝ることか？」
「いや‥‥‥‥」
「したら、議員センセの秘書がな？　車が欲しいってよ？　それもグロリアだ。大急ぎで仕入れてよ？　グロリアだぜ？　高級車だぜ？　納車したはいいが、また払ってもらえねぇ」
「新車代を？」
「だーかーらー。そういうもんなんだって！　全額立て替え！」
　チャーリーは、怒ったように言いました。いったい誰に向かって怒っているのか。

「それで‥‥‥つぶれたのか？」
「まぁ、キッカケはそれだったろうって、言ってた。ほかにも、工場建てた返済とかもあったわけだし」

「そのうち、一時しのぎによ。良からぬところから金借りたって話だった」
「高利貸し、か？」「裏ルート？」
「まぁ、そんなもんだろうなぁ。そういうの絡んだら、も

うダメなんだってよ」
　それは、その通りなのでしょう。

「750貯金の300円な？　渉が、それしかもらってなかったからなんだよな。中3でだぜ？　その頃には、実は、けっこう火の車だったんだろうなぁ‥‥‥」
　最後の語尾あたりは、かすれて聞き取れませんでした。

　西条くん、
「なんかよ、ゆき姉んとこと似てんな」（3巻参照）
「あ、僕もそう思ってた」
「だから、ゆき姉は銀行入って、ケンイチ兄ちゃんは、ヤクザんなったんだもんな」
　妹のほうは、理解できますが、兄側は理解できません。

「ゆき姉んとこは‥‥‥」
　再びチャーリー。
「ゆき姉んとこは、違うよ‥‥‥西条」
「あ？」
「だって、ゆき姉‥‥‥生きてんじゃん‥‥‥」
「あ？」

「渉んとこはよ‥‥‥」

「渉んとこは‥‥‥一家心中だから」

　その聞き慣れない言葉の意味を理解するまで、僕たちはしばらくかかり、理解すると同時に、言葉を失いました。

第23話　開かない貯金箱（2）

「それ間違いねぇのか！　チャーリー！」
　食ってかかったのは、意外なことに、渉くんをいじめる側だった久保くん。
「だからよ‥‥‥。居間の会話が聞こえたって、言ったろ？」
「‥‥‥‥‥‥‥‥」「‥‥‥‥‥‥‥‥」
　それは、二中出身メンバーにとっては、例えようのない衝撃でした。怒りにも似たような感情がこみ上げてきて、かといって吐き出しようのない。

「だから‥‥‥‥。スティングレイ２号はよ。俺ひとりで仕上げなくっちゃって‥‥‥。約束だからよ」
「‥‥‥‥‥‥‥‥」
「けど、何しろ750、高ぇだろ？」
「うん‥‥‥‥」
「排気量ダウンさせようにもよ。許可もらう相手がよ‥‥」
「チャーリー‥‥‥‥」

　チャーリーは、グスン、っと大きく洟をすすると、
「だからな？　殺人750の話聞いたときな。俺、頭しびれたもん。ひょっとすっと、安く売られるかもしんないって！」
　そして、その通り。殺人750は破格でした。

「そうだったのか‥‥‥‥」
「うん」
　返事をすると、チャーリーは、またグスン、と洟をすすりました。

　渉くんを知る二中出身のメンバーと違い、面識がまったくない一中出身者は、比較的冷静にチャーリーの話を聞いていたようです。特に、重い話の嫌いな孝昭くんは、チャーリーが話し続けている間も、ずっと『スティングレイ２号整備てちょう』をめくっていたのですが。
「チャーリー。最後っていつだ？」
「いつ‥‥‥って？　渉の‥‥‥‥？」
「違うって。チャーリーがここに最後に来た日」
「飛び石連休の後だから、５月。雨降ってた」
「続いてんじゃん」
「え？」
「この整備手帳が、よ」

　チャーリーは、しばし呆然としましたが、
「貸せ！　孝昭！」
　乱暴に整備手帳を取りあげると、慌ててページをめくり始めました。
「ほ‥‥‥ほんと‥‥‥だ‥‥‥！」
　僕たちも、チャーリーを取り囲んで覗き込むと。
　最後のページ。そこが750貯金の表になっていて、
　　３月　Ｗ￥300　Ｃ￥300
　　４月　Ｗ￥300　Ｃ￥300

5月　　W￥300　　C￥0
　　　6月　　W￥200　　C￥0
　　　7月　　W￥100　　C￥0

「渉くん‥‥‥ひとりでも続けてたんだ‥‥‥」
　そして、それは、7月を最後に途切れています。
　そう。恐らく、渉くんの家族が「心中」した日。

　チャーリーは、囲んだ僕たちを振り払うようにして、タイヤが積まれた所まで行くと、ガラガラと音をたててあさり、ひとつの箱を出してきました。
　ナンバーロック式貯金箱。『750貯金』です。
「渉のヤツ‥‥‥！　渉のヤツ！」
　もし、記載通りの貯金がされているのなら、ワッシャーではない「硬貨」が追加されているはずです。金額こそ、合計600円ですが、それは確かな「渉くんの痕跡」。
　ところが、
「クソ‥‥‥、あ、開かねぇ！　なんでだ！」
　チャーリー、よほど焦っているのか、いっこうに開きません。見かねた森田くんが、
「僕に貸してみてよ」

「7、5、0、だよね？」
「う、うん」
「ホントだ。開かない。これ、最後にセットした番号で開くんだよね？」
「うん、そう」
「いっそ、ニトロで爆破したらどうだー？　森田」

と、河野くん。
「うーん。中身もふっとぶと思うよ」
　一中連は腹立たしいほどに冷静でした。一度も面識がないのですから、当然といえば当然なのですが。

　森田くん、貯金箱を横にして見始めると、
　チ、チチ‥‥‥。
「ナンバーキーはね。実は番号がわからなくても、開くことができる」
「さすが、るぱ〜ん♥」
「待ってろよ。次元」
「いや、俺、フジコちゃん真似たんだけど‥‥‥次元が科（しな）つくると思うか？　実はルパン知らねーだろ？　森田」
「うん。一度も会ったことないから」
　ホントに、腹立たしいほどに冷静。

　カチャ‥‥‥。

「ほら。開いた！」
「ホ、ホントか？　森田！」「さすがルパ〜ン♥」
「今のが五右衛門（ごえもん）？」
「フージコちゃんだってのに！」

「最後の1桁（けた）だけ違ってた。0じゃなくて8だったよ」
「8？」
　僕たちには、なぜナンバーセットが変わっていたのかを、考える余裕はありませんでした。ただ、渉くんの痕跡を確かめたくて。

「あ。ほんとに金戻してある‥‥‥。渉には悪いこと‥‥‥‥あれ？」
「どうした？　チャーリー」
「いや‥‥‥。3万‥‥‥いや。4万以上ある！　なんでだ？」
「？」「？」

「さ、さっきの貯金表見せてくれ！」
　あわてて帳面を見直すチャーリーですが、どう合計しても帳簿上は￥21600です。
「な、なんで‥‥‥‥？」

「渉くんが‥‥‥」「最後に追加してったんだろ‥‥‥？」
　僕たちにはわかっていました。
「すまなかったって、意味でさ‥‥‥」
「バカ言え！　渉んちは、心中するほどビンボだったんだぞ！　最後を見ろ、貯金は100円だ！　それだってアイツにとっちゃ‥‥‥アイツにとっちゃ‥‥‥よ‥‥‥」

「2万円なんて‥‥‥とてもアイツにとっちゃ‥‥‥‥」
　その通りです。それが渉くん本人ではなく、お父さんか、お母さんによるものであることは、間違いありませんでした。
「家族ぐるみ」の付きあいでした。不思議はありません。
あるいは。
　お母さんは、息子の汚名を、はらしてあげたかったのかもしれません。

チャーリーは、ひとり外へ飛び出すと、
「うああああああああああああああ！」
「うああああああああああああああああ！」
「うああああああああああああああああああ！」
　何度も、繰り返し叫びました。
　何度も何度も。何度も何度も。
　その都度、山びこが返ってきますが、それが渉くんの声ではないことを。いちばんよく知っているのもチャーリーでした。

「う‥‥‥‥うう‥‥‥‥うう‥‥‥‥」
　声も嗄(か)れ、その場に体育座りのようにしゃがみこむチャーリー。
「チャーリー‥‥‥‥‥‥」
　僕たちは、こんなに人数がいながら。学校でたくさんの言葉を習っていながら。誰ひとり、チャーリーをなぐさめる言葉を、知らなかったのです。

「いや‥‥‥‥。待ってよ‥‥‥‥」
　ようやく言葉をかけたのは、グレート井上くんでした。

「渉くん、生きてるんじゃないか？」

第24話　開かない貯金箱（3）

「渉くん、生きてるんじゃないか？」

「なんでだよ？　俺は間違いなく聞いたんだ。親父たちが居間で話してたのを！」
「保証人としての話だよね？　それって」
「あ？　まぁ‥‥‥そうかな」
「所在をあきらかにしたくなかったんじゃない？　よからぬスジから追い込みかけられてたわけだから」
「あ‥‥‥‥‥‥‥？」

「銀行とかとの話し合いなら声を荒らげたりはしないだろう。支店長さんが言ってたように、担保はあるわけなんだから」
「タンポン‥‥‥‥」
「たーんーぽー。タンポポのたーんーぽー」
　グレート井上くんが、支店長さんの口まねをしたので、それがおかしくて、みんなに少しだけ笑顔が戻りました。

「じゃ、所在って‥‥‥所在ってどこだよ！」
「確証はないんだけど‥‥‥‥」
　なんと。推理派グレート井上くんは、チャーリーのこの無茶な質問の答えを持っていました。
「森田。最後の1桁だけ違った、って言ってたよね？」
「貯金箱？　うん、0じゃなくって8だった」
「ロックナンバーは、7、5、0じゃなくって8」
「？」「？」「？」「？」「？」「？」
「あ！」
　僕にはグレート井上くんが言いたいことがわかりました。

番外編　もっとすごい小学生　　155

「つまり758。なごや、ってことじゃないのか？」

「なごや‥‥‥‥」「名古屋！」
「名古屋のおじちゃんとこ？」
「そ‥‥‥‥そうか‥‥‥‥！　ありえる！」
「貯金箱の仕掛けは、最後にセットした番号。渉くん、貯金箱にお金入れた時、思いついたんじゃないだろうか？」
「だ‥‥‥‥だったら電話でも‥‥‥‥メモでも‥‥‥‥」
「だからさ。追い込みかけられてたんだろ？　きっと、ものすごく急いでたんだよ。それに‥‥‥‥」
「それに？」
「こう言っちゃ悪いけど、チャーリー、口が軽いもん」
「うん。軽い」「めちゃめちゃ軽い」「ヘリウムより軽い」
「う‥‥‥‥‥‥‥」
　何しろ「口が裂けても清野くん」です。本人が意識してなくても、しゃべってしまうのです。

　グレート井上くんの推理は、実に的を射ていました。そしてそれは、おおよそ当たっていたのです。

「うおおおおおおおおおおおおお！」
　再び立ち上がり、叫ぶチャーリー。きっと、感情を抑え切れなくなったのでしょう。

　ところがここで、
「なに騒いでんだ、麻生」
「ちゅ‥‥‥‥‥」「駐在！」「駐在さん！」
　驚いたことに、すぐそばに駐在さんが立っているではあ

りませんか！
「な、なんだってここに？」
「あ？　残してったお前らがー、心配でー心配でー」
　激しく棒読み。絶対ウソです。ホントは、僕と西条くんが、トボトボ歩いている姿を確認して、高笑いしたかったに違いありません。そういう人です。
「で、そこまで戻ってみたら、お前らの自転車置いてあるし。ここは小学校から巡回を依頼されてる『危険な遊び場』のひとつなんだ。なんだってそこで遊んでる!?」
　そりゃ、高校生だからでしょう。なんで僕らが小学校に従わなきゃならないのでしょうか？

「いつからいたんですか？　駐在さん」
「なんか久保の○○○°を誰が吸うかで盛り上がってたあたり」
「ほぼ最初っからじゃん！」
　油断もスキもありません。
「いや～～～～、ほんっとバカだな！　お前らは！　笑い堪えるの大変だったぞ～」
「るせぇよ‥‥‥」「なら隠れなきゃいいだろ‥‥‥」
「警察官なんでな。まぁ、職業病みたいなもんだ」
　駐在さんは、ほかの病も心配したほうがいいと思います。
「何しろなー。お前らが集まると、ろくな相談じゃない確率が120％だからなー」
「く‥‥‥‥‥‥」「う‥‥‥‥‥‥」「ぬ‥‥‥‥‥‥」
　けっこう図星なので反論できません。

「それでなぁ、麻生。悪いが、話、聞かせてもらったが」

あらたまる駐在さん。
「実は、その修理工場な。こないだケンシンあってな？」
「ケンシンって？」
「建造物侵入のことだ」
「おお！」「まるで警察官のようだ！」
「お前ら、俺をなんだと思ってんだ？」
「いや、ちゃんと」「愛ちゃんのパパ！」
「えへへ〜〜〜〜」
　おもしろいほど子煩悩。

「続き、お願いします」
「うん。それがな‥‥‥‥」
「はい‥‥‥」
「最近、**俺の顔見て笑う**んだよ〜〜〜」
「いや‥‥‥」「愛ちゃんのことじゃなくって‥‥‥」
　愛ちゃんの話を振ったのは失敗でした。
「え？　ほかに聞きたいことあんのか？」
　この人は‥‥‥‥。
「ケンシンのほう！」「だって空き家でしょ？」

「そうだったそうだった。うん、空き家なのに、不審者がいるって通報があってな。なんのことはない、不動産の下見だったんだが‥‥‥それが、ちとヘンな宗教がらみでな」
「ヘンな‥‥‥宗教‥‥‥？」
「まぁ、そこはお前らにゃ関係ない。だが、そこの整備工場の元持ち主な。そのナントカってヤツの家」
「渉‥‥‥‥」

「井上が言ったように、死亡していないことは確かだ」
「ほ、ほんとですか！」

「ま。俺が教えられるのはそれだけだ」
「わかりました！　駐在さん！」「ありがとうございます！」
　どうも裏があるような気がするのですが、ここはチャーリーの恩に免じて素直にお礼しました。

　駐在さん、話し終えると、そのへんに腰掛けまして、
「しかしまー、ここらへんは空気がうまいよなぁー」
　これ見よがしに、タバコを１本取りだしました。
　空気がうまいのに、煙を吸うってのが理解できませんが、恐らく「恩を売ったのだから、タバコ吸っても奥さんにチクんなよ」という意味なのでしょう。
　駐在さんとの付きあいも１年を超え、だいぶ言いたいことがわかるようになりました。

　チャ！

　シューーーーーーーー！
「んあ？」
「あ‥‥‥‥！　ちゅ、駐在さん、そのタバコ‥‥‥」
　青箱？　銀行の？
　でも、心配いりません。ここにはカーボン紙もスプリンクラーもありません。‥‥‥が。

　パーーン！

爆発……した？

「きっさまらぁあ！　逮捕するーーーーーーー！」
いや……勝手に吸っといて………。

第25話　上を向いて歩こう

　渉くんは実は生きている。それも恐らくは名古屋に。
　それがチャーリーにとって、朗報であることは間違いありません。
「となればーーーー！」
「あとは殺人750だ！」
「うん。チャーリー！　完成させろよ！　スティングレイ2号」
　幸い、渉くんが残してくれた750貯金4万円があります。

「あと、いくら足りない？」
「そうだなぁ。5万くらい？」
「まるまるかよ…………」
　ここで坂本くん、
「だから、俺、貸しますよ！　先輩たちだっておんなじでしょ？　異論なんかないっしょ!?」
　もちろん、メンバーには異論はありませんでした。

「その必要はないよ。坂本」
「あ……？　何言ってんすか？　極悪先輩」

へんなとこだけ記憶しやがって‥‥‥。
「お金はなくても、殺人750は買える、ってこと」
「え‥‥‥‥。どうやって？」

「五十嵐さん、白バイ倒した時に言ってたじゃない？　バイク専門の中古パーツ屋があるって」
「ああ、五十嵐さんがウィンカー壊した時！」
　すっかり「五十嵐さんのせい」にすり替えられてます。このへんがチャーリーの素晴らしいところ。

「必要なのはエンジンだけだろ？　ほかのパーツはいらないんだから、売っちゃえばいいじゃない？」
「あ‥‥‥‥？」
「こないだ、『月刊オートバイ』でさぁ。CB400をバラバラに部品を買って組み立てるといくらになるか、って特集やっててさ。おもしろいな、って思って読んだんだよ」
「いくらだった？」
「新車は20万円くらいなのに、部品をバラで買ってくと、80万円近くになるらしい」
「おお！」
「『売りたし買いたし』じゃ、CB750は、エンブレムだけでも2000円はするんだ」
「な、なるほど〜〜〜〜〜**さすが極悪非道くん！**」
　なつかしい呼ばれかたです‥‥‥。
「パーツ屋さんは、五十嵐さんに紹介してもらうとしてー」
　白バイを壊しておきながら頼みごとだけはしっかりする。これが、せちがらい世を生きていくコツなのです。

「そうと決まれば！」
「ああ！」
　さっそく殺人750を押さえなくてはなりません。「買い手がついている」というのですから、一刻を争います。
「西条、ケンちゃんに連絡！」
「わかった！」
「麓に公衆電話あるから！」
「ああ‥‥‥すごく知ってるぜ‥‥‥‥」

「坂本ー。ミモレ借りるぞー？」
「な、なんで俺のミモレなんすか！」
「大丈夫だって。サドルは舐めねぇって」
「ホントですかあ？」
「股間すりつけるだけ」
「やめてくださいっ!!」

「やっぱり〜〜〜〜〜〜」「カノジョのなんだ〜〜〜」
「あ‥‥‥いや‥‥‥それは‥‥‥‥」
　坂本くん。思いもよらぬところで露見。

「誰なんだよ〜〜〜坂本〜〜〜〜〜」
「公表はルールなんだぜ〜〜〜〜〜」
　こんな時ばかりは、ルールを振りかざすメンバーたちです。
「その‥‥‥‥コーラス部の‥‥‥詩織ちゃん‥‥‥‥」
「コーラス部〜〜〜〜〜〜〜〜〜〜!?」
　驚きは当然です。なにしろここにいるメンバーで、村山

くんと森田くんを除く全員がコーラス部（9巻参照）。それもバレンタイン目当ての「下心のみ！」の入部でしたから。
「しっかりしてやんな〜〜〜」「コイツだけ〜〜〜〜」
　確かに入部時、坂本くんにはカノジョはいませんでした。何しろ女性コーチの相模(さがみ)先生に「溶接ができる」と言い寄ったくらいですから（9巻参照）。

　しかし、めでたいことには違いありません。
「そいじゃここは、祭りってことで！」
「では坂本くんと詩織ちゃんの前途を祝して〜〜〜」

「てめっ！　このやろ！」「自分だけ！」「後輩のくせに！」「ザケんじゃねーぞ！」「くたばりやがれ！」
「う、うわ〜〜〜〜〜〜〜‥‥‥‥」
　血祭り。

「このっ！　このっ！　テメーだけ毒吸い出してもらうつもりか！　このっ！」
「西条！　なんで交じってんだよ！　さっさと行け！」
「あ。そうだった。**詩織〜〜〜〜〜〜〜〜〜〜♪**」
「お、俺のミモレが‥‥‥**ミモレ〜〜〜〜〜**‥‥‥」
　道に倒れて自転車の名を呼び続けたことはありますか？
　by中島みゆき　わかれうた〈改〉
　まぁ、普通は、ない。

　しかし、今さらになって気づきました。西条くんは、公衆電話まで下りたら、また上ってこなくてはなりません。

番外編　もっとすごい小学生　163

「ここは、全員下りたほうがよくないか？」
「そりゃそうだよな」

　というわけで、全員で広場を後にし、裏山を下りることになりました。
　が、西条くんが、坂本くんのミモレに乗って行ってしまったので、来た時よりも自転車が１台足りません。
「せ、先輩、誰か乗せてってくださいよ！」
「やかましぃ！」「カノジョいるくせに！」
　後輩でも、金があって、まして女までいるヤツには厳しい僕たちでした。
「坂本は上を向いて歩いてこーーーーい」
「涙がこぼれないようになーーーーーー」
「わはははは〜〜〜〜〜〜〜〜」

　坂本くんが、にじんだ星を数えて山を下りている頃、僕たちは、チャーリーの整備工場で、またも難題につきあたっていました。

　ケンちゃんに電話をかけた西条くんによれば、
「殺人750が値上がりしていた」と言うのです。
『金融ルート』は、普通の販売ルートではありません。買い手がつけば、より高く買うほうに売るのです。
「そういえば、ケンちゃん、あん時‥‥‥」
「うん。『今んとこ』９万円つってたもんな‥‥‥」
「２軍のサインボールみたいなもんだ‥‥‥」
「思い出すなよ‥‥‥」

「で？　いくらだって？　西条」
「15万だってよ‥‥‥」
「え〜〜〜、それって足下見られてねぇか？」
「はあ？　ケンイチ兄ちゃんだぜ？」
　足下なんか見た日には、その足で蹴られます。
　はっほ〜〜〜〜♪　です。
　とにかく。これで渉くんが残してくれた４万円の750貯金は、まるで意味がなくなってしまいました。と言うか、元の９万円の時より、さらに５万円足りません。
「10万かぁ‥‥‥‥‥」「大台だな‥‥‥‥‥」

　そこへ、上を向いて歩いて来た坂本くん到着。
　全員が揃ったところで、西条くんが、さらなる問題を伝えました。
「期限は、明日の日曜までだって」
「ウソ‥‥‥‥」「明日‥‥‥‥」
「もう押さえるだけ押さえてもらってたからよ。これ以上は無理だって」
　あの無茶苦茶な要望でも通すケンちゃんが言うのですから、そうなのでしょう。
　坂本くん、
「明日ってなると‥‥‥‥さすがに僕も‥‥‥‥みなさん、あります？」
「うーん‥‥‥俺んとこは月初めなんだよなー、こづかい」
「あ。うちも‥‥‥‥」
　奇しくも、日曜日がその前日。つまり月末です。

「先輩、ステッカー∞時みたいに、いっきに稼げる方法ないんですか？」と、坂本くん。
「そりゃあるけど……。時間がなさすぎる。明日って、もう数時間後なわけだから」
「ですよねぇ………」

「なんかよ……比較にゃなんねーんだけどよ………」
「うん。なんだ？　チャーリー」
「渉の親父なんかもよ？　こうして、明日期限の金とかで、死ぬほど悩んだんだろうな……てよ……」
「そう……だろうね……」
　企業の場合は、「払わなければつぶれる」絶対的期限を持つ『約束手形』があります。それを支払えず、自殺する経営者が毎年何千人もいるのですから。
　その日が、彼らにとっての「幸福の最終期限」でもあったわけです。

第26話　村山くんの秘密（1）

　そして、そうした多くの経営者と同様、僕たちも、なんの手だてもないまま、翌日を迎えるしかありませんでした。
　むろん僕たちの「期限」は、宿題の提出日に毛の生えたようなもので、通り過ぎても、何ひとつ大勢に影響のないものでしたが。
　何しろ、僕個人にとっては、（チャーリーには悪いけど）和美ちゃんとのデートがつぶれたことの方が、痛かっ

たくらいなのですから。
　それでも、チャーリーには重大なことでしたし、ケンちゃんからは「今日行く」と、連絡されているわけですから、ここは行かないわけにはいきません。

　集合場所。孝昭家。午前８時。
　今回は、フルメンバーですので、さすがに集まりが悪い。
　到着していないのは、ジェミーと坂本くんの後輩メンバー。そして、村山くん。
「若い順かよ〜〜〜〜〜〜〜」
　と、河野くん。これも実は自分が「いちばん年上」と言いたいだけ。教習所に通ってるってだけでこれですから、車買ったら、どうなっちゃうんでしょう？
　まぁ、背の高さでも、顔でも、女の子にモテることでも、村山くんにはかないませんから、せめてもの抵抗なのかもしれません。

　が。村山くんが遅れている理由は、「若いから」ではありませんでした。
　ダダダダダン　と、階段を上る音。
「た、たいへんだ！」
　大慌てで飛び込んできたのは久保くん。
「村山が、そこで捕まってる！」
「またかよ‥‥‥」「何やってんだ、アイツもよー」「これだから３月生まれは‥‥‥」
　誕生月は関係ないと思うんですが。

「まさか相手は？」

「白バイの五十嵐さん！」
　やっぱし‥‥‥。
　去年の秋口、まったく同じシチュエーションで、村山くんは白バイに捕まりました（4巻参照）。
　まるでデジャヴ。のようですが、これは偶然の一致ではありません。

　五十嵐さんが、孝昭くんの家の前を巡回コースとしているのは、ずっと以前からのことですが、ここが「早苗さんの家」なので、恐らく、回数を増やしているのです。十中八九、間違いありません。
　さすがに、村山くんが今日ここを通ることまでは知らないでしょうが、五十嵐さん。どういうわけか村山くんがキライです（4巻参照）。

　ここは頼りの早苗さん？　とも、思いましたが、今日はあいにくと留守です。
「姉ちゃんか？　今日はレースに行ってるな」
「レース？」「さすが早苗さん！」「カッコイイ！」
「え？　そうか？」
「うん。どこのサーキット？」
「え〜〜〜〜〜〜〜〜っと〜〜〜〜〜〜」
　孝昭くん、答えづらくなりました。だって早苗さんが行っているのは、『レース編み教室』の「レース」。見かけによらず、とっても家庭的なのです。元スケ番。
「と、とにかくよ。こんなことしてる場合じゃねーぞ！　村山助けなきゃ！」
　うまくごまかしました。

「あ、孝昭、その前にトイレ借りていい？」
　久保‥‥‥‥。そこまでデジャヴしなくていいから。

　その元スケ番に惚れまくりの白バイ隊員は、因縁の村山くんを捕まえ上機嫌です。
　何しろ、前回は、まんまと村山くんを取り逃がした上、感動の『白線流し』、60mのトイレットペーパーなびかせて、隣町まで走ったのですから。

「で、どうやって助ける？」
　村山くん、今度停学をくらうと、かなり危ないので助けないわけにはいきません。かといって、前回の「署長さん」は、もちろん使えず。
　そこで。
「孝昭。お前、ブリーフある？」
「今、はいてるヤツ？」
「いらねーよ‥‥‥‥‥‥‥」
「あ？　じゃ、お前も久保か？　ハウドゥユドゥか？」
「そうじゃなくってーーー！」

　とりあえず、全員に行動を伝え、いざ村山救出へ！

　孝昭くんの家は、裏手にもう１本、細道があり、そこから表の道路に回り込むことができます。
　前方より僕。
「五十嵐さーーーーーん！」
「あ？」

五十嵐さんは、あからさまに「やなヤツが来た」という顔をしました。
「なんだ？　そこで待ってろ。今、村山のキップ切るから」
「それがそうもいかないんですよ」
「はあ？」
「ほら、あそこ。ベランダ！」
　孝昭家のベランダには、風にそよぎ、チラチラと白いものが‥‥‥。

「あ‥‥‥あれは‥‥‥！」
「そうなんです、今日は、洗濯日和（びより）ですから〜〜〜」
「う‥‥‥ウソ‥‥‥‥‥？」
「洗濯日和です」
　五十嵐さん、孝昭くんの「ブリーフの裏側」とも知らず、すっかり見入っています。
「コッチ側から、もうちょっと見えますよ？」
「な、何言ってんだ！　バカモン！」
「五十嵐さん、声が大きい」

「大丈夫です、早苗さんには絶対しゃべりませんから！　男と男の約束です！」
「え‥‥‥ホントか？」

「あ！　1枚落ちた！」
「え！」
　これが合図です。五十嵐さんが少し離れたところを見計らって、ほかのメンバーが白バイへ！

キシュルルルル！
「あ！　こら！　お前ら、なにセルまわしてる！」
「すいませ〜〜〜〜〜〜ん」「750のエンジンかけてみたくって〜〜〜〜〜」
「バカ言うな！　散れ！　お前ら、散れ！」
　僕からは「散ってよし」合図。

「あ。五十嵐さん、すいませんでした。で、村山何キロオーバーだったんですか？」
「村山はなぁあ、見ろ！」
　と、追尾用のメーター（ストップメーターと言います）を見てビックリ。

「０キロ‥‥‥‥」

　そう。当時の白バイのストップメーターは、セルが回ると「リセットされる」仕組みなのです。
　（↑本当。現在のデジタル式ではリセットされない）

「村山。０キロだってさ」
「よかった‥‥‥。じゃ、違反じゃないんだ‥‥‥」
「ぐ‥‥‥‥**ぬぅううううううう！**」
「まぁまぁ、五十嵐さん。その代わり、いいもん見れたじゃないですか〜」
「ざけんなよ!?」

「ところで五十嵐さん。お願いがあるんですけど」
「なんで悪さと頼みごと、同時にできるかな‥‥‥お前は

‥‥‥不思議でしょうがないよ‥‥‥」
「才能、ですかね？」
「褒めてないから。で、なんなんだ？」
「バイクのパーツ屋さん、紹介してほしいんですけど」
「パーツ屋？　ああ、かまわないよ。馴染みだから」
「しょっちゅう壊しますもんねー。五十嵐さん！」
「お前らがだよっ！」

　それでも、五十嵐さんは、それなりに幸せそうに帰っていかれました。孝昭のブリーフの思い出を胸に。

第27話　村山くんの秘密（2）

「みんな、ありがとう‥‥‥」
「もう捕まんじゃねぇぞ？　村山ぁ」
　さすがに２度目とあって、ここでは、すっかり立場を失った村山くんです。

「おーい、村山ぁ。コーラ買ってこいよ」
　こき使われる村山くん。
　ジェミーと坂本くんが来ていないので、河野くん曰く「３月生まれの村山がいちばん年下だから」なのだそうですが、それだけではありません。
「村山が行くと、向かいの店の姉ちゃんサービスいいんだ」
「え‥‥‥そうなの？」

「気づいてねーの？　こないだもコカコーラホームサイズ買ったらペプシのレギュラーサイズついてきただろが？」
「あ、あれ、なんかのキャンペーンだと思ってた‥‥‥」
「**どこのコーラ会社が、他社のコーラおまけにつける!?**」
　ここは孝昭くんが正しい気がします。
　村山くんはモテることをまったく鼻にかけませんが、気づいてもいないので、それがみんな（モテないヤツ）の心理を逆撫でするのでした。
「わかったらとっとと行ってオマケもらってこい！」

　ところが。
「**なんだってスプライトもらってくんだよ！**」
「え？　いつも長持ちして、いいかなって思って‥‥‥」
「**バカ野郎！　ファンタよりマズいから長持ちすんだろ？**」
「そっか。ごめん‥‥‥」
「ったくなー。つかえねーヤツ！　**もっかいちゃんとファンタ買ってこい！**」

　もう一度出かけ、買ってきました『ファンタ』。
「**なーーんーーでーーアップルなんだ？　村山ァ**」
「え‥‥‥‥新製品だったし‥‥‥‥悪かった？　河野」
「**ファンタっつったら、グレープに決まってんだろ、グレーープ！**」
　が、飲んだら飲んだで、
「お！　うめ！」「めっちゃうまいじゃん！　アップル！」
「**でかした！　村山！**」

そんなもんだ。

　でも、村山くんがファンタに手を出すと、
「お前はスプライト～～～～～」「買ってきた責任～～～
～～～」「スプライト村山～～～～～～」
　小学生なみ。
「え？　でも、僕はファンタが‥‥‥‥」
「やかましい！　テメーにファンタは10年早い！」
「そうそう。3月生まれはスプライト！」

　ところが、この日、千葉くんが、もうひとつの重大な問
題に気づいたことで、状況が一変します。
「そか！　パーツ屋紹介してもらったかーーー！」
「うん。孝昭のブリーフのおかげだよ」
「わはははははははは！」

「でもよ？　途中で750バラしてパーツ屋に売るってこと
は、帰りはエンジンだけってことだよなぁ？」
「あ、そうだね」
「ってことはだ。車じゃないと運べねーんじゃね？　750
だから、車検なきゃどっちにしろ自走は無理だけどな」
「うーーーーん」
「駐在に頼むってのは？」
「いや‥‥‥駐在さんはダメだ。必ず報復がある」
　こないだの猫運搬で懲りました（8巻参照）。

「ああ。あと1ヵ月もすりゃ～な～、俺が普通免許取んだ
けどな～～」とは、例によって自慢したいだけの河野会長。

「そうだ！　小型特殊の村山のトラクターってのは？」
「そうだそうだ！　村山、トラクター運転できんじゃん！」（7巻参照）
　すると、村山くん。
「えっと‥‥‥‥。別に、自動車でいいけど‥‥‥」
「バッカだなぁ。無免許するつもりか？　Y市だぞ、Y市」
「そうそう、捕まったら終わりだぞ？　今度こそ退学だぞ？」
「これだから3月生まれはなぁ、考えが幼いっつーか」
　が、
「‥‥‥自動車の免許あるけど‥‥‥‥」
「はい？」

「ほら‥‥‥。普通乗用」

「**え〜〜〜〜〜〜〜〜〜〜〜〜〜〜〜〜〜〜〜〜!?**」

　村山くんが出した免許証に、みんな愕然。
「ウソッ！」「生年月日が‥‥‥‥」「1年早い‥‥‥‥」
　まさに晴天の霹靂！
「な、な、な、なんで？」
「じゃじゃじゃじゃ、じゃー、**実質1級上じゃん！**」
　全員、腰をぬかさんばかりにビックリです。だって、村山くんとはずっと一緒。留年した記憶がありません。
　特に4月生まれ河野くん。村山くんを好き放題パシリに使ったあげくに無能扱い。

番外編　もっとすごい小学生

「えっと……。村山……さん、ファンタ、飲みます?」
「あれ? 10年早いんじゃなかった?」
「あ、いえ……。あれ、9年の間違いでした……」
　とりあえず計算は正しい。

第28話　村山くんの秘密（3）

　孝昭くんの部屋は、もう、天変地異でも起きたかのような大騒ぎ！　いや、確かに天変地異！
「ななな、なんだってテメェ、そういう大事なこと、おっしゃらないんだよ!」
「いや、別に話す必要ないような気がして………」
「い、いやいや。村山はそうでも、俺らはそうはいかねぇーですよ!!」
「そそ、そーだそーだ。そりゃ、一種の裏切りってーもんでございますよ!!」
「孝昭の言うとおりでございます」
　みんな日本語ヘン。
「だ、だってよーー。俺ら、今までずっとタメだと思って、お付きあいしてきたわけじゃございません?　みなさま」
「お、おお。俺もずっとタメだと思っていらっしゃった」
「お、俺だってございます」
　みんな敬語慣れてねーーーー。

「い、井上ぇ！　てめーは、ご存じなかったのかよっ！」
　グレート井上くんと村山くんは、通学路も一緒。いちば

んの親友です（7巻参照）。
「えっと。僕は‥‥‥‥知ってたよ」
「なんだとぉ、井上ぇ！　ご存知なのに、なんでばっくれてらっしゃったんだよっ！」
「しばきあそばすぞ！　くらぁ！」

「井上には、僕が口止めしてたんだ。実は」
「あ～。さようですか～。村山先輩が～～～～～」
「そいじゃ、しかたねぇですね～～～～先輩～～～～」
　態度の豹変に大忙しです。

「あの‥‥‥。頼むから普通に接してくれよ。だいぶ無理かかってるし‥‥‥」
　村山くんの言い分こそ、ごもっともであそばしました。
「お、同じっておっしゃられてもなぁ‥‥‥？」
「な、なんか意識あそばすよな」
「うん。無茶おっしゃってんじゃねぇ」

　みんな対応に困りました。
　そんな中、西条くんだけは、もともと先輩なんかないがしろなので、態度に変化はありません。
「しかし気づかなかったなぁー。いつ抜かれたのかな？俺ら」
　というか、「年齢」というものの概念がわかってない。
「実は、小学校入る時なんだよ」
「え、そんなときから？」
「クソ～～。気づかなかったぜ。気づいてりゃ、そこでなんとかしたのによ～～～」

気づいてても無理です。

「4歳ころから‥‥‥ずっと。小学1年まで入院してて。入学式の時期をのがしちゃったんだ」
「へー‥‥‥」「さようでー‥‥‥」
　村山くんの、この時の入院は、けっこう重い病気だったようで、その時の薬の副作用で永久歯がほとんど生え揃わず、今でもその部分は入れ歯なのだそうです。口ベタなのは、どうやらその影響もあるようです。
「退院する時は、もう10月になっててね。それで‥‥‥そのまま今の学年に加わるか、1年待つかって」
「あーーーー」「迷うとこでございますねー」
　小学1年生は学習の基本。村山くんの両親は「いずれにせよ3月生まれ」ということで、5ヵ月待って僕たちの学年で入学させることにしたのです。

「そ、そうであそばしたのか‥‥‥」
「そんなあそばしがあったとは‥‥‥」
　もはや日本語でさえありません。
「久保。もう敬語いいから‥‥‥」
「そうか？　村山がそうおっしゃってくださるならやめる」
　抜けてない。

「でも、なんか‥‥‥。お前らと同じでよかったよ」
「そ、そうか？」
「うん。きっとひとつ上の学年にいたら、こんなに楽しくなかっただろうから‥‥‥」

「パトカー盗んだり。チンピラとケンカしたり。大学生とやりあったり。銀行襲ったり、お稲荷さん爆破したり‥‥」
「どこの『悪の組織』だ‥‥‥そいつら‥‥‥‥」
「あらためて言われると、すげぇ‥‥‥」
「うん‥‥‥構成員としてイヤになるぜ‥‥‥‥」
　ホントです‥‥‥。
「それが‥‥‥楽しくってさ。だからその関係、くずしたくなかったんだ」
「村山‥‥‥‥‥‥‥」
「ん！　わかった！」「じゃ、今まで通りってことで！」

　ようやくそこにジェミーと坂本くん、到着。
「え〜〜〜〜！　１年上だったんですか〜〜〜〜！　最初っから言ってくださいよ〜〜〜〜〜！　村山先輩〜」
「お前は影響ないだろ？　ジェミー」
「あ、そうだった。じゃ、これからもよろしくね〜〜」
　なんで、タメになる!?

第29話　タイムリミット（1）

　Ｙ市は、ケンちゃんの店『メルヘン』のあるＡ市より、さらに遠く、バイクで２時間近くもかかります。
　そこで威力を発揮するのが！
「へりこぷた〜〜〜〜〜〜〜〜〜」
　なにドラえもんみたいに、一般的乗りものを紹介してん

でしょうか？　だいたい、ヘリコプターあれば、バイクで行きません。
「違うだろ？　千葉えもん」
「むせんき〜〜〜〜〜〜〜〜〜」
　そう、無線機。僕たちはＺ山遭難（6巻参照）など、幾多の経験から、無線機の有用性をよく理解していました。

　今回、森田くんは、免許がなくても使える市民バンド（CB＝CitizenBand）のクリスタル式無線機3台を試作。さっそく、この日のツアーで使ってみることにしたのです。
「電源はバイクのバッテリーから取れるようにしてある。これは1クリスタル式で、周波数は固定ではなく‥‥‥」
「いいよ、森田。しゃべれんだろ？　つまり」
「え？　あ‥‥‥ああ。しゃべれる‥‥‥よ？」
　かわいそうな森田くん。ものすごい技術力なのに、いつも解説は聞いてもらえません。

　説明は聞かないくせに、いちばんいじるのもこの男。
「こちら西条〜。聞こえますか〜？　どーぞー？」
「りょ〜かい〜。こちら千葉〜〜〜。よく聞こえます、どーぞー。てか、肉声で聞こえてます〜、どーぞー」
　市民バンドは、このように無線免許を持っていなくても使えましたが、ひとつ大きな欠点がありました。
〝♪ガチャーーーン〟
「うわっ！　うるさっ！」
〝**こ〜ちら〜〜〜、ながれ〜ぼし〜、ぎんじ〜〜〜**〟
「なんだ？　これ？　混線してねーか？　森田」
「あー、それ、トラック無線だ」

「トラック無線？」

　トラック無線は、同じ27MHz帯のCB無線ではあるものの、法律で許可されている出力（0.5W）をはるかに超える100W〜1000Wのアメリカ製。もちろん（日本国内では）違法なのですが、映画『トラック野郎』で菅原文太が使ったことから、運ちゃんたちの間で大流行します。

　あまりにも出力が大きいため、一般の市民バンドはカブリで、ほぼ会話ができなくなり、遭難無線が傍受できない、などの深刻な問題も引き起こしました（後に、その電磁波によって信号機が狂うなど、社会問題となる）。

〝どなたか〜〜〜、ワッチございませんか〜〜〜〟
「うっせぇなぁー。これ違反だろ？」
「まぁ、違反ではある」
「こ〜ちら〜、流れ星さいじょう〜〜、**うっせーぞ〜バカヤローーーー**。どーぞー？」
「こらこら……！　西条！」
「どうせ届かないってー」

　無線は聞こえる距離と話せる距離は違います。出力の大きい無線機の音は、遠くまで届くのです。

〝ながれぼしさいじょうさ〜〜〜ん、ワッチありがとうございます〜〜どーぞー〟
「げっ！　届いた??」
「みたいだね……」
「『わっち』ってなんだ？　森田」
「Watch。受信ってこと」

「なんだ、ウルトラマンのこっちゃないんだ？」
　ウルトラマンと無線通信できるとでも、思っていたのでしょうか？

　トラック無線は、その後ものべつまくなくカブってきて、おかげで国道を走っている間、無線機はほとんど使い物にならず、森田くんを落胆させました。
　それでも、
「こちら〜〜〜流れ星さいじょう〜〜〜、おっちゃん、どこ走ってんだ〜？　シュワッチ！　どーぞー」
　西条くんにとっては、いいオモチャになったようで、「ワッチ」したどっかのトラック運ちゃんと交信を続け、親しくなっちゃったりしてるのでした。
「そいじゃおっちゃんの子供によろしく〜〜〜シュワッチ！　どーぞー」
「すごい‥‥‥0.5Wで‥‥‥信じられん‥‥‥」

　Y市到着は午前10時ジャスト。
　その店は、幹線からはだいぶ入り込んだ一方通行の道路沿いにありました。わずか10台ばかりの車を並べただけの殺風景な所で、あまりにシンプルすぎて、最初は発見できなかったほどです。
　一般の中古車屋のようなプライスカードはなく、フロントウィンドウに、油性ペンで直接値段が書いてあるあたりが、いかにも「裏ルート」。

　その並べられた駐車場のいちばん端っこに。

「殺人750だ‥‥‥‥‥」
　殺人750は、本当にあったのです。

　威風堂々とした銀色のボディは、ほかのCB750となんら変わりません。
　真新しく、何度も事故をひきおこしているようには、まったく見えませんが、その存在感は独特で、正直なところ、一瞬背筋が寒くなるのを、抑えることができませんでした。
　それは、どうやら僕だけではなかったようです。ビビリ屋のチャーリーは、あれほど「会いたがっていた」のに、近づくことさえできません。
「こいつかぁ‥‥‥‥‥」
「すげぇな‥‥‥‥‥」
「うん‥‥‥‥」

　そこへ、店の人が、「いらっしゃいませ」というよりは、「お前ら何者だ」とでも言いたげに、出てきました。
　人相は駐在さんほど悪くもなく（人相の基準がいつも警察官ってのも考えものですが）、かといって、日産の営業マンのようなサワヤカさもありません。

「CB750かい？」
「あ‥‥‥ええ。僕たちＡ市のケンイチさんから‥‥‥」
「あーーーー、鈴白サンとこのーーー」
　スズシロ？　実は、これがケンちゃんの以前所属していた組の名称だったのですが、ある意味、知らないのは幸いでした。世の中、知らなくっていいことはイッパイあります。

「キャッシュ。持ってきた？」
　いきなりのこの質問が、すでに普通の店じゃありません。そのくせ、こっちがまだ迷っている、ととるや、
「コイツはお買い得だよ。なんたって、ほぼ新品部品だからね！」
　突然、普通の営業マンっぽくなったりします。
「ってことは事故車ですよね？」
「さぁ？　前オーナー以前のことはね」
　あっけらかんと言います。どうやら金融ルートとは、そういう商売スタイルらしい。
　どうしたものか‥‥‥。

　チャーリーは、ようやく殺人750の「結界」の中に入りこめたようで、すでにあちこちをチェックし始めていました。
「どう？　チャーリー」
「うん‥‥‥‥‥いい」
　目を輝かせています。交渉係の僕としては、ここでチャーリーにビビリが入って諦めてくれるのを、どこかで期待していたのですが。

「いくらでしたっけ？」
　僕は、あえて15万という値段を言わずに聞いてみました。
「鈴白サンの紹介だからねー、キャッシュで15万」
「あ、初めは９万って‥‥‥」
「これ、けっこう人気あんのよ。ま、750の中古なんてめったにね。ウチあたりじゃ」

「いらないなら、別にいいよ？」
　立場は売り手が上ってことか‥‥‥。
　でも、ケンちゃんは、ボロボロフロンテクーペを、ケーキ２個分で買った（ダマしとった？）と、言っていました。交渉の余地は、どっかにあるはずです。
「いらないならいい」と言えるということは、実は‥‥‥。
「すいません。名刺、いただけます？」
　男は、いかにも面倒くさそうに名刺を僕に渡しました。
「社長さんなんですね、お見それしました～」
「まぁね」
　ま、そりゃそうです。雇われ人が、今日買ってくかもって客に「いやならいい」とか言ったら、普通はクビです。
「あの、エンジン、かけてもらっていいですか？」
「ああ、待って。カギ、持ってくるから」

　そのスキに善後策会議です。
「キビシそーだなーーーーー」
「うん‥‥‥」
　日曜日だけあり、こんな殺風景な店でも、けっこう下見客が来るものです。フロントウィンドウに書き込まれた価格は、やはり市場よりもかなり安く、「知る人ぞ知る」店なのでしょう。
　そんな中でも、殺人750は、やはりひと際目をひきます。ほかの買い手がついた、という話も、まんざらガセではないのかもしれません。

　ところが。

社長。カギを取りにいったまま、なかなか戻ってきません。事務所のプレハブで、あちこち探しているようです。
　ほかの買い手がついているなら、エンジンはかけてもらったはず……それも、ここ数日の話。そのカギが見つからない？
「森田。ちょっと頼みあるんだけど？」
「何？」

　やがて。
「あーーー、あったあった、……って、何やってんだ？」
「観自在菩薩行深般若波羅蜜多時〜〜〜」
「え？　読経ですけど」
「ななな、なんだって読経なんか！」

「彼は寺の息子なんですが、なんか、うかばれない霊がたくさんついてるとか言い出して……不吉なんで、買う前にとりはらおうとしてくれてるみたいなんです」
「照見五蘊皆空度一切苦厄舎利子色不異空〜〜〜」
「えええ…………」

「いやいや。売り物の前で読経なんか困るって！　だいたいそれは……」
「それはなんですか？」
「い……いや。事故車なんだ………」
　ようやく吐きました。
「で、いくらでしたっけ？」
「是諸法空相不生不滅不垢不浄不増不減〜〜〜」

186

「じゅ、14万だったかな？」
　１万下がりました。

「どうだ？　森田」
　首をふる森田くん。
「４人のうかばれない魂が〜‥‥〜‥‥‥‥」
「えぇえぇえぇえぇえ‥‥‥‥」

「羯諦羯諦波羅羯諦波羅僧羯諦菩提薩婆訶‥‥‥」
　いつの間にか社長も、商売そっちのけで「読経」を見守っています。やはり『殺人750』そのものなのです。
　それはそれで、おっかなかったのですが、覚悟のあったぶん僕たちが上。

「ぅぁああああああああああああっ！」
　壮絶な悲鳴とともに読経を中断！
　その場にへたりこむ森田くん！
「も、森田あーーーーー！」「大丈夫かーーーーー！」

「あ。この750。いらないかも‥‥‥‥」
「そ、そう？」
「13万でしたっけ？」
「え‥‥‥い、いや‥‥‥。12万で‥‥‥いいよ」
「12万だって。チャーリー」
「買います！」

第30話　タイムリミット（2）

「急げ！」
　価格交渉は成功しましたが、その代わり「４万円は内金、絶対今日中の購入」が交換条件でした。あと半日しか残っていません。

「本当はあの店、今日中に15万円、必要だったんだ」
「どういうこと？」たずねるチャーリー。
「最初店に行ったとたん、社長は『キャッシュは持ってきたか？』って聞いたろ？」
「うん」
「今日は月末だもん。銀行の翌営業日までに15万円、現金を用意しなきゃいけなかったんだと思う。資金繰り上ね」
「‥‥‥なんか、気の毒なことした？」
「何言ってんの！　同情してる場合か？　元は９万だったのに。12万でいいってことは、３万円なんかで都合ついたんだよ、きっと。その値段」
　物の価格というものは、必ずしも原価と利益から決まるわけではありません。それぞれの店の事情というものがあるのです。『決算セール』は、どこでもよく見かけますが、これは『決算』までに、利益度外視でも売上が欲しいから。
「へーーーー」
「いいから。早くバイク乗って！」

今度はこっちが焦る番です。
「しかも、４万円は『手付け』じゃなく、『内金』が条件だ」
「あ？　どっか違うのか？」
「『内金』ってのは解除できない。違約した場合には、倍返し。つまり８万円いるってこと！」
　手付金はこれと違って、単なる「手付け」。解除すると返金されます。
「お手つき？」
「ま‥‥‥まぁ、そんなとこかな？」
「和美はお手つき？」
「なんで、そこで和美？」
　和美は‥‥‥内金だよ‥‥‥。

　つまり、渡した４万円は、何があっても返せません、ということです。
「それほどにキャッシュが欲しかったんだ」
「え〜〜〜〜、じゃ、今日、準備できないと？」
「パー」
　だから急いでいるのです。最低でも、今日中に８万円必要。

「五十嵐さんの紹介してくれたパーツ屋だと、CB750は、バラせば７、８万にはなるらしいから」
「エンジンないぜ？」
「エンジンは、意外に安いって言ってた。需要がないし傷んでる可能性がいちばん高いから、だって」

番外編　　もっとすごい小学生　　１８９

大問題は、パーツ屋に持っていくまでの立て替えるお金でした。
　メンバーからかき集めれば、１万円くらいにはなるでしょう。特に、ジェミーと坂本くんは裕福です。
　あと７万‥‥‥‥。

　７万は大金です。日曜日に耳を揃えられる人など、大の大人でもなかなかいません。が‥‥‥‥。
「お願いします！　半日でいいんです」
「いや‥‥‥‥君はいつも突飛なことを言い出すが、今度は金の無心かね？　タカさんの教育を疑うよ」
　世の中広いですから、中にはいらっしゃるわけです。グレート井上くんの父、グレート父さん。通称『ジャイアンツ好きの井上』さん！
　グループ内の金の貸し借りは禁じていますが「グループの保護者までは禁じていない」ということで、昨日、息子のグレート井上くんには提案してみたのです。
　が、グレート井上くん、当然ながら拒否！　そればかりか「やれるもんならやってみろ」などという、挑発的なことを言ってきたので、やれるもんならやってみてるのです。

「担保があります」
「担保？」
「担保はこれです！」
「こ、これは――――――――！」

「はい〜〜〜〜、**王選手が高校時代に使っていたという噂の、サイン入りバット**です！」

この句読点は、とっても重要です。
「使っていたという、噂のサイン入りバット」と、
「使っていたという噂の、サイン入りバット」は、意味が違います。後者は「噂があった」ってだけ。

「こ、こりゃすごいよ！　君ぃ！」
「でしょう？　お返しした時でも、その担保物件は金利代わりとして差し上げます！」
「ほ、本当かね？　よし！　7万円、半日でいいんだな？」
「はい！　必ずお返しします！　こちら担保物件の『高校時代使っていたという噂の、サイン入りバット』です」
「おお～～～～、これが王(ワン)ちゃんの～～～～～」
　日本刀でも観賞するかのように、しばらくうっとりと眺めていたグレート父さん。

「けど、あれだねぇ。君。王貞治は‥‥‥」
「はい」
「高校時代は**玉貞治**っていったんだね」

　げ！　チャーリー！　まだ漢字覚えてなかったのか！

　思わぬところで大ピンチ！　同席したグレート井上くんはニヤニヤしています。
「え～～～っと～～～～、井上さんが巨人のことで知らないことなんてあるんですか？」
「ん？　え？　あ、まぁ、そ、そんなにはないかな～？　巨人のことなら、たいていは知ってるからな。うん」

「じゃぁ、高校時代の王選手が、ゲンを担いで、先攻になった時は王を『**玉**』に。後攻の時には『王』にしたっていう、**超有名な話**は‥‥‥もちろんご存知ですよね？」
　そんな将棋の駒みたいな王選手いたら、見てみたい。

「あ？　あー‥‥‥あーーー！　そうだった！　先攻の時は『**玉**』だ！　玉！　いや〜〜〜ど忘れするとこだった！」
「あ、やっぱりご存知でしたか〜、さすがですね〜。ですよね。考えてみたら、**僕が知ってる程度のこと**で、井上さんが知らないわけないですもんね。お見それしました」
「いやいや。うん、知ってるぞ！　**玉**だ！　うん！　先攻の時だけ**玉**なんだよな！」
「そうです！　**玉**です。あはははは」
「だよな！　**玉**だ！　**玉**！　わははは」
　真っ昼間。娘の夕子ちゃんもいるのに、タマタマ言いながら大笑いする男２人。

　巨人ファン独自の『見栄』によって難関突破（当時の巨人ファンはその知識を競い合っていた）。
　しかもグレート父さん。ダテにグレートと呼ばれてません。「金は必ず多めに借りるもの」という説教つきで、なんと10万円貸してくださったのです。さすがグレート！

　それにしても半日とはいえ10万円の嘘。心が痛みます。
　僕はその痛みで、もうしばらく笑うことさえできないだろう、と、その時思ったのです‥‥‥。

「わはははははははははは！　やったネ〜〜〜〜」
　でも、笑ってしまいました。歓喜は反省を上回るのです。
「僕は心底、君を軽蔑(けいべつ)するよ‥‥‥」
「え〜〜〜？　そりゃないだろ？　井上が頼んでくれりゃ、こんな苦労もないものを」
「やかましい！」
　友情には、微妙なヒビが入りましたが。

「どうだった？」
「こっちはバッチリ。そっちは？」
　僕が井上家を訪ねていた間、チャーリーとほかのメンバーは、車の手配に奔走していました。村山くんが免許を持っていた、とはいえ、バイクを運べるようなトラックは、なかなかありません。
「まだ‥‥‥めっかんない」
「久保んちの軽トラは？」
「使ってるって。豚とか乗っててよければ」
　まぁ、そりゃそうだ‥‥‥。
　チャーリーの家には、車も運べるヤツがあるわけですが、チャーリー、どうも年の離れたお兄さんを頼るのが、イヤなようです。
「そんなこと言ってる場合じゃねーだろ!?　誰のためにやってっと思ってんだ！」
　とうとうほかのメンバーがイラつき始めます。
「やばいぞ、もうすぐタイムリミットだ‥‥‥」
　今日中とはいえ、あの店の営業時間内、ということなわけですから。残り数時間。

ところが、ここで思わぬ伏兵。
「こちら～～～～流れ星さいじょう～～～、どなたか～シュワッチありますか～～～！　どーぞー」
　なんと！　流れ星西条。CB無線で、Y市からバイクを運べる運ちゃんを、探し出したのです！
　ただし。
「10トンでいいよな？　あ……750て、10トン以上、ある？」
「だからロボットじゃないってのに………」
　協力を申し出てくれたのは、なんと「ロボットも運べる」10トン車！

　そのデカイのなんの！　10トン車って、こんなにデカイのかって思い知るくらいにデカイ。
　おかげで、店のある一方通行には入れず、全員で表通りまで750を引いていきましたが、今度は、荷台に載せるのがひと苦労です。
「夜ならなぁ。ロボットになるから簡単なんだけどな」
「まだ言ってやがる……。いいから持ち上げろ！」
「**せ～～～～～の～～～～～～～！**」

　こうして、殺人750は、N市にあるパーツ屋まで運ばれ、そこで解体されることになりました。
　かつて何名ものライダーの命を奪った殺人750は、この日、その天寿を全うしたのです。

「大丈夫！　エンジンは残ってんだから！」
「何が大丈夫なんだよ………それってエンジンに憑くっ

て言ってるみたいじゃん‥‥‥‥」
「まぁ、心臓部だからなぁ」
「観自在菩薩行深般若波羅蜜多時〜〜〜」
「やめろよ、森田ぁ！」

　結局、殺人750の「エンジンを除く」価格は８万円弱。若干のお金を残す形で、無事、グレート父さんにもお返しすることができました。
　それからすぐに、グレート父さんは、仕事で海外へ出かけられたのですが、グレート井上家の居間には、『玉貞治』のサイン入りバットが、燦然(さんぜん)と飾られていたのでした。

第31話　キャブレター争奪戦（1）

　チャーリーが、パーツ屋さんにエンジンを受け取りに行ったのは、翌週の日曜日。
　今回は、しっかり軽トラも借りました。もちろん、運転手はレーサー並みの腕前を持つ、初心者マークの村山くん。
　軽トラは２人乗りですので、僕は、孝昭くんの250に乗せられて、付きあいました。
　ほかのメンバーですか？
　ケンちゃんとこにお礼を言いに行きました。全員で。
　今頃は、「２個以上注文しないと顔を覚えられない姪御さん」のために、京都弁でケーキを注文しまくってる頃でしょう。

驚いたのは、この日、五十嵐さんがパーツ屋さんに来ていたこと。
「五十嵐さん‥‥‥どうされたんです？」
「うん。今日、お前らが750のエンジン引き取りに来るって、お店の人に聞いてねー」
「そうなんです。そうだ、いろいろ、ありがとうございました！」
　こうして、実はいろんな大人の人に見守られながら、僕たちの青春はあるわけです。

「うん。それでな？　ママチャリ、最近、駐在所行ってないだろう？」
「ええ‥‥‥そりゃ‥‥‥‥」
　たいした用事もありませんから。そもそも、駐在所に通ってる高校生ってのがどうかしてるわけで。

「たまに愛ちゃん、見に行ったほうがいいぞ？　かわいくなったぞー？」
「そうです‥‥‥か？」
　イヤな予感がしました。
　そりゃ愛ちゃんはかわいいでしょうが‥‥‥。白バイ隊員がすすめるあたりが怪しい。

「孝昭、もな？」
「え‥‥‥‥‥‥‥？」
「お前、３年は３組だったんだな」
「そうだ、けど？」

エンジンは村山くんにまかせ、大急ぎで町まで戻ると、駐在所。
　それは一目瞭然(りょうぜん)でした。
　駐在所前の電柱に、何かぶら下がっているのです。上には「落とし物」の貼り紙。矢印の先、

「ブ・・・・・・・・・ブリーフ・・・・・・・・・・・！」
　しかも。白いブリーフのお尻のところに、大きく大きく、

3ねん3くみ　たかあき

「くぉおおおおおおおおおおお！」
「き・・・・・・気づいてたんだ・・・・・・・・・・」
　いや。あの時は、気づいてはいませんでした。あの幸せそうな顔は気づいてません。男同士ならわかります。
　恐らくその後、引き返してきて「ブリーフだ」と気づいたのです。男同士だからわかります。
　ぬかった・・・・・・・・。
　確かにここしばらく、殺人750にかまけて、駐在所をおろそかにしていました。おろそかってのもヘンですが。
「ってことは何日前から・・・・・・？」
「さぁ・・・・・・・・・・・・・・・・・・・・」
　まっ青です。

「白バイ隊員があんなことやっていいのかーーー！」
「いや、違うよ。孝昭」
「あ？」

あれは駐在さんの入れ知恵です。間違いありません。
「だから駐在所前の‥‥‥」
　待てよ‥‥‥商店街は‥‥‥？
「お、俺、ひとっ走りまわってくる！」
「あ、うん。気をつけて‥‥‥な」
　ブリーフに。

　ブリーフ作戦を考えたのは僕です。なのに犠牲となったのは、孝昭くんでした。
　僕は‥‥‥‥‥‥‥‥‥‥。

「あーよかった！　自分じゃなくって♪」

　この日の午後、僕は和美ちゃんと約束していました。しばらく殺人750でほったらかしてしまったぶんの罪滅ぼしです。
　ところが、和美ちゃん、待ち合わせの場所で、第一声。
「これ‥‥‥」
「何？　これ」
　渡してくれたのは紙袋。
「え‥‥‥これって‥‥‥‥」
「そ‥‥‥パン‥‥‥ツ‥‥‥」
　言いづらそうに和美ちゃん。その赤らめた頬(ほお)がカワユイ！
　京都弁のプチ魔性の女もキュートだったけど、やっぱり僕には和美ちゃんです。
「え、それって、か、和美の‥‥‥」
「ち、違うわよ！　バカ！」

「はあ？」

　それは、僕のクラスと名前がしっかり書かれたブリーフでした。

「こ‥‥‥‥これは‥‥‥‥‥」
「駐在所前のね。電柱に、下がってたの‥‥‥落とし物って‥‥‥‥」
「う‥‥‥‥そ‥‥‥‥‥‥」
　実はしっかりやられていたのです。
　どうりでおかしいと思った‥‥‥‥（泣）。

「えっと‥‥‥‥孝昭のは？」
「一緒にあったけど‥‥‥‥まさか孝昭くんのまでは‥‥‥‥ね？　ヘンでしょ？」
　そりゃあヘンです。ヘンってか、ヘンタイです。
「でも、キミの名前のは‥‥‥‥。ほっとけないでしょ？　その‥‥‥‥えっと‥‥‥‥‥その‥‥‥‥‥」
「何？」
「その‥‥‥‥コイビトと‥‥‥‥して‥‥‥‥‥‥」
　和美ちゃんが、自らを「コイビト」と名乗ったのは、この時が初めてでした。何しろ、ずっと彼女の片思いでしたから。

「あ‥‥‥‥ありがと‥‥‥‥。和美」

　なんと言うか‥‥‥‥。
　怪我の功名と言うのか。

ブリーフの功名？

　この日、僕は孝昭くんに送ってもらっていたので、帰りは電車でした。
　駅に向かったその道で、
「よぉ！」
「早苗さーん！」
　なんと孝昭くんの姉。早苗さんと遭遇。
「あのなぁー。お前と孝昭のブリーフ、どういうわけか、駅に落とし物として陳列(ちんれつ)されてたぞ？」
「駅‥‥‥‥‥‥‥‥‥‥‥‥‥？」
「弟のはすぐ取ってきたけど、お前のまではなぁー。さすがにヘンだろ？」

第32話　キャブレター争奪戦（2）

　せっかく念願の750のエンジンが手に入ったというのに、翌日、アジト教室にやって来たチャーリーは、ひどく塞(ふさ)いでいました。
「ダメだ。あのキャブ、かなりいっちゃってる」
「キャブレターが？」

「え？　店で、エンジンかけてもらった時は、かかったよなぁ？」
「うん。調子よさそうだったじゃない？」
　なのにキャブレターの調子が不調？

腑に落ちない話でした。
「たぶんだけどよ‥‥‥‥」

「パーツ屋で取っかえられた？」
「それしか考えらんねぇ‥‥‥‥」
　チャーリーは、ケンちゃんのフロンテのキャブまで直したメカニックです。そのチャーリーがこぼすのですから、信憑性はありました。

「くっそぉ！　高校生だと思ってなめやがってーーーー！」
　そう。みんな良心的に商売やってると思ったら、大間違いなわけです。
　五十嵐さんの紹介ということで、僕たちは、すっかり油断していましたが、五十嵐さんは大人で、常連さんで、警察官。僕たちは高校生で、しかも二度と来そうにない客です。

「動かないのか‥‥‥‥？」
「動くには動くんだけどよ‥‥‥」
「クリーニングしてもだめ？」
　首を振るチャーリー。
「よし！　俺があのパーツ屋、ぶっとばしてやる！」
「まぁ、落ち着けよ。孝昭」
「だってよーーーーーーーー」

「取っかえればいいじゃない？」
「キャブって高ぇんだぞ？　まして750」

「だから750とだよ」
「え！　CB750なんてそんなにゴロゴロねーぞ」「だよな、このへんじゃ見かけもしねぇ」
「え？　あるよ。けっこう見かけてるじゃない？」
　ここまで言って、みんなも気づきました。
「あ！　お前まさか！」「あああ!!」

「えええええええ！　白バイか？」

「まさか。バカ言うな。白バイからはずすなんて」
　そう。いくらなんでも白バイってことはありません。
「ピンクバイだってば！」（4巻参照）

　しかし。僕たちが五十嵐さんの白‥‥‥ピンクバイに近づけるのは、駐在所へやって来た時以外にありません。こないだストップメーターのゼロリセットやらかしましたから、おいそれとは近づかせないでしょう。
　よしんば、駐在所へやって来たとしても「ヘッドライトぽわ～～～～ん」の時でわかるように、五十嵐さんは、駐在所の真ん前、しかも、必ず駐在所側を向けて停車します。
　駐在さんも五十嵐さんも見ている前で、白バイの‥‥‥いや、ピンクバイのエンジンをいじって、キャブレターを交換するなど、おおよそ不可能。
　‥‥‥かに、思われます。
「ケンちゃんのフロンテクーペでも、夜までかかったんだぜ？」
「だからさ。それだけの時間を稼がなきゃいけない」
「どうやって稼ぐんだ？」

どうしてそんな時間を稼ぐより、キャブレター分の「お金を稼ぐ」方法を考えなかったのか、我ながら不思議ですが、たぶん、それが「青春」なのです。
　ああ、「青春」て言葉は都合いい。

「駐在所にはELMOの８㎜映写機がある。交通教室とかで使うヤツ」
「それが？」
「そこで上映会をやる」
「交通教室の？」
「ブルーフィルムの」
「はああ？」
　まだ家庭用ビデオ*が普及していなかった頃、一部のお金持ちは、成人向けの『ポルノフィルム』を、８㎜フィルムで鑑賞していました。
　これを称して『ブルーフィルム』。映像が（白黒の頃）実際に青みがかっていたため、そう呼ばれたらしいのですが、まぁ、現代における『裏ビデオ』ってとこです（観たことないのでわかりませんが）。
　【*世界初の家庭用ビデオ＝ソニー『ベータマックス』は
　　1975年５月の発売。VHSは、それに遅れること１年
　　半後、1976年（つまりこの年の）10月の発売】

「上映会やれば暗幕、張るだろ？」
　上映時間によって、いくらでも目隠しできます。
「ブ、ブルーフィルムなんて、ど、どこにあんだよ？」
「たいていのお金持ちなお父さんは持ってる」

みんながひとりに注目。

「な、なんで僕を見る!?」
　お金持ちなお父さんが、ご家庭にひとりいるからです。
「な、な、な、なんてことを！　お前、人の父親をなんだと思ってるんだ！」
　しかもグレート父さん。ただいま海外出張中。

　五十嵐さんが、ここ数日内に駐在所を訪れることはわかっていました。
　なぜなら、ブリーフが電柱からなくなったから。それを祝勝することは、疑いの余地がありません。
「なんかおもしろくねぇな……」
「まぁまぁ。孝昭」

　さっそく！
「こんにちは〜〜〜〜」

「ん。なんだ、お前ら、揃いも揃って」
「実は、駐在さん。今日は、ちょっと犯罪の摘発(てきはつ)のことで……」

「ブブ、ブルーフィルム〜〜〜〜？」
　当時、この言葉に反応しない大人の男性はいない、と言っても過言ではないでしょう。まして独身の五十嵐さん！

「ええ。なんかすごいらしくって……。これって摘発するのって、警察のお仕事ですよね？」

「あ、あ、ああ〜。もも、もちろんだ！」
　ブルーフィルムは、温泉街などでも法外な価格で売られたりしましたが、主に流通したのが海外からのノーカット版で、これは税関の摘発対象でした。いずれも、暴力団の資金源になったりしので、当局も目を光らせていたのです。

「それらしきフィルムが、ここに数本‥‥‥‥‥」
「数本‥‥‥‥‥」「ど、どこで入手したんだ？」
　グレート井上くんちの金庫からですが、とても言えません。
「いえ‥‥中身見てないんで、確証はないんですが‥‥‥‥」

「１本は『美少女遊戯(ゆうぎ)』。もう１本は洋モノで『PrettyGirl』」
「び‥‥美少女遊戯‥‥‥‥」「ぷりてぃがーる‥‥‥‥」
「そして極めつけが！」
「き‥‥‥極めつけ？」
「美人バスガイド湯けむり地獄編！」
「おお‥‥‥‥‥‥‥‥」「おおお‥‥‥‥‥‥」
　ケースに書いてあるタイトルを読み上げただけでも、この興奮！

「ね？　怪しいタイトルだと思いません？」
「あ‥‥‥怪しい！」「た、確かに怪しい！」
「そこでですね〜、駐在所には映写機あったじゃないですか」
「ああ。交通教室用のな」
「で‥‥駐在さんたちに確認していただこうと‥‥‥‥」
「か‥‥‥‥確認か〜‥‥‥‥」

番外編　もっとすごい小学生　　205

「暗幕も視聴覚室のヤツ持ってきました！」

「よ、よし！　か、確認しようじゃないか！」
「そ、そうですよね！　先輩」
「あ、いや‥‥‥ママチャリ、ちょっと待て！」
「どうかされたんですか？」
「いや‥‥‥ほら、今日はな？」
「あ‥‥‥‥奥さん‥‥‥‥‥」
「そうなんだ‥‥‥‥‥」
「それはマズいですよねぇ‥‥‥‥」
　男というものは、こういう時だけは、敵味方なく、すぐに心が共鳴します。
「だから明日にしろ、明日に」
「僕たちは放課後ならかまいませんが‥‥‥五十嵐さんは？」
「よ、よし！　わかった！　明日！　都合つける！」

　実際、当時こういうフィルムを観る機会というのは、本当に稀でした。誰かが入手すると、ご近所のお父さんたちが、映写機のあるお宅に集まって『秘密の鑑賞会』が開催されたものです。

　そして翌日、午後４時。
　僕たちは約束の「ブツ」ブルーフィルム３本を持って、再び駐在所へ。
　駐在所は狭いので、入れる人数は限られています。チャーリーたちノッポさん部隊と、ジェミー、村山くん、フィルムの持ち主が自分の父親であるグレート井上くんも当然

辞退。そのメンバーは、白バイに当たることになります。
「最低１時間はひっぱってくれ」
「わかった！　チャーリー！」
「あ、あと‥‥‥」
「なんだ？　チャーリー」
「ボリューム、なるだけ上げてくれよな〜」
「わ、わかった！　チャーリー！」

　五十嵐さんのピンクバイは、すでに駐在所前にありました。
「じゃ、行ってくるから！」
「ボリューム‥‥‥」
「わかったって‥‥‥」

　中へ入るとすでに駐在さんと五十嵐さんはスタンバイOK！
　映写機はセットされ、北側の窓にはスクリーンが下がっています。
「駐在さん、今日、奥さんは‥‥‥？」
「ん。実家に帰した！」
　なんて本腰の入れよう！
　エロフィルムみんなで観るためだけに、奥さんと子供を実家に帰す。なかなかマネのできることじゃありません。
「すごいです！　駐在さん！」

「よし！　みんな、暗幕！」
「よっしゃ！」
　テキパキテキパキ。普段の作戦だって、こんなにテキパ

キしたの見たことない、ってほどにテキパキ。
　駐在所は、男たちの熱気で、いっきに暑苦しくなりました。
「ここ、こら！　お前ら！　未成年だろ！　だめだだめだ！」
「え……今さら？」
「だって俺ら届け主だぞ！　当然見る権利あるぞ！」
　ムキになる西条くんでしたが、駐在さんの目的は「排除」ではありませんでした。
「一応、言ったからな？」
「駐在ぃ！」「駐在！」「駐在さん！」
　芽生える熱い友情。目的はひとつ。エロフィルム。

　暗幕が閉じられると、外はまったく見えません。
　フィルムは30分モノが3本。合計で90分が確保できるはずです。それくらいの時間があれば、キャブレターは交換できます。
　しかし、なんだってこう、やましいことってワクワクするんでしょう？　クセになります。

「で、どれから観ます？　じゃない、どれから調べます？」
　こういうものを観る……調べる時には、プログラム立てが大切です。
「そ、そうだな〜〜〜……そいじゃ、**美人バスガイド湯けむり地獄編からいっちゃうか！**」
「おお！　いきなり本命？」「さすが駐在！」「さすが大人！」「湯けむり地獄！　キタァーーー！」

「フッフッフ。まぁな」
　駐在さんが、僕たちからこんなに絶賛されたのは初めてです。

　カラカラカラ‥‥‥。
　8㎜映写機の回る音がして
　ゴクッ！　ゴクッ！　ゴクッ！　ゴクッ！
　それより大きい生唾（なまつば）を飲み込む音がして、いよいよ映写会の始まりです。
　何しろまだ誰も見た事のないブルーフィルム。
　全員作戦も忘れてスクリーンに釘付けです。
　　3
　　2
　　1
　　0
　始まったとたん、いきなり出てきた美人バスガイド！
「おお‥‥‥！」「美人‥‥‥」「この美人が‥‥‥」
　おのずと期待は高まります。
　が。
　〝左手をごらんくださいませ〜〟
　と言うと、映像が左へ。景色に変わり
「？」「？」「？」「？」「？」「？」「？」「？」
　〝右手をごらんくださいませ〜〟
　と言うと、映像が右へ。景色に変わり
「？」「？」「？」「？」「？」「？」「？」「？」
　〝こちらが〜青森でも最も高い水温を誇ります、地獄沼でございま〜す〟
「地獄‥‥‥‥」「沼‥‥‥‥？」

再び画面は美人バスガイド。
〝立ちのぼる湯けむりから、この名がつけられ〜〟
　ブチ！
　駐在さん、映写機を止めてしまいました。
「美人バスガイド」「湯けむり」「地獄」が冒頭の３分で出そろってしまったからです‥‥‥。

「これ‥‥‥誰かが青森の地獄沼に行った時の記録映像だな‥‥‥‥」
「そう‥‥‥みたいですね‥‥‥‥」
　誰が行った旅行かはあきらか。グレート父さん、ケースに「地獄沼」の「沼」を書き忘れたようです‥‥‥‥。

「じゃ〜〜〜‥‥‥次は〜〜〜〜‥‥‥」
　だいぶ意気消沈してしまいましたが、気をとりなおしまして。
「美少女遊戯！」
　カラカラ‥‥‥ジーーーー‥‥‥。
　今回は、タイトルが映し出されました！

　　『美少女遊戯』

　そのヘタクソさがまたアンダーグラウンドっぽく、僕たちの期待はいっそう高まりました。
「びしょうじょゆうぎだって‥‥‥」
「そそられるなぁ‥‥‥」
「どんなんかな‥‥‥」
「井上のオヤジも好きだなぁー」

スクリーンには最初どこか田舎の風景が映し出され
やがて音楽が始まりました。

〝♪そそっらそっらそっらウッサギっのダンス〟

〝♪タラッタラッタラッタラッタラッタラッタラ〟

「？」「？」「？」「？」「？」「？」「？」「？」

　スクリーンに映っているのは、どこかの幼稚園の情景。
「ほ、保母さんものかぁ？」「かか、かもな‥‥‥」
　自ら、期待を高めます。が、
　そのうちに、その中のひとりにズーーームイン。
　あれ？　あれって‥‥‥。
　みんなも気づき始めました。
「あれ‥‥‥夕子ちゃんじゃないか？」
「あ。ほんとだ。小ちゃい頃の夕子ちゃんだ‥‥‥‥」
　ほ、ほんとのお遊戯？
　ひょっとしてただの井上家の記録フィルム‥‥‥‥。

　バカヤローーーーー！　井上オヤジーーーーー！
　自分の娘に「美少女」ってあるかーーーーー！

　怒り心頭でしたが、もっと怒っている方たちがおられました。
「ママチャリ‥‥‥。なんだこれ‥‥‥‥」
「えっと‥‥‥。な、なんなんでしょうね‥‥‥‥なんか、お遊戯、かわいいですよね‥‥‥‥」

♪タ・ラッタラッタラッタ・ラッタラッタラッタラ！

第33話　キャブレター争奪戦（3）

　やばい……。30分短縮されてしまった……。
　こうなると、最後の洋モノ。『Pretty Girl』も、まったく期待できません。
**　たのむ！『Pretty Girl』！
　お願いだからどスケベであってくれ！**
　僕は、かつて一度もしたことのない種類の祈りを、天にささげました。天だってこんな願いごとされても困るだろう、とは思うものの。

　巻き戻され、映写機でカラカラと音をたてるフィルムを、不愉快そうにはずす駐在さん。
　そしてようやく３本目。『Pretty Girl』。上映開始！
　さっきと似たようなタイトル文字。

『Pretty Girl』

　ああ……もういいや……やめて………。
　ファーストシーン。熊どアップ！

「デートリッヒだ……」（9巻参照）

「ほんとだ。デートリッヒだ‥‥‥」
「あーあ‥‥‥」
　駐在さんは、怒りで鼻をフンフン言わせてます。

　異変は次のシーンで起こりました。
　そこにはプール遊びする夕子ちゃん！　庭に置かれたゴムプールで、夕子ちゃんが水遊びをしているのですが、これがなんとフルヌード。でも3歳児。
「お！　夕子ちゃん、フルヌード！」
「ほんとだぁ〜〜〜、って2、3歳じゃん。西条」
「フフフ。おまいら、アマいな。オイラの目には、時間を調整できる機能がついているのだ！」
　そういう機能を、世間では『妄想』と言います。
「秘技！　13年後タイムワーーーーーーープ！」
　と、西条くんたちが特殊能力を発揮したところで、

　バンッ!!

　駐在所の扉が突然開き、いっきに部屋が明るくなりました。
「西条！　やめろーーーーーーーーーーーーっ！」
　飛び込んできたのはグレート井上くん！
　あ〜〜〜〜〜バカ〜〜〜井上〜〜〜〜〜〜。

「んん？　井上ぇ？　外にいたのか？」
　不思議そうにたずねる駐在さんを無視して、映写機の前に立ちふさがります。
「見るなーーーーーーーー！」

開きっぱなしの入口からは、ノッポさん部隊丸見え！
　思わぬところでグレート井上くんの「妹思い」があだに。

　突然の外の光の明るさに、目が慣れるくらいの時間がたつと、
「あーーー！　ほ、本官のし、白バイがぁーーーー」
　飛び出す五十嵐さん！
「ば、ば、ば、バラバラ………」

「いや。エンジンだけですよ……？」
「また麻生かーーーー！」
「大丈夫ですよ。戻せますよ」
「さっさと戻せーーーーーーーーーーーーー!!」

「はは〜〜ん。ママチャリぃ。映写会の理由はこれかぁ」
「でも、内容は本当に知らなかったんですよ‥‥」
　僕はグレート井上くんから、「それらしきタイトルのものが金庫にあった」というので、持ってきてもらっただけで、まさか『美人バスガイド湯けむり地獄編』が、青森県の地獄沼バスツアーとは………。
「ぼ、僕のせいにするつもりか！」
「いや、井上のせいとは言わないけどさー………」
「こっちゃ女房実家に帰してんだぞ！」
　ノッポさん部隊が、白バイのエンジンを復旧させている間、グレート井上くんが説教を一身に浴びることになりました。

「でも、よかったじゃないですか」

「何がよかったんだっ!?」
「いや、摘発外で」
「あ‥‥‥‥？」
「僕は、中身確認しましょう、って言っただけですから。つまり、検証の結果、『嫌疑が晴れた』ってことですよね？」
「う‥‥‥‥‥」
「それとも駐在さん、警察官なのに、まさか犯罪のほうがよかった、とでも？」
「うう‥‥‥‥‥」
「でしょう？」
「あーーーーー！　よかったーーー！　犯罪じゃなくってよかったなーーー」
　目に涙浮かべるほど、悔しかったようです。
　でも、今回ばかりは、痛いほど駐在さんの気持ちが理解できる僕でした。

　１時間ほどして、ようやくピンクバイ、復旧完了。
「どうもすいませんでした〜〜〜〜」
「まったく油断もスキもないな！　お前ら！」
「心からもうしませ〜〜〜ん」
「お前らのその台詞は聞き飽きた！」

　ブツブツ言いながらセルを回す五十嵐さん。
　ルルルルル‥‥‥‥。
「うん、エンジンはかかるようだな？」
「そらぁーもう！」
　すっかり用心深くなっている五十嵐さん。さっそくテス

ト走行です。
「二度と白バイばらすんじゃないぞ！　っていうか、こういう注意自体したことないぞ‥‥‥‥。ったく！」

　クルルルル‥‥‥‥‥。
　意外にスムーズに走り出した白バイでした。
　が。
　クウゥーーーン、クワァーーーーン
　100mほど先。ギヤが３rdあたりに入ったところで。

　バーーーーーン!!!

「あ‥‥‥。爆発した」
「キャブって大事なんだなー‥‥‥」
　しかし結論は、
「よかった。交換して」

第34話　求婚者たち（1）

　五十嵐さんは、キャブレターの真相をチャーリーから聞き出すと、「パーツ屋を紹介したこと」を深々と詫びました。
「いや。まさかそんな店とは知らず。すまなかった」
「別に五十嵐さんが恐縮するこっちゃねぇよ、頭あげてくださいよ。お願いだから」
「麻生‥‥‥‥」

チャーリーと五十嵐さんの間にも、友情めいたものが
「だからって白バイと取っかえるヤツがあるか！　バカ！」
　芽生えるはずがないのでした。
「さっさと戻せ！」
「は‥‥‥‥‥い」

　一方、駐在所の中では。
　カラカラカラ‥‥‥ジーーー‥‥‥‥。
　実はあれからも、映写会は続いていたのです！
　スクリーンには、『美人バスガイド湯けむり地獄編』。
　かれこれ、6回目‥‥‥‥。
「あの〜、駐在さん、‥‥‥フィルム替えません？」
「これ暗記しちゃったんですけど〜〜〜‥‥‥」
「いやいやいや、君らにはもっと、存分に検証してもらわないと〜〜〜」
「ううう‥‥‥‥‥‥‥」「なんて大人げない‥‥‥」
　そう、これは駐在さんの逆襲なのです。

『美人バスガイド湯けむり地獄編』は、その、全編がグレート父さんによるバスの中のハンディ撮影。その手ぶれっぷりがたまりません（当時の8㎜撮影機には、『手ぶれ防止機能』なんて気のきいたもんは付いていない）。
「ああ‥‥‥気持ちわり‥‥‥」
「も、もう‥‥‥‥ダメだ‥‥‥‥」
　特に、西条くんは、バスに弱いので（3巻参照）たまらずダウン。
「し、しっかりしろー‥‥‥‥西条‥‥‥うぉぶっ！」

なんでゲロって伝染するんでしょう？

　僕たちが、『美人バスガイド湯けむり地獄編』地獄から解放されたのは、もはや暗幕もいらない、夜になってからでした。
「ああ‥‥‥ひでーめにあった‥‥‥」

　しかし。映写会の合間に、ひとりゲロを吐きに行った西条くんが、駐在さんと五十嵐さんとの「重大な会話」を耳にしてしまったのです。
　駅までの道。
「言いにくいんだけどよ‥‥‥。駐在な？　今日、奥さん、実家帰してたのは、実は映写会のためじゃねぇんだよ」
「え？」
「横浜あたりから女が来るらしいんだ」

「**女～～～～～～～～～～～～～～？**」

「それって。美奈子さんじゃないの？」
「美奈子さんは東京だろが」
　そう。奥さんの妹、美奈子さんは、東京○科大に通う女子大生。居住は当然都内です。
「だって、その女の名前、聞いちゃったもん」
「だ、誰？」
　声を潜める西条くん。
「スミレちゃん、つってた」
「スミレ‥‥‥」「さん‥‥‥‥」

「親戚かなんかじゃないの？」
「俺も最初、そう思ってたけど。実は、今日の午前中な？もう会いに行ったらしいんだ。奥さん、実家送った足で」
「え～～～～～～～～～！　スミレさんに？」
「な？　親戚なら、奥さんと一緒でもいいはずだろ？」
　その通りです。
「それが、わざわざ奥さんと別れてから行ってんだぜ？」
「だからって‥‥‥‥」
　浮気とは限りません。

「だってよーー、俺、聞いちゃったんだよーーー」
　西条くん、さらに声を潜めまして。
「五十嵐さんがな？　駐在によ、スミレちゃんと奥さん、どっち好きなんだ、って質問したんだ。マジで」
「え‥‥‥‥」
「で、駐在、なんて答えたと思う？」
「どっち‥‥‥‥だって‥‥‥‥？」
「今はスミレちゃんのことしか考えらんねぇってよ‥‥」
「マ、マジかよ!?」

「どういう女性なんだろうね。その‥‥スミレさん‥‥‥‥」
　加奈子さんを振り捨ててまで選ぶ女性なんて。この世にいるのでしょうか？
「うん‥‥‥‥駐在が言うにはよ。プロポーションは抜群で。特にお尻がたまんないらしい‥‥‥‥」
「お尻‥‥‥‥」
「会ってみて～～～～」
「どっちの味方なんだよ‥‥‥‥西条‥‥‥‥‥」

「とにかく、美しいらしくってな‥‥‥静かな人でな‥‥かわいくってな‥‥‥それでいて‥‥‥」

「広い」

「広い???」
「心がだろ。馬鹿だな」
「あーーー、そっかそっか」
「でよ、快活でな‥‥シティ派で‥‥‥その上で‥‥‥」

「速い」

「速い???」
「家事かなんかだろ。馬鹿だな」
「あーーー、そっかそっか」
「それがよ〜。五十嵐の野郎までよ〜。スミレちゃんなら、愛ちゃんも大丈夫、とかぬかしやがってよ〜〜〜」
　スミレさんなら‥‥‥‥愛ちゃんも大丈夫‥‥‥‥。
「愛ちゃんは２人の子供だぜ？　駐在とは似てねぇけどよ〜」
　西条くんは、本気で言っています。僕たちにとって、加奈子さんは、やはりかけがえのない人なのです。
「俺はよ‥‥‥。たとえ駐在が爬虫類であってもよ。２人の愛みたいなの、信じてたんだよな？」
「う‥‥‥うん」「‥‥‥うん」「‥‥‥だよね」
　みんな、そうです。

「駐在のヤツ、ゆるせねぇ‥‥‥‥！」

「でもよ、西条」
「ん?」
「加奈子さんより美人なんだろ? 本当に来たらどうする?」
「え‥‥‥‥? んーーーーー」
　そこで詰まっちゃーダメだろー!

第35話　求婚者たち（2）

　実際、翌日も、奥さんは実家に帰ったままでした。
　西条くんが言うには、奥さんが実家に行っている間に、スミレさんはやって来るらしいので、ここ数日のことなのでしょう。
　これは、簡単な問題ではありませんから、裏をとるしかありません。
　さっそく商店街などを回ったりしたのですが
「スミレさん?　知らないなぁ‥‥‥誰それ?」
　やはり、誰も知りませんでした。まぁ、愛人ですから顔が知れているほうがおかしいのですが。

　しかし、ただひとり。駐在さんとは懇意にしている喫茶店『ポプラ』のマスターだけは、さすがに知っているようでした。
　マスターは、駐在さんとは麻雀仲間であり、奥さんがいらっしゃらない時に、駐在所にコーヒーを出前したりする

ので、「奥さんは知らない」情報を持っていたのです。
「スミレさん‥‥‥あーーー、2号さんね」
　2号さん‥‥‥。
「でも、ボクが言ったってことはナイショにしてね？」
「は、はい‥‥‥‥」

「だろ？」
「うん‥‥‥本当だった‥‥‥。今日か明日来るだろって」
　しかも口止めまでされました。
　そこで、僕たちは、2人ずつのローテーションを組んで、駐在所に張り込み、スミレさん本人を確認することに。
　が、僕たちも高校生。授業があります。
　しかたがないので、授業をサボる理由として選んだのが、『献血』です。400㎖限定。
「大丈夫？　アンタたち‥‥‥」
「大丈夫です〜〜〜」「血気盛んな若者ですから〜〜〜」
「ま、こっちはありがたいけどねぇ‥‥‥」
　献血車も、入れ替わり立ち替わり訪れる「大量献血者」に大喜びです。
　しかし、初日。スミレさんは現れませんでした。

　しかたがないので、翌日も『献血』です。2日連続。
「だ、大丈夫？　アンタたち。2日連続って‥‥‥」
「大丈夫です〜」「血気盛んですから〜」
「そう？　だいぶヨロヨロしちゃってるみたいだけど‥‥」

「明日もスミレさん、来なかったら‥‥‥死ぬ‥‥‥」

「しんどいよなぁ‥‥‥２日連続‥‥‥‥‥」
　もう、腕はだるくて持ち上がらず、力はまったく入りません（←本当。２日連続はやめたほうがよい）。血液の大切さを、身をもって思い知る僕たちでした。

　そして３日目は、とうとう日本赤十字社から断られました。
「え〜〜〜献血できないと、困るんです‥‥俺ら‥‥‥」
　献血できないと困る。そんな若者めったにいません。
「いいから！　今日はちゃんと授業出なさい！」
　そして、日本赤十字社によって「授業に出る」ことをすすめられた若者も。

「結局、スミレさんは‥‥‥」「手がかりなし‥‥‥」
　それぞれ800㎖、献血しただけ。

　しかし、実は、スミレさんは、とっくにやって来ていたのです。しかも、ローテーション中の２組４名は、それを目撃していました。目撃していたにもかかわらず、まったく気づかなかったのです。

　翌朝、ジェミーが登校途中に、呼び止められ、
「今日、五十嵐さんがCB750のキャブレター持ってきてくれるから、取りに来るようにって〜」
「駐在に???」
「はい〜〜〜〜」
「あんにゃろ。ヌケヌケと〜〜〜〜〜〜！」
「おぼえてて――‥‥――‥‥‥―‥‥‥」

第36話　求婚者たち（3）

「奥さん、離婚されたらどうなっちゃうんだろな‥‥‥？」
「よせやい、縁起でもねぇ‥‥‥」
　実は、僕もそれについては、一晩考えました。いえ、実はもっと思い切ったことまで。
「井上、そうなったら結婚すれば？」
「バ‥‥‥バカ！　なんだって僕‥‥‥」
「だってよー、美奈子さんとソックリじゃん？」「そうだそうだ。美奈子さんより、可能性高いかもよ？」
「美奈子さんと‥‥‥加奈子さんは、ぜんぜん違うよ」
　恋というのは本当に不思議です。そりゃあ性格は若干違いますが、外見上はほとんど同じ。なのに、仮定であったとしても、グレート井上くんは加奈子さんと結婚するつもりはなく、あくまで美奈子さんなのですから。

「お前は〜？」
「え！　ぼ、僕？　僕には‥‥‥」
　和美ちゃんというカノジョがいます。でも、一晩考えたことの中の「思い切ったこと」とは、加奈子さんとの結婚でした。
　とにかく、あの人を悲しませたくない。それだけ。
　かといって、加奈子さんの隣に誰を並べても、駐在さんのようにしっくりこないのは、どうしてなのでしょう？

夫婦というのも、また不思議です。

　みんなが複雑な覚悟で訪ねた駐在所。驚いたことに、五十嵐さんも駐在さんもおらず、出迎えてくださったのは、なんと奥さん本人でした。
「いらっしゃい♡　今日はおそろいなのね？」
「あの〜〜〜〜奥さん〜〜〜」
　僕たちは、まさか奥さんがいるとは夢にも思わなかったものだから、

「なあに？」
　奥さんにスミレさんのことを話すか悩みました。
　悩みましたが、やっぱり口には出せなくって。
「えっと〜〜〜〜〜〜」

　でも、奥さんは悲しませたくなくって。
「えっとですね〜〜〜」

　たぶんもう、頭にまわる血液も不足してて、だからあんなことを口走ったのだと思います。

「結婚してください！」

「え‥‥‥‥ど‥‥‥どうしたの？　みんな‥‥‥‥」

「どわーははははははははははははははー！」
「あははははははははははははははははは！」
　スミレちゃんの前で大爆笑されている僕たちです。

「笑いごっちゃねぇよ……」
「そ、そ、それでお前ら献血までして……」
「そ、そうだよ！」「悪いかよ！」
「わーははははははははははははは！」
「あはははははははははははははは！」
「スミレって、スミレってーーー！　あはははは！」
　なんのことはない。駐在さんと五十嵐さんは、「スミレちゃん」に乗って帰ってきました。
　そう。スミレちゃんとは。実は、駐在さんの新車『日産バイオレット』のことだったのです（Violet＝スミレ）。
　プロポーションもよく。静かで。愛ちゃんにやさしく。そして室内が「広い」し、速度も「速い」。

「ちっくしょう！　つまんねぇ名前つけやがって……！」
　奥さん、
「ほら……警察って、そういう言葉好きでしょ？　ホシ（犯人）とか、チャカ（拳銃）とか……」

「だ、だってよ！　ポプラのマスターが、2号って……」
　チャーリーが、また口をすべらせました。
「ぁあ？　マスターがあ？」
「う……うん……。2号さんって……」
　この答えは実に簡単でした。
「スターレットが1号」
「…………」

「いや〜〜百年分くらい笑わせてもらった！　そうか！

お前ら、そんなに加奈子好きか！」
「す、好きだよ！」「悪いかよ！」
「悪いに決まってるだろ」
　それもそうです。人妻です。

「でも、アナタ」
　ここで奥さん。
「みんな心配して、わたしに求婚してくれたのよ？」
「んあ？」
「だから、いつ別れてもダイジョブみたい♡」
　血の気のない僕らに代わり、復讐(ふくしゅう)は、奥さんが果たしてくださいました。

「さ、みんな。レバー食べましょ！　ごちそうするから♡」

　＊＊＊＊＊＊＊＊＊

「まさかスミレちゃんが車だったとは‥‥‥‥」
「盗み聞きすんなら、ちゃんと盗めよ‥‥‥西条」
「だってゲロ吐きながらだったんだもん」
　そこから言えば、ゲロ吐いてるヤツの言うことを信用した僕らがバカでした。

　駐在所を訪ねた理由は、駐在さんたちを笑わせるためでも、もちろん、レバーを食べるためでもありません。
　ましてや、スミレちゃん自慢を聞きにきたわけでもないのに、駐在さんによるスミレちゃん自慢は、延々と続いて

いたのです。

「見ろ！　スミレちゃんのこの流麗なボディ！　この色つや！」
　と、言ったその口で、
「あ、こら！　西条！　汚い手でさわんな！　指紋がつく！　ママチャリは見るな！　そこから錆びる！」
　見ろって言っといて‥‥‥‥‥‥。

　結局、キャブレターを受け取れたのは、スミレちゃんの全性能を叩き込まれた後。
　それは油紙に包まれた、なんと新品のキャブレターでした。
「なんかな？　解体してる最中にバイトのヤツが壊したらしい。ホントかどうかはわからんが、許してやってくれよ」
　こういう時は、五十嵐さんもやはり警察官です。
「し‥‥‥新品‥‥‥？」
　真新しく光るキャブレターに興奮気味なチャーリー。
　そして外では、真新しいスミレちゃんにほおずりしている駐在さん。

「レバー、焼けたわよ〜。みんないらっしゃ〜い♡」
　さらにその横で、バーベキューの準備をしていた奥さんが、僕たちを呼びました。
「こら！　加奈子！　油飛ばすな！　匂い飛ばすな」
　ホントだ‥‥‥。加奈子さんよりスミレちゃんなんだ‥‥‥。

「**いっただきま〜〜〜〜〜す！**」
　みんなが盛り上がる中、キャブレターを手に入れたチャーリーは、一刻でも早く帰りたそうでした。無理もありません。これで、今日、殺人750のエンジンが復活するわけですから。

　宴もたけなわ。みんなにレバーを配りながら、奥さん、
「ところで、わたしのいない間に映写会って。何観たの？アナタ」
「い、いや……ただの観光ビデオだよ……」
『美人バスガイド湯けむり地獄編』です。なんということもないフィルムだったわけですが、やっぱりタイトルがよくありません。
「みんなで集まって？」
「そ、そう……。青森の地獄沼の……」
　そんな言い訳通じるはずがありません。言い訳じゃないけど。
「そ？　言いたくなければいいけど！　ママチャリくんに聞くから」
「え……ぼ、僕ですか？」
「教えてくれるわよねぇえ？　ママチャリくん♡」
「い、いやぁ……ぼ、僕は……」
「じゃ、西条クゥ〜〜〜ン♡」
「な、なんっしょ？」
「みんなで何を観たのか、教えて♡」
　こうなるとババ抜きみたいなもんですから、
「それじゃ久保くん♡」

「お、俺、と、と、トイレお借りしまーーーす!」
　結婚って、思ったよりは甘くないのかも?

　あ。人妻である奥さんに求婚したヤツですか?
　何しろ、ほぼ同時だったので、個別にはよくわからないのですが、

「井上〜、なんだかんだ言いながら〜」
「え! ぼ、僕は言ってないよ! お前こそ!」
「え? 俺は言ってねーってーーーー。村山だろ!」
「せ、先輩に向かって何言ってんだ!」
「あ、こんな時だけ先輩風吹かせやがって!」

　でも、誰だってよかったんです。だって、みんな加奈子さんが大好きなことに違いはないのですから。

「ぼ、僕には和美がいるってー!」

第37話　針の穴（1）

　新しいキャブレターを受け取ったチャーリーは、血液不足にもめげず、WC小屋へ一目散。それはそうです。これで殺人750のエンジンが動くわけですから!
「チャーリー先輩! 俺も付きあいますよ!」
　今日もミモレの坂本くん。
「俺も付きあうぞーーーー」

そして、通学仲間でもある僕と千葉くん。

「わりいな‥‥‥別によかったのによ」
「いいんだ！　あのレバーが血液になレバー」
　今のってシャレ？　笑ったほうがいい？
「いいんだ！　あのレバーが血液になレバー」
　あ。シャレだったようです。千葉シャレは、レベルが特殊でわかりにくいのです。
「あ‥‥‥‥あははは」
「おっせーんだよ。井上ならすぐ気づくぞ？　そこがなー、お前と井上の差だよなー」
　なんでそこまで言われなくてはならないのでしょう？
「血液になレバー」で。
「じゃぁ笑ってやるから、もう１回、言ってみレバー？」
「よーし、じゃ、考えるから待ってろ」
　こっちのには、気づかないのかよ！
「笑ってみレバー？」
しかもパクリ!?

　WC小屋には辿り着きましたが、僕は小屋にあったソファで、ナメクジみたいに横たわっていました。やっぱり血液800㎖減はキツい。
「大丈夫か？」
「はぁ‥‥‥もうダメ‥‥‥これって車のリアシート？」
「そう。センチュリー（トヨタの高級車）のなんだぜー」
　と、自慢げにチャーリー。
「へぇ～‥‥‥さすが車屋さんは違うね‥‥‥」
「死亡事故車の」

「ぉわああああああああああ！」
「起きあがれるじゃん」
「なんだ、冗談かよ。悪い冗談だなー」

　チャーリーは、渉くんが生きていると知ったあの日から、ちょっと大人になった気がします。どこかふっきれたような。
「殺人750もそうだったけどさ。バラバラになったら、どこに憑くんだろな？　呪いもよ」
「ん～～～～、バラバラに分割されんじゃない？」
　と、あいかわらずお気楽なのは、千葉くん。
「部品の大きさに比例すんのか？」
「あーーー‥‥‥どうだろうなぁ。クラクションのボタンとかにとり憑いたら笑うよなー」
「あはは。だろ？　ハンドルなのか。エンジンなのか。キャブには憑くのかとか。考えるとおっかしいよな」
「まぁ、そうだなー。あはははは」
　ほんとに。ひとまわりもふたまわりも、たくましくなりました。

「だからよ。その、センチュリーのシートもおんなじなんだ」
「え！　待て！　やっぱ死亡事故車なの？」
「そうだけど？」
「ぉわあああああああああ！」
　僕はまだまだダメみたい。

　新品キャブレターが来たおかげで、スティングレイ２号

の製作は、いっきに進みました。
　坂本くんは、自分の家から溶接機まで持ち込んでの力の入れようです。
「先輩。リーフ、張り具合こんなもんでいいですか？」
「あー、まだゆるいな。これだとエンジンの重さでへたるぞ」
「わかりました！　もう１枚足してみます！」
　チャーリーの指示に従うその姿は、どうしても当時の渉くんを彷彿させてしまうのです。

『智晶くん、ベルトの張り、こんなもんでいいかな？』
『あ？　もっと強く張れ、母ちゃんのパンツのゴムくらいに』
『わかった！』
『ゆるいじゃん！』
『え？　うちのお母さんはこんなもんだよ？』
『あれぇ？』

　それは、恐らく、チャーリーもそのはずで。
「ダメだ。坂本、ゆるいゆるい！」
「すいません！」
　だからこそ、そのことも、隠し続けていたのかもしれません。
　それは、最初はほんとに些細なことだったのですから。

「え？　坂本が‥‥‥‥？　家に帰ってない？」
「イエ〜〜イ」
「つまんねぇ対応だと答えないぞ？　ジェミー」

「そうなんです〜。坂本んちの近くのヤツが言ってました。先輩、なんか知りませんか？」
　夕べ坂本くんは、スティングレイのエンジン取りつけで、夜遅くまで手伝っていました。
「電車、なくなったんじゃないかな？　遅かったから」
「電車はあります〜。今朝、僕が乗ってきました〜」
「それは今朝の電車だろ？　そうじゃなくって夜の電車！」
「同じ電車ですよ？　きっと」
「車両の話じゃなく‥‥‥」
　疲れる‥‥‥。800㎖献血したくらいに疲れる‥‥‥。

「どう思う？」
　西条くんも、これをちょっとだけ気にかけまして、
「とりあえず‥‥‥様子見に行ってみるか？」
「うん‥‥‥」

　通りかかった駐在所。
「あ。奥さんだ！」
　せっせとスミレちゃんを磨かれているではありませんか。かつてはライバル（？）だったのに、微笑ましいことです。

「あら、西条くん、ママチャリくん♡」
「こんにちは。奥さん、精が出ますね」
　ゴッ‼
「⁉」
「バカ！　お前、何失敬なこと言ってんだ！」
「イタタ‥‥‥。え？　失敬って？」

「奥さんは女だぞ？　精が出るわけねぇだろ！　受け入れ側！」
「‥‥‥‥‥‥‥‥あのなぁ、西条。『精が出る』の『精』は、『精○』の『精』じゃないんだぞ？」
「え！　そうだったのか？」
　知らなかったほうが驚きです。何が「受け入れ側」だ。
「いやぁーー。隣の婆さんがよく言うもんだから、ずっと、とんでもねぇエロババァだと思ってたぜー」
　うーん。なんという勝手な誤解。コイツの老人嫌いは、ひょっとすると、そういうものの積み重ねでできているのかもしれません。

「なんのお話？」
「奥さんの受け入れ」「**バカッ！**　あーーーっと。そうだ！　奥さん、あ、愛ちゃんは？」
「今、主人が見てるわ。ほら」
　スミレちゃんの後ろ、制服のまま愛ちゃんを抱きしめてる駐在さん。
「あいっちゃん！　かわいいでちゅね〜〜〜〜ぷるるるるる〜〜〜〜♪」
「‥‥‥‥‥‥」「‥‥‥‥‥‥」
　普段の駐在さんとのギャップに、ちょっとだけとまどう僕たちです。
「あなた〜？　西条くんたち〜〜」
　いや、誰も呼んでくださいとは‥‥‥‥‥‥。
「ぷるるるるる‥‥‥‥**んあ？**」

「**なんの用だ**」

この豹変！
「いや、べちゅに用事は〜。ぷるるるるる〜〜〜〜♪」
「ありませんでちゅ〜。ぷるるるるる〜〜〜〜♪
「ざけんなよ？」

第38話　針の穴（2）

「はあ？　雨の日は乗らない？」
「そうなのよー。バカみたいでしょ？」
　バカみたいというか、バカです。新しい傘だからささない小学生と同じです。
「やかましい！　かわいいスミレちゃんに雨の日なんか走らせられるか！」
「はぁ‥‥‥」
　絶世の美女スミレちゃん＝日産バイオレットには、たくさんの欠点があることがわかってきました。
（1）雨の日は走らない
（2）雨降ってなくても道路が濡れてたら走らない
（3）カンカン照りの日は走らない
（4）もちろん雪の日などとんでもない

「いつ走ってんですか!?」
「曇った雨の降らなそうな日！」
　なに自信タップリ言ってんでしょうか？
「まぁ、普段はパトカーあるからな」
　だったら買わなきゃいいのに‥‥‥。

「あ。そうだ。今日は曇ってるから乗せてってやるぞ？どうせ麻生の小屋、行くんだろ？」
「上り坂ですよ？」
「あ。そうだった。やめとく」
（5）上り坂は走らない

　WC小屋の中には、日ごと部品が増えていき、最初に来た時とは、同じ場所とは思えぬほどです。
　そんな中、昨日、僕が横たわったセンチュリーのソファに、毛布が1枚、きれいにたたんで置いてありました。
　なるほど‥‥‥泊まろうと思えば泊まれる‥‥‥。

「よぉ！　やってんなーーーー」
　西条くんが声をかけましたが、チャーリーは熱中のあまり気づきません。
「よぉーーーーー！　精○が出んなーーーーーー！」
　気づきません。
「チン○°ちっちゃいなーーーーーーーーーー！」
「なんだとぉ！」
　気づきました‥‥‥‥。本当に3度目の「正直」です。

「わりーけど、今日は手伝いに来たんじゃねぇんだ」
「西条、いっつも遊んでくだけじゃん」
「う‥‥‥‥‥‥‥」
　言われてます。
「でもまぁ、西条は遊んでくれるほうが、こっちも作業すすむけどなー。あはははは」

さらに言われてます。
「坂本は？」
「坂本はー‥‥‥‥まだ来てねぇな」
「そっか」
　そこは長い付き合い。チャーリーが話したがらない時は、僕にもわかります。チャーリーの場合、間合いは返事を考えているのです。

　そこで、
「あ、チャーリー。トイレ、貸してくれる？」
「え？　そのへんですりゃいいじゃん」
「えっと、それが久保で‥‥‥‥」
「あーーー、久保じゃしかたねぇな」
　久保で通じるようになりました。考えてみたら、ウ○コの代名詞なわけですから、久保くんもたいしたもんです。
　僕は、実は久保（ウ○コ）だったわけではありません。トイレを見たかったのです。
　前回、久保くんが久保の時は、トイレで久保はできないので、そのへんの茂みで久保くんは久保しました。ああ、ややこしい。
　それがどうでしょう？

　きれいだ‥‥‥‥。
　まるで女子が掃除したかのように。

　そして、恐れたように、少しずつ事態が悪化していました。
　翌日、坂本くんは、とうとう学校を無断欠席したのです。

「WC小屋に泊まってる？　坂本が？」
「うん。みたいな感じ」
「チャーリーはなんて？」
「それがしゃべらないんだ」
「あんにゃろー。普段はベラベラしゃべって、チン○゜ちっちゃいくせに、こういう時は堅いのなー」
　この際、チン○゜ちっちゃいのは関係ないと思うのですが。

　無断外泊は校則で禁止されていますが、それこそあってないようなルールですから、どってことはありません。でも、学校に来ない、となれば話は別。無断欠席となれば、すでに学校側も調査に動きます。

「それが、坂本の乗ってきてるもんが、また問題なんだ」
「ロボットか？　ロボット」
　西条だけロボット通学しろ！　無敵だぞ！

「今日、学校の駐輪場見てきたんだけど。あったんだよね。ミモレが」
「えーーーーー！　あのコーラス部の？」
「西条が股間擦りつけた？」
「詩織ちゃんの？」
「待て待て待て‥‥‥。お前ら、発言の順番って考えてくんないと。俺が、詩織に股間すりつけたように聞こえるだろ？」
　確かに。そう聞こえる。

「じゃ、やりなおし」
「えーーーーー！　西条が股間擦りつけた？」
「あのコーラス部の？」
「詩織ちゃんの？」
「うーん‥‥‥‥ビミョウだなぁ‥‥‥‥」
「そりゃヤバいんじゃね？」
「え？　股間擦りつけたのが？」
「それも、じゅうぶんヤバいけどさ‥‥‥」

　ミモレは、詩織ちゃんが通学で使っているもの。それを坂本くんがWC小屋に乗っていって、翌朝には詩織ちゃんがまた乗って来るわけですから、どっかで引き渡しされているわけです。
　そして、坂本くんは夜までチャーリーと一緒に作業し、その後にWC小屋に外泊。そこから導き出される答えは、けして多くはありません。
「アイビキだな、アイビキ」
「くそ〜〜〜〜アイツだけ〜〜〜」

　大きなダムも、わずかな針の穴ひとつで決壊します。僕たちは、これ以上の事態の悪化を避けるために、日曜日に、全員でWC小屋を訪ねることにしました。
　そう。
「コロンボの先の知恵！」
「転ばぬ先の杖、ね？　ひとつの才能だなぁ。西条」

「ムチは熱いうちに打て！」

「ムチじゃなく鉄！」

第39話　針の穴（3）

　針の穴は。僕たちが思っていたよりも、すでにずっと大きくなっていて、もはや決壊寸前でした。と、いうよりも、もう決壊していた？　それも殺人750を買った頃にはすでに。
　もっとも、それを知っていたとして、高校生にはどうしようもないことだったのですが。

「坂本。今日も休んでるってよ」
　報告は、久保くんから。
　この週の前半を、坂本くんは全て無断欠席。しかも、やはりWC小屋にいるようです。
　僕たちは意を決しました。

「チャーリーーーーー！　どういうことだ！」
「いや‥‥‥‥俺は‥‥‥‥」
　坂本くんが学校に来ないので、みんなから詰め寄られたのは当然チャーリー。少なくとも、坂本くんは「後輩」なのですから。

「なんかよ‥‥‥‥」

「坂本って元気イッパイでよ？　つーか、イッパイイッパ

イって感じでよ？　どっか渉と似てるとこあったんだ」
「ああ」「うん」
「俺ら、アイツは羽振りいいって思ってたけど、どっちかつったら、最後んころの渉と似てんだよな‥‥‥」
　僕たちは、この意味をまだ理解できませんでした。

「チャーリー。まわりくどくって、意味わかんねー」
　まず、なぜチャーリーがひた隠しにするかが、わかりません。
　なぜなら、僕たちがこの時、危惧していたのは、ひょっとすると、坂本くんが、ミモレの詩織ちゃんを、WC小屋に連れ込んで、そのまま宿泊しているのではないか？　ということだったのですから。
「つまりホテルWC」
「流行りそうだよな」
「流行んないって‥‥‥」そんな便所みたいなホテル。

「来いよ。とにかく本人に会えばわかるこった」
「え？　いいのか？」
　僕たちは、チャーリーが、あまりに坂本くんのことに触れないために、逆に行きづらくなっていたところがありましたから、この誘いには、少しだけ驚きました。
「だってなーーー」
「行ったとたんに坂本となーーーー」
「ミモレが抱き合ってたらどーすんだよーーー」
　自転車と抱き合ってても、どってことはありません。
「カメラ持ってきてないしーーーーー」「だよな」
　何しに行くつもりでしょう？

242

「ぁあ？　詩織は学校来てるって。何心配してんだ？」
「え？　そうだったのか？」「？」「？」「？」「？」「？」

　どうやら問題は「不純異性交遊」ではないらしい。

「残念だ‥‥‥‥」
「残念がるなよ。よかった、って言えよ、そこは」

　WC小屋、全員集合はひさしぶりです。
「あん時は、足利尊氏(あしかがたかうじ)が開府した時だったもんなー」
「そうだった、そうだった。大坂冬の陣が勃発(ぼっぱつ)してなー」
　そこまで古くない。だいたい、何時代だ、それ？

「やっぱミモレ！」「あるじゃん！」
「本人はいないんだよ」
「？」「？」「？」「？」「？」
「西条、先、入れよ？」
「お、い、いいのか？　ミモレと抱き合っててても知らねーぞ？」
「いいよ」
　ズズ‥‥‥‥‥‥。
　前回より、だいぶスムースに扉が開くと、
「おかえりなさい！　先輩！」
　中から、元気な声がして。そこに坂本くんはいました。
　スティングレイ２号の組み立てをしながら。

「あ‥‥‥あれ？　先輩がた」

番外編　もっとすごい小学生　　243

「わりぃ。連れてきた‥‥‥」
　詫びるチャーリー。
「そ‥‥‥そうすか‥‥‥‥」
　困惑した表情の坂本くん。

＊＊＊＊＊＊＊＊＊＊

「え！　し、詩織？　そ、そんなことしてないっすよ！俺」
　西条くんたちが問いただしたのは、まず、そこでしたが、
「だ、だいたい。俺と詩織は、先輩と和美センパイほどもすすんでないんっすからね！」
「な、なんでそこで僕を引き合いに出す？」
「坂本よー。コイツと和美は、まだキスもできてねーんだぞ？」
「そうそう。駐在所放送でおなじみ！」「町内中知ってる！」
　やな町内だなーーー。

「そ、そうだったんですか？　意外と遅れてるんすね。先輩」
「ほっとけよ」
　しかし、小屋の中を見回す限り、ここで数日寝泊まりしているのは間違いありませんでした。
「するってーと‥‥‥」「チャーリーと‥‥‥」
禁断の愛⁉
「な、なんでそうなるんです？」「そうだぞ！　バカヤロー」

「ここは、俺だけです。泊まってんの」
「そうだったのか‥‥‥」「なんだってまた‥‥‥」
「話したくないです。話したって無駄だし」
「な‥‥‥！」
　久保くんが詰め寄ろうとするところを、西条くんが止めました。
「親と、ケンカでもしたか？」
　坂本くんは、プィっとよそを向くと‥‥‥。
「‥‥‥‥‥あんなの、親じゃないです‥‥‥」
　今まで、親の七光りで羽振りがよかった坂本くんとは思えぬ台詞です。いったい何があったのでしょう？
「話せよ。坂本」
　僕は比較的、冷静に言ったつもりでしたが。
　坂本くん、突然、声を荒らげて、
「話せばなんとかなるんすか!?　リッパ先輩がなんとかしてくれるんすか!?」
　彼が「リッパ先輩」という、チャーリーが中学時代の話をした時の、僕の呼称を使ったことから、坂本くんが言いたいことがわかりました。

「金、だろ？」
「え‥‥‥‥‥‥‥な‥‥‥‥‥‥」
　一瞬とまどった坂本くんでしたが、
「殺人750でも右往左往したのに、どうにもなんないです」
　つまり、大金ということです。10万円台では「お話にならない」というのですから、金額は100万円台‥‥‥。

番外編　もっとすごい小学生　　245

チャーリーが、僕たちに話したがらなかった理由も恐らくそこです。
　自分の欲しい750で、みんなに迷惑をかけたあげく、途方もない金額で、再び僕たちを翻弄させたくなかったのでしょう。僕たちの中でも、井上くんや森田くんは、受験準備に入っています。

　西条くん、
「話してみろよ、坂本。なんとかなるかどうかは、聞いた俺らが決めることだ。諦めてるお前が決めるこっちゃねぇ」

「あ、俺ってかっこいいこと言った？」
「うんうん、言った言った」
　図に乗る西条くん、
「銀行も言ってたろ？　出すか出さないかはタンポン次第！」
　カッコワリ〜〜〜〜。

　でも、このへんが西条くんの不思議な力。これで気分がほぐれたのか、坂本くん。ポツポツと話し始めました。
「チャーリー先輩が……殺人750欲しがったっしょ？そん時、俺……真面目に10万、工面(くめん)しようと思ってたんすよ……」
「うん………」
「で、ですね……。俺、貯金20万持ってましたから！マジで貯めてたんすから！　余裕だなって……で、チャーリー先輩の役に立ちたかったんです」

「俺、銀行まで行ったんですから。したらね。銀行のお姉さんがですよ？　昨日まで20万あったのにですよ？　6円しかない、って言いやがるんですよ‥‥‥」
「6円？」「？」「？」「？」
　20万円が‥‥‥‥いきなり6円？
「俺、そんなハズねぇーって。怒鳴っちゃって。支店長まで出てくる大騒ぎになったんすから！」

「したら‥‥‥ホントに6円しかなかったんです‥‥‥‥」

「父親が‥‥‥‥おろしてたんすよ‥‥‥‥」

「‥‥‥‥‥‥」「だから、親じゃないって？」
「だってそうっしょ！　20万円は親からもらった金ばっかじゃないんすよ？　叔父さんとか、お年玉とか、全部貯めてたんですから！」

「子供の貯金、勝手におろすなんて、親じゃないっしょ‥‥‥」
　そこから導き出される、ひとつの答えがありました。

「お父さんの会社‥‥‥‥うまくいってないの？」
「はい‥‥‥‥だったんです‥‥‥‥。ちっとも知らなかった。親父に詰め寄ったら、ようやく、白状したんです」

「つまんねーとこに借金つくって‥‥‥‥。もう首まわんないとこまで来てたんすね。でも、いらない見栄、子供に

張って。直前まで、弟に自転車まで買ってやってたんすから！　バッカじゃないのって！」
　坂本くんのお父さんの水道屋は、公共事業が中心で、中小企業としては比較的うまくいっていました。なぜつまずいたかはわかりませんでしたが、それまでの上級な生活から、いきなりレベルを落とすのは大変です。まして子供には、最後の最後まで悟られたくなかったのでしょう。
「そんなことはわかってますよ！　わかっけど……！」

　チャーリーにすれば、自分についてくれた弟分が、2人とも、まったく同じ目にあったことが、つらくてしかたなかったはずです。そしてたぶん、それがひょっとすると自分の運のなさのせいなのではないかと、自分を責めていたのでしょう。

「で？　いくら？」
「いくらって？」
「お金。別に同情だけ欲しくて、しゃべったわけじゃないだろ？」
「そりゃぁ……いや、別に。高校生には所詮、縁のない金額っすから！　聞いてもらえただけでラッキっす！」
　そう言ってから、坂本くん、ヘンなことを思い出したようで、

「あ……でも先輩、数日もあったら10万円稼げたって……」
「うん。言った」

殺人750の時です。
「だから、いくら？」

「500万円‥‥‥‥らしいっす‥‥‥‥」

第40話　Money Money（1）

　500万円。当時なら、ちょっとした家１軒くらいは建つ金額です。
「ね？　すげぇっしょ？　どーやっと、そんな借金作れんだか」
「うん」
「いや。ありがとうございます！　なんか、しゃべっちゃったら気が楽になったっす！　どもです！」

「おもしろい」
「はあ？」
「いや‥‥‥。それって手形？」
（手形については、この後で説明します）
「‥‥‥ですね」
「期限、知ってる？」
「ええ。親父、何もかも白状しましたから。８月の13日つってました。我が家の終わりの日ですもん、覚えてますよ」
　我が家の終わりの日か‥‥‥。渉くんの家族もそうやって指折り数えたのでしょうか？　どんな気持ちで？

「8月13日?」
「ええ」
　奇妙な話です。8月13日といえば、お盆。
「13日ね。金曜日なんすよ。13日の金曜日!　ね?　終わりにふさわしいっしょ?　ハハ……ハハハ」
「ってことはー。夏休み入ってから、2週間ちょいだよな?」
「だな」「最後の夏休みだ」「うん」

「おもしろい……」
　坂本くん、これには、少々憤慨したようで、
「何がおもしろいんですか!　そりゃ先輩方には他人事(ひとごと)でしょうけど………」
「いや。そうじゃなくって、高校生がさ……?」

「もし、高校生がさ。2週間で500万円、稼いだらおもしろくない?」

「はあ?」「ぁあ?」「あ?」「はああ?」
「できるわけないっしょーーーーー!!!　9万円でも四苦八苦したのに!」
「ああ、あれは日にちがなかったし。それに9万円と500万円じゃ、稼ぎ方が根本的に違う」
「マ、マ、マジで言ってんすか?　先輩」
「いや、マジもマジ!　どう?『2週間で500万円作戦』!参加する人ーーーーーーー!」
「やるやる!」「おもしろそうだ!」「参加!」

「俺も!」「やるっ!」

「じゃ、チャーリーと坂本以外、全員参加ってことでー」
　手を上げなかったチャーリー、ここでようやく、
「不可能なこと言って、坂本に希望だけもたせてもしょうがねぇだろーが」
「じゃ、何もしないで、つぶれるの待ってんの?」
「い‥‥‥や‥‥‥‥‥」
「何もしないよりはいいだろう」

「またケンメリステッカーでも売んのか?　何枚いるんだ?」
　チャーリー。坂本くんを思ってか不満げです。

「だからーーー。言っただろ?　500万円と10万円は、稼ぎ方が根本的に違う。たぶんだけど、250万円まで稼げば、500万円にはなるよ」
「馬か?　馬!　競馬得意だぜ?」と、西条くん。
「博打はダメだろ。分が悪すぎる」と、グレート井上くん。
「じゃ、何で?」
「んーーー。何しろ僕も500万円稼がなきゃいけないような事態に陥ったことないからなー。まだわかんないけど」
「なんだ‥‥‥‥」「そんなもんだ‥‥‥‥」

「でも、できると思うよ?」
「どっからくんだ‥‥‥‥」「その自信はよ‥‥‥‥」
　それはよくはわかりませんでした。
　ただ、漠然と「できる」と、この時は思ったのです。

「もしもダメだったなら、その時はこの頭をーーーー！」
「お！　まるめんのか？」
「下げる！　ゴメンナサイ」
「なんだよ、それ‥‥‥‥」

「いや、そうは言うけど高校生なんだから。それくらい、お気楽じゃなきゃ、夏休みまるまるつぶしてやってらんない」
「うーーーん」「それもそうだがーーー」
「受験勉強もあるわけだしさ？　でも、成功した時は、たぶんうれしいぞ？　人生で何度もは味わえないぞ？」
「よし！　やろう！」
　いちばん最初に、GOの返事をしたのは、意外なことに、その受験生筆頭のグレート井上くんでした。
　そこからは、みんなが順番に名乗りをあげて、いちばん最後に。
「俺も‥‥‥やる！」
　チャーリーです。
「じゃ、決まり！　２週間で500万円稼ぐ！」

　坂本くんは、感極まったのか、挙手したその手を下ろさないまま、涙を拭っていました。
「せ‥‥‥先輩‥‥‥。お、俺‥‥‥‥」
「坂本ぉ。今、泣くな。やるだけやってダメだった時に、ぞんぶんに泣け」
「わ‥‥‥‥わかりました！　先輩！」
「ダメな可能性は高いぞ！」

「わ‥‥‥‥わかりました‥‥‥‥」

　こうして、世にも無謀な挑戦。
『高校生が２週間で500万円作戦』が開始されました。
　はたしてうまくいくのでしょうか？

第41話　Money Money（2）

「ところでよ、手形ってなんだ？　この手？」
「それは、グレート井上先生に委ねよう」
「え？　ぼ、僕？」
　パチパチパチパチ！
「コ、コホ。えっと、手形ってのはー」

　ではグレート井上講師による、『学校では教えない手形講座』はじまりはじまり。

「例えば、西条が、まんじゅう屋を始めるとする」
「え！　まんじゅう屋なんてやだ。パンツ屋がいいぜ」
「パ‥‥‥‥パンツ屋？」
「そうそう。女性専門。せくしーらんじぇりーってやつ？」

「ランジェリー‥‥‥‥。わ、わかった。それを始めるとする」
「うんうん。理解しやすい」

いや。まだパンツ屋ってことしかわかってないぞ？
「でー。その西条パンツ店が‥‥‥」
「"セクシーランジェリーショップ西条"」
　店名まで決めてます。西条くん。やる気まんまんです！

「そ、そのランジェリーショップ西条が、大量に売る場合には、大量に仕入れなくちゃいけないだろ？」
「いや、ほかにも方法はあんだろ」
　さっそく講師にたてつく西条くんです。
「どういう方法だよ」
「まず始めにアブを捕まえて、それをワラシベにつないで、ミカンと交換。そのミカンを反物と交換して、その反物でパンツをつくる！」
「やれるもんなら、やってみやがれ」
　井上講師。やりにくそうです。

「とにかく、パンツ屋やるには、反物(たんもの)じゃ固すぎるので、やわらかいナイロンのパンツを大量に仕入れなきゃいけない」
「わかりやすいっ！」
「ふう‥‥‥‥」
　早くも溜(た)め息の入るグレート講師。

「ところが西条の店では、代金は売れてから入るわけだから、まだ仕入れる金はない」
「くそ〜〜〜。レースのパンツ仕入れたいぜ」
「いや。ヒモパンも捨てがたい」
「お前ら聞く気あるのか？」

「心からすいませ〜ん。井上先生」
「そこで現金じゃなく、約束手形というもので支払うんだ」
「お、それがあると買えるのか？　ヒモパン」
「その通り。約束手形は、たとえば３ヵ月後に現金に換金できます、っていう期日付きの小切手みたいなもんだ」

「３ヵ月後にはその、ヒヒヒヒ、ヒヒ、ヒモ‥‥‥」
　井上くん。言いにくそうです。
「ヒモパン」
「そう、それ。それが売れて、代金が入ってくる。それで先に手形で支払って仕入れるわけだ」
「やた！　ヒモパンGET！」

「約束手形には期日が書いてあって、その日を過ぎると、銀行でお金に換えることができる。逆に西条の店ではそれまでに現金を用意しなくてはならない」
「だから約束なんだな？」
「そうそう」
「ヒモパンはくっていう‥‥‥？」
「違う」

「そうすると、その期日が来るまではただの紙切れなんだな？」
「ちょっと違う。これを速攻で現金化する方法もあるんだ」
「？」「？」「？」

「たとえばそれがトヨタ自動車の振り出した約束手形なら、数ヵ月後に現金になるのは確実だろ？」
「ああ。トヨタならつぶれないからな？」
「そこでそれを銀行に持っていくと、その手形を担保に少しだけ金額を割り引いて現金化してくれるんだ」
「でたな！　タンポン！」

「割り引く？」
「そう。100万円の手形なら、99万円とかで」
「ちょっと損じゃん？」
「損だけど、すぐに現金が欲しいってことはあるだろ？　従業員にボーナス払いたいとかさ」
「なるほど。新しいエロ本欲しいときとかな？」

「トヨタのはいいけど、ランジェリーショップ西条のはやだなー」

「そこなんだ！」
「お？」
「同じ100万円の手形でも、トヨタの手形は担保にしてくれるけど、ランジェリーショップ西条の100万円の手形だと担保にしてくれない場合がある。価値が違うってことだ」
「3ヵ月後には同じなのにな」
「信用度が違う。ランジェリーショップ西条のは支払えなくなる可能性があるから」
「パンツが予定ほど売れなかった場合とか？」
「そうそう」

「ほらみろ。だからヒモよりレースだったんだって」
「いや、時代はスケスケだよ。スケパン」
「聞けっ！」

「期日に払えない場合は？」
「不渡りって言ってね。手形の価値はゼロになる」
「その場合は？」
「手形が銀行から差し戻されるだけ。現金にできませんでした、って」

「お！　そしたら無料で仕入れじゃん！　スケパン！」
「うん。けどもらった人は黙っちゃいないから」
「そりゃそうだな」

「話は戻るけど、多少危ない『ランジェリーショップ西条』の手形でも割り引くところはある」
「え？　どこどこ？」
「金融屋だよ」

第42話　Money Money（3）

『金融屋』。銀行も含め、お金を貸すところは、ひとくくりに金融業ですが、これと区別して、高利で貸すところを、特に『金融屋』と呼びます。サラ金なんかもそのひとつ。
　金融屋は、主に銀行から借りられなくなった人のところに、「100万貸すけど、あんたんとこは危ないから、返す

時には200万にしてね」という、ベラボーな条件をつけます。利息が高いから「高利貸し」。
「氷菓子じゃなかったんだ‥‥‥」
「そんなおいしい金融屋はない」

　それでも、銀行から借りられなければ、泣く泣く条件を飲むしかありません。家族や従業員を路頭に迷わせるわけにはいかないからです。これが不幸の始まりです。

　手形の場合も、実は同じで「100万円借りたきゃ、200万円の約束手形をよこせ」といったことになります。この時は、100万円、現金を手にすることができますが、手形に記載された期限が来ると200万円、返さなくてはなりません。
「うう‥‥‥みんなヒモパンのためにそこまで」
「いや‥‥‥下着屋さんと限ってないけど‥‥‥」

「ようは手形ってのは、その日になったらお金払いますっていう証拠付きの証書みたいなもんだ。借用書より、ずっと厳しい強制力がある」
「じゃ、坂本んとこは？」
「8月13日に、500万円払います、っていう手形を振り出したってことだね‥‥‥」
　8月13日、という期日がいかにも金融屋らしい期日です。
　普通、手形は月末とか、切りのいい、覚えやすい日付を使いますが「忙しいお盆」にぶつけた、ということは？
　はい！　井上先生！
「なるべく、お金を返せないように工夫したんだね」

「返せないようにいい？　なんだってまた？」

「500万の手形を坂本んとこが落とせないと、酷な言い方だけど、つぶれるわけだから。土地とか建物とか、担保物件は、みんな借金のかたにとられちゃう」
「あ？　じゃ、500万で、まんまと土地建物を？」
「500万じゃなく‥‥‥‥200万とかじゃない？　貸した金は。あとは金利」
「あ！　そうか！　まんまと！」
「そういうこと」
　坂本家としては、何がなんでも、８月13日までに500万円そろえないといけない、ということです。

「なるほど‥‥‥‥‥」
「すげぇ商売もあったもんだ‥‥‥‥」
「となるとー。最初にやることはー」

「アブをつかまえる？」

「がんばれよ。西条だけ」
「あ！　井上！　俺がやがてパンティ長者になっても知らないぞ!?」

　最初にやらなくてはならないのは、
「坂本の身の安全を確保すること」です。
「安全‥‥‥って？」
「もう、そのスジの人たちがウロチョロしてるんじゃない？」

「あ、その通りです。だから、商売になんないすよ‥‥」

　やはり金融屋としては、坂本水道店にはつぶれてほしいのです。店頭でウロウロされると、みんな怖がって近よらなくなり、やがてそれが取引先などにも知れ、つぶれてしまいます。

「しばらく、ここにいたほうがいいかもねー。でも、学校は来ないとヤバいよ。坂本」
「あ‥‥‥はい。明日から行きます」
「まだ学校、張られてないだろ？」
「ええ。たぶん‥‥‥」
（当時、子供の学校は最も借金取りに狙われやすい場所だった）

「じゃ、こっから通うとしてー。食事とかどうしてたの？」
「食事はそのー、チャーリー先輩とか、あとは、えっと‥‥‥‥詩織とか‥‥‥‥」
「詩織だあ〜〜〜〜〜〜〜〜？」
「あ？」
「てめっ！　このやろ！」「自分だけ！」「後輩のくせに！」「ザケんじゃねーぞ！」「くたばりやがれ！」
「**う、うわ〜〜〜〜〜〜‥‥‥‥**」
　最初にやるべきこと。身の安全の確保。
　最初にやったこと。血祭り。

　この日、西条くんを駅へ送る道。

「いやー、坂本、あんな羽振りよかったのにな———」
「羽振りがよかったからハメられたんだろ？」
「俺、よかったよ。羽振り悪くって」
　いや、それはそれで反省しないと‥‥‥。

「にしてもな～～～。500万円ってな～～～」
「うん」
「レモン何個分だ？」
　いや。ビタミンCじゃないんだから。
　レモンで数えません。数百万円。

　それにしても500万円。

　どうしたものか‥‥‥‥‥‥‥‥。

　しかし、灯台下暗し。ヒントはなんと、自宅で待っていてくれました。
「ただいまーーー」
　家に戻ると、玄関口に見慣れない紳士靴。
「おお。遅い帰りだな！　高校生が！」
「あれ？　叔父さん、来てたの？」
　それは父方の２番目の叔父でした。叔父は、関東で手広く司法書士事務所をやっていて、こちらの方面で土地の取引などがあると、頻繁に帰省していたのです。実は、この叔父さんこそが、巨人の（偽）サインボールを、最も高価で買ってくださった「大落札者」様です。
「来てたのとはご挨拶だなぁ。お義姉さん、こんなんでいいのか？　高校生が」

「しばらくいるの？　叔父さん」
　ビールを注ぎながら、僕。
「ああ。今回は大取引でね。しばらく通うことになりそうだよ。よろしくな」
「電車？」
「え？　飛行機だよ。そんなに時間かけてらんないって！」
「あ、そりゃそうだよね」
　東北新幹線開通（1982年）以前は、上野からは７時間近くかかる大旅行だったのです。

「あー。巨人、負けてやんの！　連敗かよ〜」
　ナイター中継を観ながら叔父さん。
　イヤな予感‥‥‥‥。
「そういえば、お前から買った２軍のボール。誰も１軍になんなかったなー」
　きたっ！
「そ、そう？　残念だったね」
「よく見たら『伴宙太』*とかのサインまであったのな」
【*伴宙太＝マンガ『巨人の星』のキャッチャー】
「まぁまぁ。叔父さん！　飲んで飲んで！」

　ん。待てよ？
それだ〜〜〜〜〜〜〜〜〜〜〜〜〜！

第43話　2週間で500万稼ぐ方法（1）

　翌日、坂本くんは、ひさしぶりに登校し、さっそく生活指導の工藤先生に呼ばれていました。工藤先生で済んでいるのは、まだ幸いです。

　放課後。第1回500万円会議。第2回があるかは不明。
　この日、アジト教室は、梅雨明けしたこともあり、うだるような暑さです。
「はい〜〜〜、みなさま、本日はお足下もわりぃ中〜」
「だからよ！　西条よ！　今日、梅雨明けしたんだよ！　お足下、悪くねぇつってんの！」
「そいじゃ、みなさま、梅雨明けで、お足下の悪い中‥‥」
「だからー！　直すのは、お足下のほう！　お足下！」
　もう、暑いんで、みんなイライラしてますから、冒頭の挨拶でエキサイト！

「で〜〜〜、西条商会、第1回会議‥‥‥」
「異議アリ！」「異議アリ！」「異議アリ！」「黒アリ！」
「はい！　孝昭係長！」
「なんで、西条商会なんだよっ！」
　まずもめたのが、「会社名」です。

「わかった！　孝昭係長！」
「なんで俺が係長かもわかんねぇぞ！」
「では、西条商事第1回会議に‥‥‥」

「異議アリ！」「異議アリ！」「異議アリ！」「白アリ！」
　異議とびまくりの熱い会議です。難点は、まだまるっきり本題じゃないこと。

「え〜〜〜〜？　西条商事も西条商会も〜〜？　あ、わかった！　西条カンパニーでいこう！」
「異議アリ！」「異議アリ！」「異議アリ！」「羽アリ！」
「そこじゃねぇんだよ！　ったくよー」

　これでは、いつ本題に入れるかわからないので、僕から、
「いいじゃない。西条が社長で、西条商会」
「冗談じゃねぇぞー！　なんでコイツの下で……」
「だから。孝昭も社長でいいよ。孝昭商会」
「え……？　ホントか？」
「うん。孝昭商会代表取締役社長、孝昭」
「おお！」

「待てよ！　いっつも孝昭と西条だけ……」
「だから。久保、社長でいいよ」
「え？　ホントに？」
「うん！　久保商会代表取締役社長、久保！」
「え？　俺は俺は？」
「はい！　河野商会代表取締役社長、河野！」
「おおおお……」
　社長乱発！　協同組合みたいな会議です。

　こうして増えに増えた『社長だけでも10名株式会社』
「いや〜〜、久保社長、そっちの景気はどうですか〜」

「ああ千葉社長、ボチボチですよ〜。河野社長さんとこは？」
　みんな満足できているからいいのです。

「では、僕から本題に入らせていただきます」
　ぱちぱちぱちぱちぱちぱちぱちぱちぱち。

「今回、500万円稼ぐにあたりまして、僕は、Ａ案、Ｂ案、の２種類を提言しようと思います」
「異議アリ！」「飛びアリ！」
「はい、西条社長。なんでしょう？」
「そこは、Ａァ〜ン♡、Ｂァ〜ン♡　がいいと思います！」
　そこ？　なんか重要？
「賛成です！」「賛成です！」「賛成です！」「薫製（くんせい）です！」
「そ、そいじゃ、賛同者多数で、Ａァ〜ン♡、Ｂァ〜ン♡に決まりました」
　ぱちぱちぱちぱちぱちぱちぱちぱちぱち。

「そ、そいじゃ‥‥‥まず、Ａアーン♡　から説明いたしますが」
「議長！」
「はい！　河野社長！」
「Ａァ〜〜〜ン♡　だと思います」
「いやいや。河野社長。ＡはやっぱＡァ〜〜〜〜〜ン♡　だろ」
「いや、孝昭社長。そこはやっぱＡァアハ〜ン♡　で‥‥」

番外編　もっとすごい小学生　　265

「では、Ａア〜ン♡　は、Ａアハ〜ン♡　に変更ということで······」
「異議アリ！」「異議アリ！」「モハメッドアリ！」
「えっとー。ジェミー社長。さっきからへんなの入れないでください」

　こんなので、本当に500万円も稼げるのでしょう？

　＊＊＊＊＊＊＊＊＊＊

　会議はさんざんな結果に終わりました。
　理由：暑すぎ
　反省：社長多すぎ

　そこでみんなで移動したのが、このあたりじゃ貴重な貴重な「クーラー」のある憩いの場『純喫茶ポプラ』。
　そう、駐在さんのスミレちゃんを「2号さん」などと、ぶっこきやがったマスターがいる店です。
　が。行ってビックリ！
　ウィンドウ越し、くつろいで煙草をふかしているその男！
「駐在だ！」「こんなとこで吸ってやがったんだ！」「なるほどな〜」
　これは大発見です！

　カランコロ〜〜〜ン。「いらっしゃ〜〜〜い」

　気まずい出会い。警察官と地元高校生。

「んあ？　お前ら！　何しに来た！」
「何しにって‥‥‥」「コーヒー飲みに決まってるでしょ」
　いくら町の駐在さんであっても、咎(とが)めることはできません。
　さりげなく、駐在さんの見える所にポジションゲット。
　駐在さんは、奥さんの前では、まだ禁煙中。というか、すっかりやめたことになってます。それが『スミレちゃん購入の条件』になっていたのだそうですが、ようはここで隠れて吸ってたわけです。僕たちには、WC小屋で恩を売ってるので、遠慮はありません。
　プカプカと煙草をふかし、コーヒーをすすったところで、
「あ！　奥さん！」「ほんとだ！」
ブバアアアアア！
　駐在さん、焦りのあまりコーヒー噴水です！
「三浦さんとこの」「奥さんだ」
「な‥‥‥‥‥‥！」
　嘘は言っていません。奥さんです。
「く‥‥‥‥‥‥‥‥‥‥！」

　そこまでやられても、駐在さん、根性あります。やはりただ者ではありません。椅子にふんぞり返り、やれるもんならやってみな態勢。
「あ！　奥さん！」「ほんとだ！」
「あ！　奥さん！」「ほんとだ！」
　さすがにひっかからなくなりました。
「あ！　奥さん！」「ほんとだ！」
「フ‥‥‥‥だから**2度も同じ手くらうか！　バカど**

番外編　もっとすごい小学生

も！」
　これ見よがしに、煙草をふかしてみせる駐在さん。

「いえ………」「今回は本当です」「ほら。窓の外に」
「加奈子さんです」
「んあ？」

第44話　2週間で500万稼ぐ方法（2）

　ああ。これできっと、駐在さんも煙草をやめることができるでしょう。いいことをした後は気持ちがいいです。
　引き続きポプラ会議。
「で？　どうやって500万稼ぐ？」

「うん、実は、今、東京から家に、司法書士の叔父さんが来てるんだけど。毎回毎回、飛行機で来るんだ」
「そりゃそうだろー」「電車じゃ７時間かかる」
「そう！　そこだよ、そこ！」
　そこです！
「？」「？」「？」「？」「？」

「１度叔父さんは、東京に書類を送らなくてはならなくなった。いちばん速い輸送ってなんだと思う？」
「テレポーテーション」「ワープ」
「超能力を除く」

「今、東京までいちばん速い運送は国鉄－赤帽便で、それでも20時間近くかかる。しかも料金は１万以上で、本数は１日に２便しかない」
「ふんふん」「意外と不便なもんだな」
「速達郵便が３日（当時）、普通の運送会社だと５日間」
　（ヤマト運輸が宅配事業を開始するのが1976年。まだ関東圏に限定されていた）

「それで？」
「で。叔父さんは仕方なく、バイク便で送った。料金は６万円以上だったって」
「ろくまんっ！」
「まー、東京までだったらねー」

「そう。大阪なら、ン10万の世界だから」
「はは〜〜〜〜〜ん！」
　お！　西条がいちばん最初に理解したか？

「それでテレポーテーションはすごいんだー」

　違いました‥‥‥。
「でも、近い」
「近い？」
「世の中には、急いで届けなきゃいけないものは、いくつもあって、早く届くなら、いくらでも払う人がいる、ってことだろ？」

「わかった！　それでテレポーテーションの訓練するんだ

!?」
「ちょっと遠ざかった‥‥‥‥」
　今からテレポーテーションの訓練しても、間に合わないと思います。てか、死ぬまでにできるのか？

「そうじゃなく。実はいちばん速いのは、言うまでもなく飛行機なんだ。しかも１日６便もある」
「飛行機‥‥‥？」
「そう。手荷物は、ひとりにつき無料。もし、今日中に東京に書類を届けたい人が10人いても、同じ料金で飛べる」
「あ！」
「わかった？」
「それでテレポー‥‥‥」
「西条はもういいや‥‥‥」
　あきらめました。超能力者にはかないません。

「つまり、ここから東京まで、１日６回。手荷物の鞄に入る限りの人数分を、当日内に届けることができる！」
「なるほどーーーーーー！」
「それでも原価は」「飛行料金の１万円ってことだ？」
「そう。帰ってくる時は、東京からこっち向けの書類を運べばいい。もしひとりから２万円取れれば‥‥‥10人分をいっきに運んで‥‥‥」
「１回につき20万円‼」
「そう。往復で40万円。いや復路のほうが少ないだろうから（実際はほとんど同じだった）、１回30万としても、やろうと思えば、30万×６回で、１日で180万稼げる」
「すげ‥‥‥‥‥‥‥」

「だろ？」

「実際のとこは、そんなにうまくいかないだろうけど、１日50万あれば、２週間で700万円」
「おおおおおおおお！」

「飛行機代は均一でパスが使えるから、最終便の宿代含めて経費を200万円かけてもーーーー」

500万円！

「２週間で500万、稼げる！」

・・・・・・・・・・・・・・・・・・・・・・・・・・・・・・・

第45話　便所記念日

「すげぇ！　すげーーーっす！　極悪非道先輩！」
「坂本。誰から習った？　その呼び名‥‥‥‥」

「そんなにうまくいくかな？」
　とは、慎重派のグレート井上くん。
「いや、後は、うまくいかせるのは、井上と森田の仕事だから」
「はあ？」「え？」
「僕は考えるだけ」
　それぞれ、適材適所というものがあるわけです。
　看板、宣伝チラシ等は、ノッポさん部隊が。集荷集配は

実行部隊が。
「く‥‥‥。わかったよ‥‥‥‥」
　でも、グレート井上くんが「わかった」と言えば、必ず成功させるだろう、という絶対的信頼感がありました。

「空港ってＪ町だよね？　そこまでは？」
「村山がいらっしゃるであそばせんか〜〜〜〜〜〜〜」
「あ！　そうだった！」「日本語ヘンだけど！」
「うん‥‥‥いいとも」
　口ベタな村山くんでさえ、少し声がはずんでいます。

　僕たちは、この超高速運送サービスに、『ジェットストリーム』という名をつけました。これは、当時田舎では受信できなかったFM東京（現TOKYO-FM）の人気番組で、亡きバリトンくんが、この番組のパーソナリティ「城達也」の声に似ていたから。

「じゃあみんな！　最後の夏休みにむかってーーー！」

ふぁいっ!!

　意気も揚々と、飛び出したポプラの前。
　まぶしい初夏の光の中。駐在さんが、苦虫10匹くらい、まとめてかみつぶしたような顔で立たれていたのでした。

　＊＊＊＊＊＊＊＊＊＊

「なんだってこの季節になっと便所掃除させっかな。駐在

は」
「イヤガラセに決まってんだろ？」
　決まってます。
　思えば、去年の夏も、僕たちはここの駅の便所掃除していました（3巻参照）。
「便所記念日だな」
「やな記念日だな‥‥‥‥」
　その時に、駐在さんが、麻生くんに、『チャーリー・チャップリン』を引き合いに出して、チン○°の小ささを慰めたことが、チャーリーのアダ名の起源です。
「そっかぁ。‥‥‥‥‥チャーリーには、忘れられない思い出の場所なんだなぁ。この便所」
「便所を感傷的に言うんじゃねぇ！」

「俺もよ‥‥‥忘れらんないよ‥‥‥あん時‥‥‥‥」
　しみじみと、西条くん。
「隣の女子便所で用足した姉ちゃん、キレイだったなー」
「そういうことかいっ！」「よく覚えてんな〜〜〜」
　覚えられている用を足したお姉さんも、お気の毒としか言いようがありません。
「だってここ和式だぜ？」
　よく意味がわかりませんが、西条くんの特殊能力と関係あるのかもしれません。

「でも、今日は、仏の駅長さんが、ひとり50円くれるって」
「うーん。500万円の話した後だと、いきなり現実に引き戻されんなー」

「言うな。これ終わったら、シビックパトカーの洗車。そっちゃタダなんだから」
「洗車も多いよなー」
「うん。たぶん全国１位だね」
　あまりうれしくない１位です。

　でも。ふと。この時、手にしていた「便所ブラシ」の、その威力に気づきました。
　そうです。
　"汚れた便器でさえキレイになるのだから、**これで車を磨いたら**どれほどキレイになるだろう？"
　という、誰もが抱く疑問です。
　僕たちは、仏の駅長さんに中休みをもらい、駆け出していました。
　以下、（*）は読者唱和部分

　走る！　走る！　若者たちが走る！
　走る！　走る！　街中をゴム手に便所ブラシ持って！
　ああ。青春とは、かくも輝いています。
　街路樹の下を（*便所ブラシ持って！）
　ショウウィンドウの前を（*便所ブラシ持って！）
　いつか年老いた時、川面を見つめながら思い出す日が来るのでしょうか？
　便所ブラシを持って駆け抜けた青春の１ページ。

　スミレちゃんは新車なので、いまだカバーをかぶっていました（当時の新車にはカバーが標準か、サービス品としてついてきた）。

そのカバーを開き。
「やるぞ！」「おお！」
　それから30分後。
「駐在さーーーーん。洗車終わりました〜〜〜」
「スミレちゃんもピッカピカに磨いておきました〜〜〜」
「ん。ごくろ‥‥‥**んなああああああああああ!!**」
　駐在さん、スミレちゃんの前で、ゴム手に便所ブラシの僕たちを見て唖然！

　いえ。もちろん、そんなもんで洗っちゃいないのですが。
　その日から駐在さんは、スミレちゃんにほお擦りしなくなりました。

　そんな青春の今日だから。
　わすれられない　便所記念日（*便所記念日！）。

第46話　GEROファイター

「くさっ！」
「え！　やっぱ便所のにおい、抜けてないすか!?」
「そうじゃねぇよ」
　夏の便所のにおいは人に平等です。
『ジェットストリーム』の計画を、グレート井上くんと森田くんにまかせ、残りのメンバーは、またWC小屋に集まったのですが。
「坂本ぉ。お前、何日、風呂入ってねぇ？」

「さ、さーー……ここ来る前からですからー……」
　汗ばむ季節になり、さすがに長いことお風呂に入っていなかった坂本くん。体臭がきつくなりはじめました。

「なんだよ～。詩織に拭いてもらえよ、詩織に～～～」
「あ～～！　詩織～～～そんなとこ拭いたら～～毒がぁ～～～！　毒が出るぅううう」
　またそれかよ……。
「てめっ！　いい思いしやがって！」「自分だけ！」「後輩のくせに！」「何が毒だ！」
「う、うわ～～～～～～………」
　勝手に寸劇して、血祭り。

　いずれにせよ、１度どこかでお風呂には入らないといけないようです。が、坂本くん、
「俺、やっぱ、帰ります。その……親父にも……詫びなきゃいけないし………」
「うん。そうだな……」「それがいいぜ……」
　子には子の思いがあるように、親には親の思いがあったわけですから。

　しかし、金融屋が待機しているという所に、坂本くん単独で帰すわけにはいきません。
「西条と孝昭で送ってやれよ」
「ああ」「いいぜ」
　この２人がいれば、ちょっとやそっとじゃ負けません。

「じゃ、僕が送るよ」

と、唯一の免許保持者。村山くん！
「あ〜〜〜そらぁ〜〜〜村山がいらっしゃれば〜〜〜」
「車でお送りあそべるな〜〜〜」
　まだ若干後遺症が残っています。
「車はどうするよ？」
「あるよ？　車」
　村山くん、実は、自転車通学のフリをして、近所の親戚の土地に車をかくしていたのです。なんと大胆不敵！　普段の大人しい村山くんからは、想像もつきません。
「だって、自転車って、屋根がないだろう？」
「なんか‥‥」「腹たちあそばすな‥‥」「うん‥‥‥」

　しかもその車が、
「トレノ!?」*
「すげぇ！　村山！」
【*スプリンター・トレノ＝トヨタの大衆モデル『スプリンター』の最上級スポーツバージョン。1972年の発売から数々のラリーやレースで大活躍する。カローラ・レビンと兄弟車】

「兄貴のなんだけどね」
　モスグリーンのトレノは、精悍(せいかん)で、速そうで、イケメンの村山くんにはお似合いです。くやしいくらい。
「くぉおおおお‥‥‥‥‥」
　最もくやしそうなのは、河野会長。なにしろ「もうすぐ免許」と言い続けて、すでに夏。これで「全てのカテゴリー」において、村山くんに抜かれてしまったのですから。
「村山、これノーマル？」

「いや‥‥‥兄貴、ラリーやってるから。ラリー仕様」
「ってことは**アブノーマル!?**」
「いや‥‥‥アブノーマルって‥‥‥‥」
　変態じゃないんだから‥‥‥。
「やーいやーい、村山のはアブノーマル〜〜〜♪」
　河野会長、ささやかな反撃でした。

　トレノの乗車定員は5名。坂本くん、西条くん、孝昭くんを乗せて、まだ1名余ります。そこで、西条くんが僕を誘い、5名乗車。
　後部座席に、孝昭くん、坂本くんと、僕。
　助手席には、西条くんが、
「**パイルダーーーーオーン！**」しました。
「いや、マジンガーZじゃないんだから‥‥‥」
　西条くん、浮かれまくってます。まるで子供、まるでガキ。
　背もたれ側を向いて、まー、はしゃぐわはしゃぐわ。
「やっっほ〜〜〜〜〜〜〜〜ぃ♪」
「西条、後ろ向いてると酔うぞ？」
「大丈夫。そういう時は上を向くから！」

　酔いました。
　が。N市内に入った頃には、すっかり静かになりました。西条くん。もともと車に強くありません（3巻参照）。
「さ、西条、大丈夫か？」
「ぅぅ‥‥‥いいから、は、走れ‥‥‥村山‥‥‥‥」

　坂本くんの家は、市街地でも、最も店の立ち並ぶ商店街

の一角にある事務所兼住宅。僕は、かつて一度も訪ねたことがありませんでしたが、その中のどれが坂本くんの家であるかは、30m手前からでも容易にわかりました。
　店の閉じたシャッターの前、風体のよからぬ輩（やから）が２人、たむろしていたからです。
　ラリー仕様であるトレノに、クーラーなどという「走りの負荷」になる物はついていません。開いた窓から、連中の怒声が遠慮なく入ってきます。
「うらぁーー！　いるのはわかってんだぞ、らあああ！」
「坂本さーーん！　借りたもんは返さねーとーーー」

「毎晩、あーなんすよ、イヤガラセに来てんです」
「でも手形の決済日はまだだろ？」と、僕。
「前の手形落とすのに、別んとっからも借りたんだと思います‥‥‥」
　なるほど。
　ひょっとすると500万円じゃ済まないかもなぁ‥‥‥。

　村山くんは、坂本くんをどこで降ろしていいものか、思案に暮れているようでした。手前からしばらくノロノロ運転を続けていたものの、間もなく店の真ん前です。
「出てこいやぁ！　金返せーーーー！　くらぁ！」
　インパネのJecoクォーツ（ジェコー）（ラリー用の時計）は、午後9時半を指しています。ご近所は団欒（だんらん）の真っ最中。毎晩これをやられた日には、ご近所付きあいもへったくれもありません。
　こりゃ家にも帰りたくないわけだ‥‥‥。

「あ。村山先輩、店の先に駐車場ありますから、そこに停めてください。連中、ビラ貼ったら、すぐ帰りますから」
「ビラ?」
「イヤガラセのビラっす。『金返せ』とか『死ね』とかの……。最近始まったんです。弟んとこは校門にもやられました」
　学校にも……(こうした悪質取り立て行為は80年代に入るとさらに悪化。全国的な社会問題となる)。
「坂本は?」
「弟は中学だから近いですが、高校は遠いじゃないすか。でも、朝早く学校行って見張ってるんです。そんなことやられたら、学校どこじゃないすからね」
「ははぁー。そん時にミモレの交換を?　詩織ちゃんと?」
「え?　えっと、そんなとこっす。へへ……」
　それが、僕たちに「お泊まり」の誤解を生んだわけです。

　黙ったままの西条くん。聞いていて、なおのこと具合が悪くなったようでしたが、トレノが坂本家の真ん前に来たところで、
「と……止めろ……村山!」
「え?」
　トレノが停車するのを待たず、いきなり車から飛び出すと、ビラを貼っていた2人のところまで駆け寄っていき、

ゲロロロロロロロ〜〜〜〜〜〜。

「どぁああっ!!」「な、な、なんだコイツ!?」
　脈略もなく突然ゲロをかけられた２人はたまりません！
「はぁ〜〜〜〜〜‥‥‥‥スッキリした‥‥‥あ。ナルト」
「テメぇ！　ざけんなよ！」「ガキがぁ！」
　しかし、ゲロを吐いても西条くんは強かった。と言うか、
「せいやぁ！　ブェエ！　さいっ！　ブバァア！」
　ゲロも武器に闘ってます。西条withゲロ。あらゆる意味で最強です。
　平衡感覚がもどっていないせいか、『一撃瞬殺』の蹴り技こそ繰り出しませんが、パンチだけでもじゅうぶん強い！

　が、車酔いしたまま暴れたため、西条くん、圧倒的優勢なまま、その場にしゃがみこんでしまいました。
　相手もチンピラ、この好機を見逃すはずがなく、
「やりやがったなぁ！」「死ねや！」
　一転、西条くんピンチ！
　と、思ったら、
　ガッ！　ガッ！
　そのへんにあったコピーの看板を凶器に、孝昭くん参戦！
「うらぁあああああああ！」
　まーーー西条くんも強いですが、凶器を持った孝昭くんは、えげつないほど強い！
　一見、興奮状態の子供が暴れてるのと見分けがつかないのですが、相手に反撃のスキをまったく与えません。
「くらえぇえええええええ！」

ガッ！
「ヤ、ヤバイぞコイツ‥‥‥！」「ひ、ひとまず逃げろ！」
「逃がすかあああ！」
　たまらず逃げ出す相手に、コピーの看板をそのまま投げつけます！
　　ガンッ！　しかも命中！　コントロール抜群！

　が、キレたもうひとりが、この看板を拾って反撃に出ました。
「調子こいてんじゃねぇぞぉ！　ガキぃ！」
　これに対し孝昭くん。今度は、同じ店にあったファックスの看板を持って応戦！　**ガィンッ！**
　だから、凶器持たせたら孝昭にかなうヤツはいない、って言ってんのに‥‥‥‥。
「へっ！　コピーがファックスにかなうわけねぇだろがぁ！」
　という、OA業界も疑問視するような台詞で猛反撃！
　　ガッ！　ガッ！　ガッ！

　防戦一方の相手が、西条くんのゲロで足をすべらせ（これがまたよく滑る）倒れると、スネを狙って集中攻撃！　つまり帰すつもりはない、ということ。
「まだ折れねぇかっ！　丈夫だなっ！　こらっ！」
「ぎあああああああ！」
　結局、見かねた西条くんが止めるまで攻撃をやめず、相手は這うようにして、その場を逃げていきました。

「よいしょっと。確か、コピーが左だったな」

282

孝昭くんが偉いのは、ちゃんと**「使った凶器は元にもどす」**こと。ひん曲がったまんまですけど。
「いいじゃん。かえって目立つってー」
　目立つには目立つ。鮮血ついてるし。

　先輩たちが、ここまで凶暴とは知らなかった坂本くん、
「なんか……スゴいことになっちゃいましたね……」
　西条くん、
「ぁあ？　いいだろ？　ビラとゲロ、どっちがいい？」
「えっと………、**ビラ**………っすかね………」
　もっともだ！

第47話　スカウトされた男（1）

　僕たちは坂本家からは、かなり離れた路上にトレノを停車し、様子を見ることにしました。あれだけやられたのですから、報復は避けられないでしょう。ましてゲロ。
　もし、僕たちが坂本家近辺にノコノコしていると、明日からイヤガラセが悪化してしまうからです。
「坂本んち、よく見えねぇ」
「どっちにしろ車で来るから。ヘッドライトでわかるよ」
「車で来っかな？」
「まず、間違いなく。ひとり足痛めてるから」
「へー」
「へー、じゃなく、孝昭がやったのっ!!　ファックスの看板で!!」

「しゃーねーだろー。ほかの看板なかったんだから！」
　いや‥‥‥。看板の問題ではなく。

　トレノのナンバーから村山くんの身元が割れてしまう可能性があるので、ホワイトテープで番号を加工。
「犯罪者だよね‥‥‥これ‥‥‥」
「近いものはある」
「近いんじゃなくって、犯罪、だよね？」
　うるさいなー。村山はー。
　余ったテープで、ボディにストライプを貼り、
「トレノ、チューンナップ完了！」
「チューンナップとは言わないよね？　ストライプだけで」
　うるさいなー。村山はー。

　そこに偵察に行っていた西条くんが戻ってきました。
「西条、ごくろー。どうだった？」
「ああ。これから『成人アワー』だからな。ゴロゴロいたぜ」
「やっぱりねー。じゃ、そこでいこう」
　これで決戦場所は決定。
「うまくいくかな？」
「うーん。あとは村山の腕次第だなー」
　僕は、村山くんの運転については、今日、初めて乗ったばかり。あとはトラクターしか知りません（7巻参照）。
「まかせてくれ」
「おお！　さすがパトカー泥棒！」（2巻、4巻参照）
「‥‥‥‥‥‥‥」

村山くん、立派な犯罪者。

　よほど怒っていたのか（まぁ怒ります。ゲロですから）、輩がやって来たのは、その話をし終えた直後でした。
　なんと車３台！　クラウン２台の、ローレル１台。１台は逆側から来るあたりが「慣れて」ます。が、僕たちは、彼らが「追い込み」に慣れている以上に、「逃亡」に慣れていました。
　あらかじめ脇道のある場所を選んであったのです。ああ、まっとうに生きてこなくてよかった！

「坂本んとこじゃねー！」「あ、あっちだ！」
　例によって開いた窓ごし、連中の遠慮のない声がガンガン聞こえてきます。
「来た来た〜」「おいでになった〜」
「村山、頼むぞ！」
　キュルルルルル！
　村山くん、聞こえよがしなホイルスピンで、いきなり脇道に逃げ込みます！
「あ！　横道、逃げやがった！」「追っかけろ！」

　ところが、この脇道。ただでさえ細いのに、誰が立てたのか、ファックスの看板とかコピーの看板まで立っています。クラウンやらローレルやらのデカい車じゃ、とっても大変。
「来てる？」
「来てる来てる」「根性あんなー」
　根性ありました。脇道を抜け左折したとたん、前方から

ヘッドライトが！
「ホント、慣れてるなぁ」「感心してる場合か！」
　かなり土地勘があるようです。
「やばい！　村山！　ぶつかるぅっ！」
「まかせろっ！」
　ギャギャギャギャギャ！
「**うわーーーーーーーーー！**」
　なんと村山くん、この公道の真ん中で、サイドターン！
（サイドブレーキを使って後ろをスライドさせるターン）
「ハァ……ハァ……」「お、おっかねーーーー」
　脳裏には、美奈子さんの雪道大スピンが蘇ります（6巻参照）。
「ごめん。ラリータイヤだから、舗装路に向いてないんだ」
　そういうこと言ってんじゃないんですけどね？
　村山くんのかつての停学は全て『無免許運転』。うち1度は「ラリー出場中、兄に代わって運転して捕まった」という、信じがたい噂でしたが、どうやら本当のようです。

「摑まってろ！」
　キュキュキュキュ！
　直角ドリフトカーーーーーーーブ！
「**うわーーーーーーーーー！**」
「お……お上手でいらっしゃるな……。村山」
「まぁ、免許取ってから4ヵ月だけど、無免許は17年だから。ハハ……」
　うーん。答えになってませんけど……。

286

車で逃走しているのには理由があります。運転には、腕の差がありますから、追跡では、刑事ドラマみたいにまとまって来ることはありません。必ず車間が生まれ、「遅れをとる」者が出るのです。
　それぞれがバラバラになれば、一気に襲撃できるのは最大で乗車定員の5人。次にまた5人。それくらいなら、西条くんと孝昭くんで楽勝です。

　が。そもそも、僕たちには自らが戦うつもりなど、ありませんでした。
「よし！　村山！　止まってくれ！」
　キュッ‥！
　ようやく停車したのは、元の商店街のはずれの映画館前。僕たちは、決戦の場所をここと決めていたのです。
「あーーーーよかった‥‥‥これ以上乗ってたら、またゲロ吐くとこだった‥‥‥‥」
「いいから！　西条、降りろ！」
　トレノは2ドアクーペ。降りるのに手間をくいます。
「村山、あとはいい。近づくだけ近づいたら逃げてくれ！」
「ああ！　じゃ、あとで！」
「うん！　またな！」

「あ！　あんなとこで降りてやがる！」「あいつらだ！」
　相手の目的は走り去ったトレノではなく、降りたゲロ西条くんと、ファックス孝昭くんです。
「あんま強そうじゃなくってやだな。その名前」

番外編　もっとすごい小学生　287

「いいから。来たぞ！　走れ！」
　そのまま裏路地へ！
「待ちやがれーーーー！」「逃がすかーーーー！」

　映画館の裏路地は、日頃から不良学生の溜まり場として有名で、前回も和美ちゃんが絡まれ、西条くんが「9人瞬殺」を披露してくれた場所（8巻参照）。
　この時間は、ちょうど映画館が『成人アワー』に切り替わる時間帯で、実はここ、人寄せに音声だけを外に流すため、「あは〜ん♡　うふ〜ん♡」目当てに、その人数がピークに膨れあがるのです（当時の不良学生ってのは、こういうやましい場所に「学生服のまま来るのがステータス」でした）。
　つまり、「木を隠すなら森！」です。
「はいはいはい、どいてね〜〜」「どいてちょうだいね〜」
　その学生服の森に分け入る学生服の僕たち。
「ぁあああ？　なんだ、てめぇら！」
　と、そのすぐ背後から、追っ手到着。
「待ちやがれーーーー！」「逃がすかーーーー！」
　もともと西条くんと孝昭くんの見分けがつくのは、やられた2人だけ。当然、
「あ、こんなとこに仲間いやがったのか！」
「へ？」「あ？」「お？」「あれ？」「仲間？」
「かまわねー！　まとめてやっちまえ！」「おおっ！」
「は？」「え？」「オレ‥‥‥たち？」

　せっかく「あは〜ん♡　うふ〜ん♡」鑑賞していたのに、こんな無粋な輩にジャマされてはかないません。最初にや

って来たのは「たかだか5人!」ですので、人数にまかせて、
「**なんだとぉ! チンピラどもがぁ!**」「**俺らを誰だと思ってんだぁ! ぁあ?**」
　エロ映画の『せめて音だけ鑑賞会』です。
　不良学生ってのは、「学生VSチンピラ」になりますと、必ず「学生側」に付きます。まか不思議な連帯感(現代ではちょっと想像しがたいでしょうが、不良学生にとって、こんなことは日常茶飯事だったのです)。
「**やんのかぁ! ガキぃ!**」「**るっせぇ! チンピラぁ!**」
　みんな血の気多いなぁ。
　あ。今度、献血のオバちゃんに教えてあげよっと。

第48話　スカウトされた男(2)

　あとは、簡単です。裏路地を抜けるあたりの所で、なんとか抜けてきた体力消耗しきったヤツを、
「ごくろーさまー」「**せぃやあっ!**」
　ひとりずつ倒してしまえばいいのですから。
「わははは。楽勝、楽勝」
「よくこんな卑怯な手、思いつくなぁー、感心するぜ」
「まったく。日本一の卑怯者だぜー」
　うれしくない。

　労もなく、西条くんが、7人目と8人目を沈めたところ

で、
「なんの騒ぎだ？」
　そこにあった、"いかにも場末"なスナックの扉が開き、時代劇の万年悪役みたいな男が、これまた人相の悪いスケさんカクさんみたいなのと一緒に、のっそりと出てきました。
「ん？　おめぇは直也(なぉや)‥‥‥」
　倒れたチンピラに目をやると、
「んんん？」
　今度は、西条くんを睨みました。が、
「なにセイガク相手にやられてんだっ！」
　いきなり直也を蹴りつけました！
「ウウ‥‥‥す、すいやせん‥‥‥‥早乙女(さおとめ)さん‥‥‥」
　ひょっとして幹部‥‥‥？
　と、恐れたのは僕だけで、西条くんたちが着目したのは、
「さ‥‥‥さおとめ‥‥‥‥」「さおとめって‥‥‥‥」

「だはははーーー！　オッサン、その顔で早乙女はないだろーーー！」「そのツラは、よくって『権堂(ごんどう)』だろ！『権堂』！　わはは！　早乙女ってーーー」
　そのチャーミングなお名前！
「フン。セイガクよー、ウチのもんが世話ん‥‥‥」
「早乙女って〜〜〜！　その顔で早乙女って〜〜〜！だはははは！」
「いや、だからお前ら」
「ひぃ〜〜〜、ひぃ〜〜〜、早乙女って〜〜〜〜」
　聞いてません。

とうとう早乙女さん、
「るせーな！　こっちも好きで苗字選んでるワケじゃねぇんだよ！　オギャアと産湯つかった時から早乙女なんでぇっ！」
　それもそうだ、と、西条くんたち。
「俺たちが悪かった。権堂さん」
「だから、権堂じゃねぇっ‼」

「で、ウチの若いもんが世話んなったようだなあ？　え？」
　早乙女さんリターンズ。低い声ですごみます。
　が、不思議にちっとも怖くありません。おそらく、つい先日、"ホンモノ"ケンちゃんを見てしまったから。
　そう、僕たちは知ってしまったのです。本当に恐ろしいのは、脅しの言葉などではなく、「♪はっほ〜〜〜」とかの意味不明の奇声であることを。

「こいつら、全部、お前らがやったのか？　ぇええ？」
「そうだぜ！　権堂さん！」「何人来ようと同じだぜ！　権堂さん！」
「権堂じゃなく、早乙女っ！」
「あ。そうだった、早乙女さ‥‥‥‥」
「だはははは！　早乙女って〜〜〜！　その顔で早乙女〜〜〜！　だはははは一！」
　ぶり返しました。

　しかし、ここで早乙女さんが懐に手を入れたものですか

ら、一瞬にして緊張が走りました。身構える西条くん！
「俺はこういうもんだが……」
　なんだよ……名刺かよ……脅かすなよ……。
　というか、絶対、脅しのつもりの手の入れ方でした。
　この名刺がすごかった。『毛利興業』。ここまではいいとして、役職名が『若組頭』。一般企業では、あまり聞かない役職名ですので、やはり、普通のかたではないのでしょう。
　さらにその横、ぶっとい毛筆体で、
「早乙女だ！　ホントに早乙女だ！　だはははは～～～！」
「早乙女～～～～！　その顔で早乙女～～～～～！」
　人の名前で大盛り上がり！
「いや～～～～。カッコイイ名前だけど、字体と合ってねえだろ」
　これを気にしたのか、早乙女さん、渡した名刺をひっこめようとしたため、下に落ちてしまいました。
「あ。わりいな、権堂さん」
　孝昭くんが慌てて拾いますが、
「んんん？」
　ここで大発見！
「あーーーー！　シークレットブーツ！」
「あ！　ホントだ！　底上げ靴！」
　早乙女さん、見られてはならぬものを見られてしまいました。
「どーりでー！　どーりで不自然だと思ったらー！」
「だよな～～～！　足長すぎだよな！　あはははは！」

「野口五郎*だーーーー!　野口五郎!　あははははは!」
　今度はシークレットブーツで大盛り上がり!
「く‥‥‥‥!」
【*野口五郎＝70年〜80年代を席巻した『新御三家』のひとり。かなりの高さのシークレットブーツを履いていることが話題になった】
「るせぇ!　何はこうと俺の勝手だろ!」
　それもそうだ、と、西条くん。
「俺たちが悪かった。野口さん」
「さおとめ!」

　しかし、野口さん、幹部というだけあり、すぐに落ち着きを取り戻すと、
「こっちも名乗ったんだ。お前らは?」
「西条」
　孝昭くんは黙っていましたが、西条くんはあっけなく名乗りました。
「そうか、西条ってのか。名乗るとはいい度胸だな?」
「別にそのヘンのヤツに聞きゃわかるこった」
　そう、『瞬殺西条』は有名人。その証拠に、さっき巻き込まれた不良たちが、誰ひとり追いかけてきません。西条くんと気づいているからです。

「どうだ?　西条。おめぇら２人、ウチに入んねぇか?」
いきなりスカウト!?
「はあ?　マジで言ってんのか?　権堂さん」
「じょうだんだろ。野口さん」

「さ・お・と・め！」

 そのスジが「生きのいい高校生を青田買いしてる」って話は知ってましたが、まさか目の前で、西条くんたちがスカウトされるとは思いもよりませんでした。そう言われれば、ケンちゃんも、スカウトされてその道に入ったとか？
「入れって、取り立て屋にか？」
 孝昭くんがさぐりを入れます。もちろん入るつもりなど、さらさらあるはず、ない、と思ったら、
「ま。いろいろだな。お前らくらい強きゃ、すぐ幹部なんぞ？　**金も女も好き放題**だぞ？」
「ん～～～～～～～！」「ん～～～～～～！」
 主に「女」という単語に揺れ動く若い心。

「ま。気が向いたら連絡しろ。悪いようにゃしねぇ」
 あらためて名刺を渡しました。
 西条くん、渡された名刺をしげしげとながめながら、
「早乙女さんね～～。ケンイチ兄ちゃんの『メルヘン』といい勝負だな～～」
「め……めるへん？」
「ん？　オッサン、知ってんのか？　ケーキ屋メルヘン」
「めめ、め、めっそうもございません？」
 いきなり敬語???
「んんんんんん？」
「なな、なんでぇ！」
「ケーキ屋ケンちゃん、知ってる？　俺の兄弟子」
「兄弟子……い、いや～、ぞ、存じあげませんね～～」
 また敬語。

めちゃめちゃ怪しい。どう聞いても知ってる感じです。
「さ、さっきの話は忘れてくれ！」
「え～～～、そりゃねぇだろ？　早乙女さん」
　早乙女さん、大慌てで渡した名刺を回収すると、
「早乙女？　ぼ、ぼかぁ、野口ですけど？」
　突然、
「♪**改札ぐ～ちで～～～　♪君のこと～～ン**　ほ、ほら！」
　ほら、って‥‥‥。いきなり『私鉄沿線』熱唱されても‥‥‥‥‥。

　早乙女さんは、「自分は野口」と言い張り、倒れた若いのを連れてそそくさと帰られました。
「おもしろいオッサンだった‥‥‥」
「まったく‥‥‥‥」
　ケンちゃんは「田舎の裏社会はみんな顔見知り」と、言っていました。たぶん、よ～～く「存じあげてる」のだと思います。
「俺、ケンイチ兄ちゃんに聞いてみる！」
「だな！」
　これは、思わぬ救世主となるかもしれません。
「野口さんだったよな？」
洗脳されんなよ！

第49話　末期現象（1）

　企業の経営悪化は、何も金融屋が原因とは限りません。きっかけは、意外なことに「国」だったりするのです。

　村山くんとの待ち合わせは、坂本家。坂本くんは、表まで出て、落ち着かない様子で、僕たちを待っていました。
「だ、大丈夫でしたか？　先輩がた」
「うん、大丈夫大丈夫。村山、トレノ隠せた？」
「ああ。ジェミーんとこのガレージに入れさせてもらった」
　ガレージはベストですが、そうなると朝まで出られません。
「家の事務所、寄ってってくださいよ！　誰もいませんから！」

　整頓された事務所。見る限りでは、普通の事務所です。
　真ん中に大きな青焼き機（ジアゾ式複写機）があり、それに『差し押さえ』の紙が貼られていなければ、ですが……。
「さ、差し押さえ???」
「……坂本。知らなかったのか？」
「え……ええ……」
　坂本くんは、しばらく帰っていなかったので、そこまで家業が急激に悪化しているとは思いもよらなかったようです。

「社会保険事務所か？」
「あ、ホントだ。わかるんすか？　先輩」
「司法書士やってる叔父さんが、教えてくれたんだ」
　よく勘違いされますが、『差し押さえ』は、銀行や金融屋が勝手にできるものではありません。裁判所が執行するものであって、勝手にできるのは国税局と社会保険事務所くらい。
「特に、社会保険事務所はね。早いんだってさ」

　社会保険料や厚生年金は、従業員と会社とが半分ずつ負担して、会社が納めます。が、会社にお金がなくなってくると、当たり前ですが、納められなくなります。
「滞納に対しては、すごく厳しくて、すぐに差し押さえしてくる。最初は電話の権利料とか、得意先の売掛金とか」

　差し押さえについては、銀行や仕入先との取引契約にも「契約の失効」が謳ってあるため（必ず書いてある）、一旦執行されると、借りていた金は、原則「即座に返済」しなければなりません。
　公表されるわけではないので、そちらはバレなければどってことないのですが、預金や売掛金差し押さえの場合は、取引先にも連絡がいきます。当然、「そんな危ない会社とは取引できん！」ってことになり、会社は、とたんに窮地に陥ります。

「実は経営者の自殺の大半は、社会保険事務所の差し押さえが原因だって。叔父さん言ってた」

「え？　だって、社会保険って福祉制度っすよね？　それが自殺に追い込むって‥‥‥おかしくないすか？」
「そう、相互扶助のための制度。でも、『手っ取り早い』から差し押さえすんだってさ」
（社会保険事務所のこうした体質は、当時より問題視されていたが、改善されることなく悪化。近年になって、保険料金の流用やずさんな管理態勢、さらには犯罪まで発覚して社会的信用が失墜。社会保険庁自体が解体された）

　僕が解説していると、奥の扉から男性が入ってきました。
「オヤジ‥‥‥‥！」
「帰ってきたのか」
　坂本くんのお父さんは、一見して「職人」という感じの人で、商売人には見えませんでした。
「あ‥‥‥ども」「おじゃましてます‥‥‥」
　お父さんは、僕たちがいることより、差し押さえシールを見られたことが、かなりイヤだったようです。

「あのよぉー、親父。この先輩がよ、」
　突然、坂本くんが、「２週間５００万円計画」をお父さんに話し出したので、僕はかなり驚きました。
「だからよ！　手形なんとかなっかもしれないって！」
　話すほどに興奮する坂本くんに、僕は「実は、父親にこのことを伝えたくて家に戻ったのだ」と思い、止めませんでした。子には子の思い。
　むろん、お父さんは、息子の言い出した「高校生の戯言(たわごと)」に、耳を貸しませんでした。当然です。むしろ「息子をたぶらかしてる遊び相手」として、僕を睨みつけました。

「もう、父さんの会社、ダメなんだ‥‥‥。見てわかったろ。今日、青焼き機も溶接機も、みんな差し押さえられた」
　この人の頭の中にも、「自殺」は、選択肢としてあるのかもしれません。渉くんの親が、かつてそうであったように。
「そんな‥‥‥親父‥‥‥だから、先輩が‥‥‥」

「溶接機はありますよ？」と、僕。
「え‥‥‥‥‥？」
「坂本くんが、持ってきてる溶接機があります」
　坂本くんは、WC小屋に、親に黙って溶接機を運び込んでいました。それは差し押さえにあっていません。
「もし、僕が、この青焼き機の差し押さえ、明日までに解除したら、息子さんの話、信じてくれますか？」
「え‥‥‥‥‥？」
「君に‥‥‥‥そんなことできんの‥‥‥？　まさかね」
「できます」

第50話　末期現象（2）

「もしもし？　母ちゃん？　うん。僕、今日、遅いから‥‥‥‥いや、みどりちゃんの家って‥‥‥、違うよ。みどりじゃなくって和美！　え？　だからーーー、和美の家にいるんじゃなくってーーー。人の話聞けよ！」
　ああ‥‥‥母親と電話するのが、こんな大変な家庭って

あるんでしょうか?
「で、叔父さん、帰ってる? うん、電話、代わってくんない? 聞きたいことあるんだ」
　叔父さんは、仕事柄、社会保険事務所について熟知していました。それこそ債務者に代わって、何度も何度も渡り合った相手なのです。

　坂本くんのお父さんは、翌日、店を閉めることにしていました。「差し押さえ」を従業員に見られては、士気に関わるからです。それにしたって２名くらいらしいのですが。
　差し押さえは、滞納している総額を支払わなくては、解除されません。お父さんとしては、明日のうちに、また「どっかから借りて」解除するつもりでいたようですが、それこそ末期現象。悪化の一途です。

　ジアゾ式複写機は、たいへん高額ですが、別にその金額が差し押さえされているわけではありません。社会保険事務所としては、滞納額より価値が高い物を差し押さえるのです。
　差し押さえられ物品は、競売にかかって買い手がつくまで、シールが貼られたままで使うことができます。ただし、移動は一切できません。

　この日の午後。僕は千葉くんに頼んで、社会保険事務所に電話してもらいました。千葉くんは、僕たちの中では、最も声が大人で、ビジネス用語にも長けていました。
「あーもしもし。社会保険事務所さん?」

「実は、昨日、差し押さえされた青焼き機なんですがー、ええ。ジアゾ式複写機。あれ、事務所ひきはらわなきゃいけないんで、持ってっていただけませんか？　ええ、今日中に」
「‥‥‥‥で、ですねぇ。精密機器なんで、普通のトラックじゃ無理なんで、エアサス車をチャーターしていただいて‥‥‥、はい。お願いします。今日中です、はい、必ず」

　放課後になり、坂本くんが、興奮状態でやって来ました。
「先輩！　差し押さえ、解除されたみたいっす！」
「だろう？」
　あんな馬鹿デカい物、運び込めるスペースが保険事務所にあるわけありません。ましてエアサス車を手配すれば、莫大（ばくだい）な費用と人件費がかかります。そんな面倒で責任問題が発生しそうなことを「お役所仕事」で、やるはずがないのです。
「千葉に礼言っとけよ。僕じゃあの交渉は無理だった」
「は‥‥‥はい！　ありがとうございます！」
　しかし、ある意味、「物品から押さえた」というのは、実は社会保険事務所の温情もあったと言えます。もし役所への売掛金を押さえられていたら、坂本家は、カンペキにアウトだったでしょう。

　ってことは‥‥‥。
　夏休みまで待ってる暇はないか‥‥‥。

「あ、そうそう。ケンイチ兄ちゃん、野口さん知ってるっ

てよ」
「権堂さんだろ、バカ」
　早乙女さんです‥‥‥。
　西条くんの話では、早乙女さんというかたは、かなりそのスジのかたで、取り立てを代行しているわけではなく、金融屋さんの幹部のかたのようです。
　ケンちゃんとのつながりは、
「なんかよ。同じ釜(かま)の飯食ってた仲らしいぜ」
「おお！」「同じ釜！」
　それじゃぁ話が早い！　ってんで！

「まーなー。早乙女んとこには顔も利くが、やつらぁ、それが食いぶちだ。仁義にもとることはできねぇ」
　訪ねたメルヘン。ケンちゃんの答えは、予想外に冷たいものでした。
「でも、同じ釜の飯食った仲なんでしょう？」
「同じ釜？　ああ、違う違う。**同じオカマ**が作った飯」
「同じ‥‥‥‥」「オカマ‥‥‥‥」
「早乙女の野郎、飲み屋で姉ちゃん口説いてな？　同棲(どうせい)始めたら、オカマだったんだよ〜〜！　バカだよな〜〜！ワハハハ！」
「そ、そう‥‥‥」「だったんですか‥‥‥」

「早乙女のヤロウ。俺までダマしやがって‥‥‥！」
「え！」「ダマされたのか！」
「まぁ、据え膳食わぬは男の恥っつーか‥‥‥。それが、どう見ても女だったんだよなーー‥‥‥‥布団入っちゃってから気づいちゃってまーー‥‥‥‥」

早乙女さんのこと笑えないじゃん‥‥‥。
　どうやら早乙女さんがケンちゃんを恐れている理由も、このへんにある気がします。

「もとより、市中を走った手形ってのは、押さえきれねぇ」
　手形というのは、有価証券として流通できますが、特に市中金融（街金）に渡った手形を「市中を走る」と言い、振り出した会社の信用は、いっきに失墜します。
「ま。高校生のくせに、金融屋なんぞに関わんねぇこったな。西条」
「そりゃそうだけど。高校生の息子がいんだから、しょうがねぇだろ？」
「バカヤロ。命いくつあっても足りねぇぞ！　西条！」

　ところが、ここでチャーリー。
「だ、だからさ。ケ、ケンちゃん！　な、なんとかしてくれよ！」
「ぁああ？」
「な、なんとかしてくれよ！　ケンちゃん、フェラーリ直した時、礼はするって‥‥‥‥！」
　ビビリ屋チャーリーにすれば、それが、いかほどの勇気であったか。
「た‥‥‥、頼むよ‥‥‥。ケンちゃん‥‥‥」
　チャーリーは、坂本くんにかつて失った親友、渉くんを見ているのです。かつて救えなかった親友。
「ち‥‥‥‥！　そういや約束したっけなぁ。ちっこいの」

番外編　もっとすごい小学生　　　303

ケンちゃんは、その条件として、なるべく多くの資金を集めることと、金融業者を一堂に集める機会を作るよう、チャーリーに言いました。
「しかし、あれが男ってこたねぇよな〜〜〜‥‥‥‥」
　かなりなトラウマのようです。同じカマ。

第51話　ジェットストリーム（1）

　期日前に、なるべく多くの資金を集めること。もはや夏休みを待てる状態ではなくなりました。
　グレート井上くんと森田くんは、すでに『ジェットストリーム』事業の、青写真を描いていましたが、
「すぐ仕事入れる？」
「ああ、形だけなら‥‥‥‥」
　問題は、電話受付と集配作業。このうち、電話受付は、なんと、坂本くんの家で引き受けてくれました。「差し押さえ解除」で信頼を得た、ということもありますが、「藁にもすがる」状態にあったことは、間違いありません。
　オフィス電話の３番が『ジェットストリーム』専用。受付は、もっぱら、事務をやっているお母さんです。

　残った問題が、集荷と配達。こちらでの集荷は、バイクに乗れる連中や、村山くんを駆使すればなんとかなりますが、東京で動ける人がいません。
　このため、グレート案では、「空港渡し」もしくは、「浜

松町モノレール駅渡し」。それもやむなし、と思われたのですが、ここにも思わぬ助っ人が現れてくれました。
　東京の大学生集団『美奈処』こと『美奈子さんの処女を守る会』です（6巻登場）。東京の大学に強力なネットワークを持ち、夏休みのバイトが欲しかった彼らは、まさにうってつけでした。

「美奈子さんが!?」
「そう。引き受けてくれるって」
　連絡を取ったのは僕。なにしろグレート井上くんから依頼するのは、はなっから無理。そこで、姉である駐在さんの奥さんを通じて、頼んでみたのです。
「お前はまた、よ、余計なことを！」
「いいから。がんばれよ、井上。美奈子さんと同じ大学を目指しているんだから、親にも言いようがあるだろ？」
「う‥‥‥‥‥‥‥‥‥」

「れ、礼はしないからな！」
「わかってるって‥‥‥‥」
　わかってるよ、井上。

　そして‥‥‥‥。

『ジェットストリーム』記念すべき初仕事は、僕の叔父さんでした。東京までの書類。それを当日内に運べるなら3万払ってくれる、と言うのです。
　このビジネスの利点は、料金を前金でもらえたこと。したがって、1件の客が3万払えば、飛行機の往復分は確保

でき、確実に利益があがるのです。

　トレノに乗せられ、飛行場へと向かう僕たち。
　当初、ジェミーが行く予定だった飛行機便でしたが、美奈子さんが待機しているとなれば話は別。記念すべき第1便は、グレート井上くん、自らが運ぶことになりました。
　なのにグレート井上くん、

「え〜〜〜〜〜！　飛行機が怖い〜〜〜〜〜？」

「うん‥‥‥。実は苦手なんだ‥‥‥」
「井上らしくもないなぁ」
「うーん。あの鉄の塊が空飛ぶってのが間違ってるような気がして‥‥‥」
　そこで森田くんが、得意の長々解説。
「いいか？　井上。飛行機の翼には揚力ってのが‥‥〈中略〉‥‥だから飛ぶわけなんだけど」
　揚力とは、翼の上が丸く下が平であるため、通りすぎる空気の速度が違うことで起きる『押し上げる力』のこと。
「いや‥‥‥それくらい知ってるけど」
「ジェット機は前に進む力が強いから。あの翼よりずっと小さくても飛ぶんだぞ？」
「え？　そうなの？」
「ああ。だからジェット機の場合、片方のエンジンが止まっても落ちないんだ」
「そ、そうか！　ジェット機だもんな！　飛ぶよね！」

　グレート井上くん。その後も、森田博士の説明に相づち

を打ちながら、
「ジェット機は落ちない、ジェット機は落ちない‥‥‥」
　必死に自己暗示。
　ついに空港では！
「まかせろ！」
「ジェット機は落ちないからな！」
「ハハハ。わかったよ森田。もういいって。子供じゃないんだから。ジェット機は落ちない！」
　すっかり元気なグレート井上くん。でしたが。
「東京行きの飛行機は〜〜‥‥‥」
　と、ふりかえると大きなガラス窓の向こう側。
　方向転換をしていたのは、
「ありゃ‥‥‥あれ‥‥‥YS-11*じゃん‥‥‥‥」

「ほ、ほんとだ。**プロペラ機**だ‥‥‥」

【*YS-11＝初の国産旅客機。2機のプロペラエンジンを
　両翼に備え、当時国内便で多用された】
　グレート井上くん。とたんに真っ青！
「あーーーー！　ジェット機じゃない〜〜〜！　飛ばない〜〜〜！　あんなの飛ばない〜〜〜！」
「落ちる〜〜。落ちるに決まってる〜〜〜〜！　プロペラ止まったら終わりだ〜〜〜！」
「やだ〜〜〜！　ジェットじゃなきゃやだ〜〜〜！」

　結局搭乗手続き後も「落ちる落ちる」を連発し、ロビー中の搭乗者の顰蹙(ひんしゅく)を買ったあげく、半べそでプロペラ機に乗り込むグレート井上くんなのでした‥‥‥。

第52話　ジェットストリーム（2）

　ジェットストリーム事業は、創業前から思わぬ活況となりました。2日目には、4件の依頼が入り、金額ベースで10万円／日を超えました。やろうと思えば1日20件はいけそうな勢いに、僕たちは驚喜しました。
　これなら、ケンちゃんの言った日まで300万円はかたい！

　集配が確実に忙しくなる中、さらに朗報が！
「そ、それはーーーーっ!?」
「そうだ。この世で選ばれし者だけが手にできる！」

「運転免許証だ！」

　まぁ、選ばれし者と言えばそうなんですが。河野会長が、ようやく免許を取得したのです。村山くんに次いで2人目。
　てか、どんだけ教習所に通ってたんだ？
「おーー！　すげ〜〜〜〜〜〜〜〜〜〜〜！」
　それでも、大活躍の予想される夏休みを直前にしてのことですから、みんなで絶賛。
「学科なかったのか？」
「すごい当たる鉛筆手に入れたのか？」
「寝てる間に妖精出てきた？」
「なっ！　なんだと！　あのな〜〜〜！　俺はな〜〜〜、

小学校の先生からは"やればできる子だ"って言われてたんだぜっ！」
　できない子はたいていそう言われていたものです。
「いや！　知ってるぞ」
「うん。俺も河野は**やればできる**子だと思ってた」
「っていうか、たいてい**ヤればデキる**よな」
「**ヤればデキる**から困る」
　ちょっと意味が違っています。

　外に出ると車庫にはピカピカの新車！
「お！　ランサーじゃん！」
「セレステじゃなかったのか？」
「それが親が４ドアじゃなきゃダメだって‥‥‥」
　当時、親に車を買ってもらうと、たいていこうなりました。

「じゃ、チャーリーんちの裏山まで乗せてってやる！」
「え‥‥‥いいよ。バイクあるし‥‥‥」
「うん。お前ひとりでランサーで来いよ‥‥‥」
「え！　大丈夫だって。俺を信じろよ！　国がライセンス与えたんだぜ？」
　信じてあげたいのはやまやまですが、**新車のくせに後ろのバンパーがすでに凹んでる**ってのが、みんなの信頼を失わせるのでした。

　　じゃ～～～～んけ～～～～ん。

　僕と孝昭くん、泣きべその入るジェミーの３人を乗せて

ランサー発進!
「10時10分っ!」(6巻参照)
　ああ‥‥‥。こいつも10時10分か‥‥‥‥。

　河野会長の運転するランサーは、予想に反して極めて安全でした。安全でしたが、
「俺、初めて乗ったよ。ドレミ真理ちゃん*に抜かれる車」
【*ドレミ真理ちゃん＝当時のアイドル天地真理さんをモチーフにしたブリヂストン製こども自転車】

「ポンプのエンジンなんじゃねぇのか?　これ」
「う、うるせーーー!　話しかけるなっ!」
　河野くん、想像を絶する「安全運転」で、制限速度を1キロたりと超えません。交差点でのウィンカーは100m手前あたりから点灯。横断歩道では誰も渡ってなくてもキッチリ停止し、指さし確認。サイドブレーキまで引きます。
「夜までに着くのか?　河野」
「るせーっつってんだろ!」
　運転には本性が出る、と、よく言いますから、実は河野くん。ものすごーーく地味ーーな性格なのかもしれません。

　それでも、駐在さんのスミレちゃんと違い、坂道を上ろうとするだけ、ランサーは立派です。「上ろうとする」というのは「上る」とは違います。
　この頃の車は、ほとんどがマニュアルギア。そこで免許の実地試験にも「坂道発進」というのがありました。
　1．ブレーキ踏んで→2．ギアをローに入れ→3．アク

セルをふかしながら→4．クラッチとブレーキを徐々に離す。
「1．ギアをローに入れー……」
「いや、河野。走ってんだからローじゃなくっていいんじゃね？」
「2．アクセルをふかしながらー……」
「3．クラッチを徐々にー徐々にー……」
「**4．あーーーーーーーーーーーーーー………！**」
　ランサー。いきなり普通の坂道で理由なきバック！
　ドンッ！

　どうりでなかなか免許が取れなかったわけだ……。
　ところが、ここで孝昭くんが画期的アドバイス。
「ったく。なんでバイク運転できんのに、車はダメなんだ？」
「え………？　同じなのか？」
「同じだろ。アクセルついてて、クラッチついてて」
「**あ〜〜〜〜〜〜〜〜〜〜〜〜〜〜〜〜っ！**」
　気づいていなかったのが驚きです……。

　それからランサーは、生まれ変わったように速くなりましたとさ。
　ヤレばデキる子。

第53話　ジェットストリーム（3）

　ジェットストリームの主な顧客は、グレート父さんのグレートな人脈によって、テレビ局、広告代理店、デザイン会社、出版社と、多岐に渡りました。
　やはり、『その日のうちに東京』の需要は大量にあったのです。
　運ぶものは手荷物に納まる物、という規定を設けていましたが、ある時、「運んでくれればいくらでも払う」という物件がありました。
　それは、売り上げが200万円を超え、グレート井上くんが、ようやくプロペラ機『YS-11』にも慣れた頃。

「衣装を今日中に東京に届けてほしい」

「なんかその衣装をテレビで明日使うらしくって」
　へ〜、そういう需要もあるんだな〜、と感心するとともに、「いくらでも払う」ほど、高い衣装に興味がわきました。
　衣装であれば、たたんでしまえばいいわけで、手荷物に入ります。僕たちは、一も二もなく引き受けました。
　ところがこれが。

「よろいかぶと〜〜〜〜〜⁉」

「衣装って‥‥‥。鎧兜だったんだ‥‥‥‥」

「上杉謙信のだって」
「そこはどうでもいいよ‥‥‥」
「刀つきはきっついな〜〜〜」
「ボストンバッグに入る？」
　これだけのボリュームですと、別途荷物手料金が発生します。

　そこで考えました。
「井上、着てけ。これ」
「えぇ〜〜〜〜？」
「どうせ金属探知機でぜんぶひっかかるだろ？」
「ああ。そうだね。なにしろ鎧兜だからね」
　強制的に取られた物は原則手荷物料金が発生しないはずなので、これで無料で運べます。

　というわけで空港ロビーに突如現れた甲冑姿の上杉謙信。正真正銘のグレートです。
「うーん。なんか速度測定んときより目立ってるな」（1巻参照）
「いや。井上。ぜんぜん目立ってないって。ちょっと和風ってだけで」
　いやぁ、これを目立たないというなら**来日したビートルズでさえ目立ってない**ことになるでしょう。何しろロビー。
　僕たちは、鎧兜をまとい脇差しまでさした武者が、空港の金属探知機に向かう姿を内心ワクワクと見守りました。

　すると搭乗手続きのお姉さん。

「あの〜〜〜、その格好は‥‥‥‥」
　当然の質問と言っていいでしょう。
「あ。いえ。東京で親族の結婚式があるんですが。結婚式の正装ってよくわかんなくって‥‥‥それで、**家にあったいちばん立派な服装を‥‥‥‥**」
　ひさびさに聞くグレートな名台詞！
「あの‥‥‥。でも刀類は規則で困るんですが」
「あ。**武士の魂です**」
　グレート！

　しかし、武士の魂はあえなく没収、別途無料手荷物として分けられました。作戦通りです。
　次に当人。金属探知機に入ると、
　ブーーーーーー。
　作戦通りです。
「あ。**兜ですね**。こちらでおあずかりします」
　係員のお姉さんもこんな台詞、かつて言ったことあるでしょうか？
　ここまでグレート井上くんは余裕がありました。もともと金属探知で検知され、すべて没収されて無料の手荷物にしてしまう、というのが僕たちの狙いなのですから。
　ところが。
　ブザーが鳴りません。
「どうぞ〜〜〜〜〜♪」
　にこやかにお姉さん。
　所詮作り物でした。**実は金属ではなかった**のです。
「えっ!?」
　グレート井上くん。これにはかなり慌てふためきました。

何しろまだ兜しか取っていません。あとは**まんま上杉謙信**。
「こ、これって？　ひっかからないんですか？」
「はい〜〜〜〜〜〜♪」にこやかにお姉さん。
「どうぞ〜〜〜〜〜♪」
「そ、そんなバカな！　もう1回、もう1回、お願いしますよ！」
「どうぞ〜〜〜〜〜♪　上杉様〜」
　この日、日本の空港の歴史に「**上杉謙信が搭乗した日**」という画期的出来事が刻まれたのです。

第54話　とってもブルーな夜だから（1）

「250、251、252万6000円！」
「上杉謙信様のご活躍で、売り上げは250万円を超えましたー！」
　パチパチパチパチパチパチパチパチ！
「うるさいっ！」
「まーまー。謙信殿」

　夏休みを迎えて、ジェットストリーム事業が本格化した頃には、すでにまとまったお金ができていました。
　これに最もよろこんだのは、坂本くんよりも、チャーリーだったように思えます。
「とにかく目標の半分にはなったんだから」
　ケンちゃんは、額面の半分までは資金が必要、と言って

いました。まだ期日の13日まで１週間あまりあります。

「なんで半額でいいんだ？」
「手形貸し付けは、100万円の手形を切らせて、現金は50万とかしか渡さないから」
「とんでもねー金利だな。それって４ヵ月とかだろ？」
「そう。これで出回った手形を買い取る！」

　手形の出回った先は、同じオカマの飯を食った仲の早乙女さんが持っていました。実はみんなグルなのです。
　問題はこれを「一堂に会させる方法」
　金融屋同士は、実に密な連絡がとられていて、打ち合わせをされるのは不都合です。これで坂本くんの家が「復活しそう」となれば、手形を譲ってくれません。何しろ、50万円が期日と同時に100万円になるわけですから。
　一方、土地などの担保を押さえたところは、最初から、わずかな資金で土地を押さえることを狙っているから、つぶれてもらわないと困ります。つまり、連絡は取り合っているものの、一枚岩ではないのです。
　そこで「一つ所に集めて、打ち合わせのできないうちに、一気にカタをつける！」これが、事情通ケンちゃんの考えでした。
「でも、金融屋集めるったって‥‥‥‥」
　名簿はあっても容易じゃありません。ケンちゃんの顔でもできないことですから。

　でも方法はないわけではありません。
「それがＢ案！」

「Ｂあ〜ん♡　だろ？」「Ｂあ〜〜〜〜ん♡　だろ？」
　どっちでもいいです‥‥‥。
「なんだ？　最初っから読んでたのか？」
「そういうわけじゃないんだけど‥‥‥‥‥」
　たまたま金稼ぎの手段と酷似していただけです。それが、

「ブルーフィルム上映会〜〜〜〜〜〜〜〜〜!?」

「そう。法にふれるからどうかなぁ、と思ってたんだけど。ご招待すれば、必ず集まると思うよ？」
「そりゃそうだろうけどよ‥‥‥‥‥」
　ちなみに、金融屋さんだからと言って、全てがそのスジと思ったら大間違いです。それは取り立て屋の話であり、金融屋さんは金融屋さん。取り立て屋でさえ、アルバイトみたいなのがゴロゴロいたのですから。
「出席率は99％！　確実！　題してブルー作戦！」
「ハイクラウン時と、かぶってねぇか？　それ？」

　が。元のネタとなるブルーフィルムも、映写機も、僕たちの手元にはありません。
「ブルーフィルムは100％持ってる所がある！」
「どこ？」
「写真屋さん！」
　当時の写真屋さんは、十中八九、ブルーフィルムを持っていました。ビデオを売った電気屋さんが、必ず裏ビデオを持っていたのと理由は同じ気がします。
「そりゃそうだけど‥‥‥いくらなんでも‥‥‥‥‥」
　そう。高校生に貸してくれるはずがありません。

「大人に借りてもらえばいいんだよ」
「誰に？」
「こないだ『美少女遊戯』で、くやしい思いした人に」
「**駐在〜〜〜〜〜〜〜〜〜〜〜〜〜？**」

　駐在所には映写機があります。しかもスケベです。
　ですから、上映会をやったその日に、
「合法的に強奪する！」
「また無茶なことを‥‥‥‥」
「正義のためだって〜〜〜〜〜」
「どこが正義‥‥‥‥‥」

「だいたい、駐在がいつ上映会するかわかんねぇじゃん」
「それが、わかる」
「なんで？」
「今日、奥さんが実家帰ったから」
「**あーーーーーーーーーーーーーー！**」
　駐在さんには、写真屋さんにある、ことは五十嵐さんを通して伝えてありました。奥さんが実家に帰るのは、今日１日だけですから、今日やるしかないのです。

　　＊＊＊＊＊＊＊＊＊＊

　案の定、駐在所前には五十嵐さんの白バイ。
「来てる来てる♪」
　こんなに白バイがうれしい物だなんて。これで確定です。
　駐在所に暗幕はありません。やるなら必ず夜です。
　そこで夜。薄暗くなったところを見計らって、

「駐在さん。こんばんは〜〜〜〜〜〜〜！」
「うぉ！　な、何しに来た！　ママチャリ！」
　お〜〜〜〜〜〜やましそうだ、やましそうだ♪
「写真屋さんから聞いて来ました〜〜〜」
「く‥‥‥‥！　あの写真屋め‥‥‥‥！」
　もちろん嘘ですが、こういう「やましいこと」は、同志がいるほど楽しいので、
「いいか！　ママチャリ！　黙ってるんだぞ？」
「はい！　わかりました！」

　ホンモノのブルーフィルム。上映開始！　作品名は『水辺の生き物』。『アンコールワットの秘密』。
　ケースにそう書いてあるのです。大人ってコスい！

　始まりました。『水辺の生き物』！
　これがまーーーーー。スゴい！
　あ〜〜〜〜和美ちゃんもあんなふーにこんなふーに。
「さ、さすが『水辺の生き物』！」
「五十嵐さん‥‥‥鼻血、鼻血‥‥‥‥」
「お前も鼻血！」
　ああ。楽しく悲しい鼻血仲間。

　が、始まってものの10分もせず、
「ただいま〜〜〜〜〜♡」
「あ？」「え？」「は？」
　なんと！　奥さん、ご帰宅！
「アナタ〜〜〜？　どこ〜〜〜？　駐在所〜〜〜？」
「な、なんで加奈子が！」

番外編　もっとすごい小学生　　319

「ちゅ、駐在さん！　まずいですよ！」
「か、隠せ！　ママチャリ！　フィルム隠せ！」

　と。いうわけで、フィルムゲット～～～♪
「すげぇ手口だな‥‥‥‥」「軽蔑するよ‥‥‥‥」
　実は、奥さんには、「今日、上映会をやるらしい」ことは、お伝えしてありました。何しろ、駐在さん。ここんとこ、奥さんに隠れてタバコは吸うわ、ブルーフィルムは見るわ、好き放題。奥さんは、たいそうご立腹だったのです。
「逆に奥さんから持ちかけられてたんだよ」
「ひでぇ！」「裏切り者！」「男として許せねぇ！」
「お？　じゃ、奥さんと駐在さん、どっちに味方するわけ？」
「奥さん！」「奥さん！」「奥さん！」「奥さん！」
　満場一致。駐在さん、人望ありません。

第55話　とってもブルーな夜だから（2）

今日は、『おたのしみえいが会』
上映作品：『水辺の生き物』『アンコールワットの秘密』
会費：ひとり500円　相場の$\frac{1}{10}$くらい
開始：午後8時　暗幕ないので
会場：怪しい雑居ビルの3階　エレベーターなし
相手：怪しい金融屋さん
まー、集まりに集まりました！　100％超え！
会場はもうムンムンです。

冒頭、ケンちゃんから開演のご挨拶。
「あ〜〜〜〜〜本日は〜〜〜〜お足下の悪いなか〜〜〜〜〜」
　西条と同じ‥‥‥‥。さすが兄弟子。
「ケン！　今日はピーカンだぜ？」
「さっさとポルノ始めろや〜〜〜〜〜」
「るせぇっ！」
　さすがケンちゃん。一発で全員が黙ります。
「今ぁ、ヤジとばしたのは、誰だぁ？　ぁあ？」
　シーーーーーーン‥‥‥‥。

　映写機は駐在所から借りました。半分、無断ですが、一応、断り書きは置いてきましたので、今ごろ、激怒していらっしゃるかもしれません。運搬用のスミレちゃんも借りましたから。
「そいじゃぁ、みんなぁ。楽しんでくれやぁ」

　明かりが落とされ、１本目、『水辺の生き物』。
　ジーーーーーーーーー‥。
おおおおおおおお‥‥‥‥。
　地鳴りのようなどよめき‥‥‥‥。男って正直‥‥‥‥。
　そして30分で『水辺の生き物』上映が終了。
　もう会場は言葉も出ません。

　蛍光灯がともると、ようやくざわつく会場。
「これで500円は安いわ」「いい企画だぜぇ」「毎月やってくんねぇかな？」
　勝負はここでした。

ケンちゃんが前に出ると、
「次の上映に入る前に〜〜〜〜ちょいとここで相談がある」
　さらにざわつく会場。
「こん中でー。坂本って水道屋の手形持ってるとこ。あんだろ？」
「それがどしたぁ？」「坂本ぉ？」「持ってるぜぇ」
　そりゃそうです。持ってるとこ中心に集まってもらってんですから。
　そこへ現金が運びこまれます。
「ここに現ナマがある！　坂本の手形、今日なら現金で買い取るがどうだ？」
　ブルー作戦、本編です。

「坂本んとこはもう抵当ガチガチだぁ。その手形落ちなきゃ０円。今なら現金で買いとるってんだ。悪い話じゃねぇ」
「鈴木のぉ。いくらで買うんだぁ？」
「赤じゃ手ぇ打てねぇぜ」「そうだそうだ」
　さっそく反応が上がります。おそらくは抵当を持っていないところ。
「競りです。こちらもタマ（現金）は限られていますから、安いところから順に買い取ります」
　こうすれば買いとった値段がわかります。会場はさらにざわつきました。

「そんなこたぁ、オヤジと相談しなきゃ無理だぜ、ケン」
「ああ。それに手形持ち歩いたりしねぇ」
　怒声が飛びかいます。

「いや。今日だけだ。ここで決められねぇとこはナシにしてもらう。ただし今日なら言い値でゲンナマだぜ？」
　金融屋だって商売。実は現金はほしいのです。
　やがてひとりが手を挙げると、

「俺んとこは60パー（額面の６割）なら手ぇ打つぜぇ」
　くいついた！
「こ、こっちは55パーでいいぜ！」
「50パー！」
「だとお！　菊水(きくすい)のぉ！　うらぎんのか！」
　こっちは抵当を押さえているところ。彼らは不渡りになってもらわないと困るのです。
　元々、血の気の多い人たちですから、ケンケンガクガクの言い争いに発展！
　が。そこに。
「西条ぉおおおおおおお！」
　怒りにまかせた警察官乱入！
　場は一斉に静まりました。そりゃそうです。

「マ‥‥マッポ？」「なんでマッポ‥‥」「手入れ‥‥？」
　違います。
「お前ら、よくもスミレちゃんをーーーーー！」
「いえ、奥さんには断ってきました」
「な、何い！」
　何しろ、僕たちと奥さんは、求婚したほどの仲なのですから。
「巡査さん、おひさしぶりでー」「おひさしぶりっスー」
　駐在さん、元々はマル暴にいた、という噂だけあり、お

知り合いいっぱい！　次から次に挨拶に来ます！
　ついには、元締めケンちゃんを見つけると、
「んんん？　お前。見覚えあるなぁ」
「さささ、さようですかぁ？　わ、わたくしはありませんがぁ」
　とてもあの狂犬とは思えぬ豹変ぶり。
「おい。こっち向け」
「い、いやぁ。夕陽がまぶしくって無理っス」
　もう真っ暗です。

「まぁ、いい。お前、なんで高校生にこんな危ないことさせてる!?」
「いや、駐在さん。これは商取引です」
　と、僕。
「商取引〜〜〜〜〜？」
「ですよね？　みなさーーーーーん」
「そうでーーーーーーーーーーーす」

　駐在さんのお陰で、その後の取引は、つつがなく進みました。

・・・・・・・・・・・・・・・・・・・・・・・・
第56話　走れ！　チャーリー号（1）

　でも、映写会終了と同時。駐在さんは、今までここまで怒鳴ったことない、ってくらい、僕を叱りつけました。
「バカヤロウ！　多少悪知恵がまわったからっていい

気になるな！　ママチャリ！」
「すいません‥‥‥‥‥‥‥‥」
　奥さんが仲裁しても、見かねた五十嵐さんが間に入っても、それは止まることがありませんでした。

　僕が、駐在さんの「怒った意味」を本当に理解するのは、それよりずっと後のことです。その時は、ただ耐えるのみ。

　市中に出回った手形の８割400万円分を、ほぼ半額で買い取りし、坂本くんに渡しました。
　坂本くんは、手形の意味を理解しきってはいませんでしたが、それこそ奇跡でも起こったかのように喜びました。

「先輩がた！　親父と会ってってくださいよ！」
「いや‥‥‥。坂本。僕らはお父さんのためにやったわけじゃないから」
「う‥‥‥‥あの‥‥‥‥う‥‥‥じゃ、せめて‥‥‥」
「なんだ？」
「ダメだった時じゃないけど。もう‥‥‥泣いていいすか？」
「ああ！　いいとも！」「がんばったな！　坂本！」「よくやった！」

「あ？　なんでチャーリーも泣いてんだ？」
「**る‥‥‥‥るせえや！**」

『ジェットストリーム』は、結局は13日の金曜日までに、612万7000円を売り上げ、経費を引いた残りは、

番外編　もっとすごい小学生　　325

「422万とび758円!」
「あーーー‥‥‥ちと500万に足りなかったなぁ‥‥‥」
「まぁ、いいじゃない。稼いだには稼いだんだから」

　最大限にかかった経費は、手伝ってくれた『美奈処』の人たちの人件費でした。
　もし、僕らの人件費も差し引いていたなら、(普通の会社の財務としては)純利益は35万円くらい。ひとり3万円くらいで、実はさした商売でもなかった、とも言えます。

　それでも　手元には200万円以上あります。
「すげーなぁ。200万っていえばー」200万っていえば!
「地球征服できるよな!」
「ああ。西条なら、きっとできるよ‥‥‥」
　がんばって地球征服してください。

「西条は、200万円でアブ買えば〜?」
「あ!　そうか!　それで200万円分のミカンと交換して、さらに200万円分の反物と交換すれば!」
「増えてねぇじゃん。西条」
「あれ?」
　商売には向かない男のようです。ワラシベ貧乏人。

「で、この金、どうしよ?」
　実は、残るとは思っていなかったので、使途は考えていませんでした。
　ここでチャーリー、
「あのさぁ。その金で、俺‥‥‥」

「ん？」
「名古屋行きたいんだけど」
「あ！　そりゃいいんじゃない？　行ってこいよチャーリー」
「渉くんに会うんだろ？」

「うん‥‥‥そいでよ‥‥‥スティングレイ。見せに行きたいんだ。渉が生きているのなら」
　なるほど‥‥‥。
「それって運ぶのかなりかかるんじゃない？」
「陸送？」
「うん。それで提案なんだけどな‥‥‥」
「ああ」「うん」「なんだ？」
　チャーリーが言いたかったのは。
「みんなで‥‥‥行かないか？　その‥‥‥名古屋」

「えーーーー？」「名古屋までーー？」「全員でかぁ？」
　みんなが驚くのも無理はありません。当時の僕たちにとって、名古屋は、ほとんど外国旅行なみの感覚だったのです。

「あのさ。俺たちにとっては最後の夏休みだろ？」
　最後の‥‥‥。夏休み‥‥‥‥‥。
「うん‥‥‥それは確かに‥‥‥」
「俺ら、いろいろ一緒に行ったけどさ。最後にこうパーっと」
　チャーリーは、まだ少し照れくさそうに、
「その‥‥‥みんな、でさ！」

「一緒に！」

第57話　走れ！　チャーリー号（2）

　反対する者など、いるはずがありませんでした。
「いいな！　チャーリー！」「行こうぜ！　名古屋！」
　さっそく４泊５日の名古屋旅行計画です。

　スティングレイを運ぶため、移動手段は車。
　それもダブルキャビンという、荷台がある上で人も６人乗れるというトラックをレンタルすることになりました。
　そしてもう１台は、レンタカーより安い、ということで、中古車を購入することに決定。
　幸い西条くんが中古車屋さんと懇意なので（３巻参照）、ジェミーと２人を送り出しました。のですが‥‥‥。
　やっぱりお金は人間を狂わせます。

「はぁ～～～～～～～～???」
「さ、西条！　もういっぺん言ってみて？」
「な、なんで180万円もなくなったって？」

「馬‥‥‥‥買った‥‥‥‥‥」

「馬‥‥‥‥‥‥‥‥‥？」
「ば、ば、ば、バカかーーーーー！」

「競馬でスッたのか！」
「違う。馬……買った……ヒヒ～ンってやつ」
「もっと悪いわっ!!」
　なんと！　本当に馬！　サラブレッドを買ったというのです！
「ば……ば……ば……バカヤロ～～～～……」
「ついでに鹿も買って馬鹿そろえろ！」
「孝昭、うまいな～～～」
「やかましぃ！」
　この事情につきましては、長いので、また別章で。

　とにかく、西条くんのおかげで、180万円、いきなり馬に化けた、ということだけ間違いありません。
「ま。どっちにしろ手形に消える金だったんだから」
「お前が言うな！　西条！」
「井上……残り……いくら？」
「あと……24万円、くらい？　行けないことはないな」

　結局、僕たちはボロボロの三菱デリカ１台を９万円で調達。
　残り15万円で、名古屋に旅立つことにしたのです。
「ビンボーだなーーー」
「だから、お前が言うな！　西条！」
「その馬、屋敷と交換してこい！」

　＊＊＊＊＊＊＊＊＊

　お金なんかなくっても、チャーリーは幸せそうでした。

そして坂本くんも。
　スティングレイ2号が完成したのは、西条くんの「衝撃の馬告白」があってから、4日後。僕たち最後の夏休みは、すでに終盤にさしかかりつつありました。
「すげぇ！　すげぇ！　チャーリーーー！」「で、でっけぇ！」
　そう。スティングレイ2号は、当初、僕たちが見た時よりも、ずっと大きくなっていました。
「こすったのか？」
「違うって………」
　それは、1号を巨大化した、というよりは、まったく別の、例えるならバギーカーに近い風貌でした。
　むき出しの750エンジン。駆動はチェーンとベルト併用。サスペンションは、後輪が板バネ式で、前輪はコイル式。ライトと油圧式ブレーキがあるので、バッテリーも積んであります。

「今日、農道走らせる！」
　山を下りて運び込むのに、ひと苦労でしたが、「惰性は自動車とは言わない」という独自の理論で、下り坂をほぼ自走。
「うんせ！」「うんせ！」
　農道の先端に、スタンバイ。
　選ばれしテストドライバーは、当然、村山くんです。

　ファオオオオ………。ファオオオオ………。
　スティングレイ2号は、バイク特有の乾いた咆哮をあげ、吹かすたびに、ボディがブルブルと震えます。まるで野獣

が獲物でも狙うかのように。

「行くぞ？　チャーリー」
「ああ‥‥‥ただなぁ‥‥‥」
「なんだ？」
「この先の土屋さんちの鶏小屋には気をつけろ」
「ハハ‥‥‥了解！」

「いくぞ！　5、4、3、2、1」
　キュルルルルルル！
　クォォオオオオオオオオオ！

　タイヤが地面をグリップしきれず、すさまじい後輪のバウンドとともに、スティングレイ2号、スタート！
　‥‥‥ォォオオオオオオオオオ！
「あーーーーゼロって言ってねぇのにーーーーーー！」

「は、はえーーーーーーーー！」「バケモンだ！」
　農道は短いので、あっという間に土屋さんち。
　でも、その短い距離を、わずか数秒で駆け抜けたスティングレイ2号の実力は、たいしたものでした。

「どうだった？　村山」
「ちょっとステアリングに振動が来るね」
「そっかーー。やっぱりバランス甘いかなぁ‥‥‥」
「でも、すごいよ！　チャーリー。お前じゃなきゃできない」
「あ‥‥‥‥ありがとう‥‥‥‥」

その後、夕方まで、何度も何度もテスト走行を繰り返し。もう最後にしよう、と言った時。件の、土屋さんが出てまいりまして、
「またヘンなの作ったのか！」
「あーーー……でも、今日は鶏小屋にはー……」
　萎縮するチャーリーでしたが。
「いや。すごいよ！　智晶くん、たいしたもんだ！」

第58話　走れ！　チャーリー号（3）

　午前４時。
　空気の冷たさが、さほどに秋が遠くないことを教えます。
　集合場所はチャーリーの整備工場。ひとり、またひとりと集まってくる仲間たち。
　いよいよ今日。名古屋へ。

　着いた順番にスティングレイ積み込み作業。ダブルキャビンの荷台に、鉄パイプで固定していきます。
　が、この時になって初めて「スティングレイが予想より大きい」ことに気づくあたりが僕たちです。
「げ！　後ろ、出っぱってるー！」
「まいったな……今さら車変えられないし」
「確か $\frac{1}{10}$ までは許可されてんじゃなかったっけ？」
　すると生みの親であるチャーリー、
「あ！　いい手がある！　みんな待ってろ！」

整備工場から持ってきたのが‥‥‥‥‥
「**初荷ぃいいいい？**」なんと「初荷」の旗！
「おお。これつけてっとな。警察も縁起もんなんで、文句言わねーんだ」
「縁起モンだけど‥‥‥‥」「夏に初荷はおかしくねぇか？」
「あ、そうか‥‥‥でも名古屋なら‥‥‥」
　名古屋も、「夏」です。
「とにかくよ。初荷の旗は赤い。赤い旗つけてりゃ荷物の長さは許される！」
　というわけで、スティングレイのいちばん後ろには「初荷」の旗。けっこう泣ける絵です。

「それにしても井上、遅いなぁ」
「村山が迎えいってんだろ？」
　この日、いちばん遅いのがグレート井上くん。いつも遅刻などしないのに、珍しいことです。
「ひょっとして、今更親に反対されてんじゃねーの？」
「いや‥‥‥グレート父さんの許可は取ったって言ってた」
　そのうちに、
「あ！　トレノ、来た！」「はぁ‥‥よかった‥‥‥」
　それがそうでもなかったのです。

　グレート井上くんとともにやって来たのが。
ワン！
「げっ！　サ、サチコ!?」
　なんとそれは、ドーベルマンのサチコ！（9巻登場。実

は雄)
「ななな、なんでサチコがっ!?」
　と、僕たちが目をまるくしている間に、サチコは脇目もふらずチャーリーを目ざして一目散!
「げ～～～～～～～～～～～～～～!!」
　そうです。サチコは、チャーリーが大のお気に入り!
「な、なんでサチコいるんだ？　井上‥‥‥」
「それが‥‥‥。名古屋行ってもいいけど、危ないからサチコ連れてけって‥‥‥」
「え～～～～～!　連れてくのか？　ドーベルマン!」
　初荷の旗にドーベルマン。いったいどういう旅でしょう？
　と、僕たちからはるかに離れた茂みで、
「井上～～～～～～助けてくれ～～～～～～」
　なんと、サチコ。チャーリーの上に馬乗りっ!
「腰ふってる～～～井上～～～。腰ふってるぞ～～～～」
　僕たちが深刻に、ペット同乗可かを話し合っている間にも、
「なんか当たってる～～尻になんかあたってるって～～～」
　これが、あまりに面白かったので、連れていくことになりました。

「で、どうするよ？　サチコ」
「スティングレイと一緒に荷台に積んどけ」
　と決めましたが、なんといつの間にか、ちゃっかりデリカに乗り込んでいるサチコ。
「こ、こいつっ!」

するとグレート井上くん。
「悪いな。サチコ、血統書付きだから」
「いや。井上。血統書付きって‥‥‥‥」
「お前ら血統書ないだろ？」
　なんか。腹たつ。
　結局サチコは荷台に積むことになったのですが、なんと、その時になって、ポツポツと雨が落ち始め、結局はチャーリーの隣の席に。
「サチコ〜〜〜舐めるな〜〜〜〜」
　まぁいいや‥‥‥。おもしろいから。

「人数確認ーーーーー！」
「ダブルキャビン森田以下５名！」「デリカ西条以下６名！」
「全員いまーーーーーーす！」
「じゃ、行こうかーーーーー！」「おおーーーー！」
「行くぞ！　名古屋ーーーーー！」「おおーーーー！」
「サチコ〜〜〜やめろ〜〜〜」「おおーーーー！」
　こうして、11人と１匹の旅が始まったのです。
　初荷の旗立てて。

　──　午前７時20分。福島飯坂IC。
　ジェミー行方不明。しょっぱなから‥‥‥。
「人数、確認したよなぁ」「うん６人」
「あ、西条、サチコ数えてないか？」
「あーーーーーーーーーーーーー!!」
　実は１名足りなかったのですが、結論としては、

番外編　もっとすごい小学生　　335

「ジェミーだからいいや！」「今更戻るのめんどいし！」
「それはともかく高速だーーーーーーーー！」
　それはともかくって‥‥‥‥。

　ダブルキャビンは村山くん。デリカは河野会長の運転です。
　河野会長、言うまでもなく高速なんかまったく初めてで、いささか不安が残ります。
　したがって、デリカ側はジャンケンで負けたメンバー。
　僕ですか？　もちろん負けました‥‥‥‥（泣）。
「10時10分っ！」
「まだ７時だっつーの！」

　──　午前７時40分。吾妻PA。
　ジェミー発見。なんとダブルキャビンにスティングレイ２号と一緒に縛ってありました。
「縛ったの久保だろーー！」
「知らないねぇ～～～～」
　でも、気持ちよさそうに寝てたので、起こさないであげることにしました。

　──　午前８時40分。安達太良SA。
　トイレ休憩でしたが、サチコ逃走！
　血統書付きったって、そんなもんだ。
「どうしよ？」「うーん。ほかの迷惑だからなぁ」
　何しろドーベルマン。シャレになりませんので、すぐに呼び寄せることになりました。が、グレート井上くんが、あいにくトイレ中。そこで、

「チャーリー、四つん這いになれよ？」
「な、なんだって俺が！」
　でも、チャーリーがしゃがんだだけでも、サチコは戻ってくるのでした。
　ハッ、ハッ、ハッ、ハッ。
「サチコ〜〜〜〜〜〜腰ふるな〜〜〜〜〜〜！」

　──　午前9時40分。阿武隈(あぶくま)PA。
　ジェミー、遅い起床。ここまでの距離を、高速道路を走るキャビンの荷台で寝ていたとは‥‥‥。
「恐るべきジェミー！」
「いやぁ〜〜〜、ボクって大物？」
　もう少し、荷台を満喫してもらうことになりました。

　──　午前10時30分。那須高原(なす)SA。
　サチコ。再び逃走（泣）。
　でも、今回は、グレート井上くんがいるから安心です。
「サチコーーーーーーーーーー！」
「はい？　何か？」
「あ‥‥‥‥いえ‥‥‥‥」
　近くに、サチコという名のオバさんがいたのは計算外でしたが。
「サチコーーーーー！　来ーーーい！」
「はい？　ですから何か？」
「あ‥‥‥いえ‥‥‥」

　──　午前10時50分。那須IC。
　ここで千葉くんが、僕に、

「明里のサナトリウムって、ここだろ？」（9巻登場）
「そう‥‥‥‥」
「会ってけば？」
「え？」
「せっかくなんだし！　俺も会いたいなー、明里！」
　明里ちゃんは、僕の小学校時代のカノジョ。もともと弱い子だったのですが、僕のせいで病状が悪化し、那須のサナトリウムにいました。
「でも‥‥‥‥‥‥」
　多数決により、
「こちら〜〜流れ星西条〜〜、那須寄り道〜！　どーぞー」
"了解〜"

　ここで時間をロスし、さらに「下の4号線で行こう」などと西条くんが言い出したものですから、さらに大幅ロス。
「だってよー。金、節約しねぇと〜」
「テメーが、馬なんぞ買うからだ！　バカ！」

　──　午後11時20分。三郷IC。

　東京到着はすでに夜中。首都高速に入り、大都会の夜景が見えてくると、僕たちは、いやおうなく高揚しました。
「すげぇーーーーー！　東京！」「うん！　すごいな！」
　田舎者丸出しで騒ぎ立てます。
　別にいいんです。田舎から来たんですから。日本ですから。

それでも、西条くんが、窓からの風を受けながら、
「こうやって見てると、なんか、俺らちっちゃいなぁ‥‥」
「うん‥‥‥。そうかもね」
　それは美しいばかりでなく、なんとも言えない威圧感がありました。
「なんか。デカいことしたいよなぁ。こういう大都会相手によ」
　今まででも、じゅうぶんだと思いましたが。
　西条くんは、遠く立ち並ぶビル群を見ながら、
「みんなが集まれるうちによぉ‥‥‥」
　ポツリと加えました。

　そうです。みんなが感じていました。みんなで何かをするのには「期限」があることを。
　何かをしないと、そのまま社会の渦に飲み込まれるだけのような気がして。
　この大都会の光景は、それを認識させるのにじゅうぶんすぎたのです。

　やがてチャーリーが、
「なぁ。みんなぁ。スティングレイよー」
「うん」
「東名、走らせらんないかな？」
「は？」「あ？」「え？」
「いや。やっぱ750ってよ。農道走る程度のもんじゃないんだよな。こう、俺と渉が夢見てたのはよ‥‥‥‥」

「やっぱ無理だよな。あははは」

「耐えるのか？」
　と、西条くん。
「モチだ！　誰が作ったと思ってんだ！」
　それからしばらく会話は途切れていたのですが。
「チャーリー‥‥‥‥？」
「ん？　なんだ？　西条」
「やろう！」
「え？」
「東名を、走らせようぜ！　スティングレイ！　お前と渉ってヤツがよ。5年もかけた夢の車だろ？」
「あ？　うん」
「なら、やろうぜ！」
　一瞬とまどったチャーリーでしたが、
「うん！」
　これにみんなも、
「うん。やりましょーーー！」「やってやろうぜ！」
「ああ。やろう！」「やろーーぜーーーー！」
　大都会の圧力が、僕たちに決意させていました。
　この大都会を相手に。それはなんだってよかったのですが。

「待ってろーーーーーーー！　東名ーーーー！」
「待ってろーーーーーーー！　東京ーーーー！」

第59話　走れ！　チャーリー号（4）

　── 午前０時10分。東京IC。
「うぉおおおおおお！　東名だーーーーーー！」
　その広さ！　その明るさ！
　でも、僕たちは、それから少し静かになりました。期待感なのか、東名高速道に圧倒されたのか。

　── 午前０時20分。港北PA。
「え～～～～！　東名走らせる～～～～～～～～？」
　キャビン班の孝昭くんたちもビックリです。
「うん。チャーリーって、意外に恥骨あるのな」
「気骨だろ。バカ西条！」
「あ？　恥骨、男なかったっけ？」
　そういう問題ではなく。
「ないのは恥丘か‥‥‥‥」
　いやいやいやや。なんでそっち方面に話すすむ？
「恥丘は僕らの宝島っ！」
　アホ無限大だなー。西条。
「あ。でも宝島かも」「うんうん宝島だっ！」「名言名言」
　同調する者、多数‥‥‥‥。

「でもナンバーないんだからいくらなんでも走れないだろ？」
　もっともなご意見は森田くん。
「ああ。法律的に無理だ」

と、中立的グレート井上くんでしたが、
「でも、やろう！」
「…………」「……だな！」「やろうぜ！」
「上杉謙信が空港に現れるよりは、不思議じゃない！」
「なんだよ……それ？」

　僕たちは、その後の打ち合わせは、すべてCB無線で行いました。さすが東名。トラック無線がガンガン割り込んで来るので、チャンネルを逃げるのが大変でしたが。
「次の〜〜〜サービスエリアで準備しま〜す。どーぞー」
"了解です〜〜〜〜〜"

　──　午前２時10分。足柄SA。
「よーし。リフター降ろせ」
　みんながダブルキャビンに集まり、作業を始めました。
　リフターとは、重い荷物を積み込むための昇降装置。ダブルキャビンはリフターつきだったので、僕らはずいぶんと助けられたのです。
「ノッポさん部隊はアングル組み直し頼む」「おお」
　それぞれの役割。それぞれの分担。

　やがて作業も終了か？　という時、
「おぉー。兄ちゃんたちぃ」
　２人のおじさんが声をかけてきました。
「おもしろいことやってんなー」
「あ……ども」「………誰？」
　彼らだけではありませんでした。
　次から次に、トラックがパーキングに集結してきます。

面くらう僕たち。構える孝昭くん。

「いや〜東名、作った車走らせるんだって？」
「え‥‥‥‥‥‥‥‥」
　それは、実は、僕たちのCB無線を傍受していたトラック運転手さんたちが、さらに連絡を取りあって、集まってきたのでした。
「ほーーーー、これかぁーーー。よくできてんなーーー」
「えーーー！　自分たちで作ったのか？　この車！」
　次から次に。
「へーー。ちゃんとデフまでついてやんの」
　チャーリーはいささか照れ気味です。
「で？　コイツを東名走らせんのかい？」
「ええ。そうです」
「あはははは。なるほどな。出るのか？　80キロ」
「出ます！　150キロくらいまでなら！」
　チャーリーが胸をはりました。

　トラックは、すでに20台近くになっていました。
　すると運転手さんたち。
「そりゃおもしれぇ！　俺たちも協力するぜ！　兄ちゃんたち！」
「え？」「はあ？」
「そのつもりで、このへん走ってんの、無線でみんな集まったんだ」「行こうや。兄ちゃんたち」
「はい？」
「援護すっからよ！」「おお！　がんばれや！」
「は、は、はい！」

番外編　もっとすごい小学生　　343

第60話　走れ！　チャーリー号（5）

　午前2時40分。20台からのトラックの群れに囲まれ、足柄SA出発。前に4台。後ろに10台以上。
　スティングレイには、当然チャーリーが乗り込みました。この時点で、スティングレイの前輪は、ダブルキャブのリフターに乗ったままです。

　僕の考えたギリギリの対策は、「牽引（けんいん）」です。牽引されている「故障車」には、ナンバーがいりません。途中でリフターから前輪を降ろし、自走させる、というもの。
　荷台には怪力千葉くんが、スティングレイのロックをはずすために待機していました。

　僕たちの無線機に、運転手さんから連絡が入ります。
　〝こちら～～明けの明星～～～兄ちゃんたち～～～。聞こえますか～～～どーぞ？〟
　これに調子を合わせて西条くん。
　「こちら～流れ星西条～～～聞こえます～～～。どーぞ？」
　〝後続～～～。来なくなったら後ろ車線ふさぎます～～～。そしたら走ってください～～～。どーぞ？〟
　ありがたい！
　CB無線には、後ろの状況が続々と入ってきます。
　午前2時をすぎた高速は、かなり空き始めていました。

〝ただいま〜〜〜追い越し車線を行くファミリアが最後尾〜〜〜〜〜〟〝了解〜〜〜。ファミリア過ぎたら〜車線ふさぎます〜〜〜〜〟
〝兄ちゃん、聞こえましたか？　どーぞー？〟
「こちら流れ星西条〜〜。聞こえました〜〜〜。どーぞー」

　そして最後のファミリア通過！
　これを合図に、後ろのトラックが全車線を並走してふさぎ、速度を落とすとはるか後ろへと下がっていきます。同時に前のトラックが速度を上げ、そこには‥‥‥まるでサーキットのような直線が広がりました。

〝前方〜〜〜視界よ〜〜〜〜し。90キロで走行〜〜〜〟
　とうとうこの時です。
「いよいよだ！」「よし！」
　荷台の千葉くんに合図。これを受けて千葉くんが鉄パイプで組まれたロックをはずしました！
　キキキキキキキ！
　道路にひきずられるパイプの端がすさまじい火花を放ちます。これを上へと引きあげる千葉くん。
「アチッ！」
　摩擦熱にあわてた様子が伝わりましたが。

　スッ‥‥‥‥‥‥‥。

　スティングレイがわずかにバウンドしながら地面に降りました。今度はスルスルとロープが伸び、スティングレイが離れていきます。

前方のトラックから連絡が入り続けます。
〝間もなく〜〜〜あと４キロで愛鷹PA〜〜〜〜どーぞ？〟
〝了解〜〜〜こちら明けの明星〜〜〜**兄ちゃんたち！
行けーーー**〟〝**行けーーー！**〟〝**行けーーー！**〟

　トラックの爆音が響き渡る中。
ルルルルルル・・・・・・・・・。
　まるでオートバイのような音がそれに混じって聞こえてきました。殺人750エンジンが高速に吠えたのです！
「行け！　チャーリー！」「行けーーーーー！」
「行け！　スティングレイーーー」
「走れ！　チャーリーーーー！」「走れーーーーー！」

クォォォォォォォォォ

　千葉くんがロープをほどき、この時スティングレイはまさに、自分で東名高速道路を走ったのです。
　自分のエンジンで。自分の力で。
　チャーリーは、トラックに守られた追い越し車線に入ると、僕たちに拳を高く高く上げ、合図しました。

　すごい・・・・・・・・・・・・・・・・・・。

「すげ・・・・・・チャーリー・・・・・・」
「うん。うん。すごい・・・・・・」「すごすぎるよ。チャーリー」

〝兄ちゃんの車〜〜〜。走りました〜〜〜。どーぞー？〟

"こちら最後尾〜〜〜。90キロで後続ありません〜〜〜。どうぞ〜〜〜〜"
"前方視界よ〜〜し。100キロです〜〜〜。どうぞ〜〜〜"

この連絡と同時に。
トラックの運転手さんたちが、いっせいに、
パパパパパパ　　パパパパパパ　パーーーーー
　　パパパパパパ　　　パーパー　パパパパパパ
パーーーーー　　パパパパパパ

けたたましいクラクションの拍手に包まれながら、スティングレイ２号は、最高速度105キロをマークして。
やがて速度を落としていきました。
それは本当に一瞬のことだったのですが。僕たちには、ものすごく長い距離に感じました。
まるで永遠とさえも‥‥‥‥‥。
「おい。見ろよ」

「海だ‥‥‥‥！」

第61話　走れ！　チャーリー号（6）

「だからおみゃーらどっから来たんだ？」
警察官は憮然とした顔をしています。ここは名古屋署。
チャーリー号が東名を走った２日後の朝のこと。
「おみゃぁら、何やったかわかってんかね？」
「あのー。僕たちは被害者だと思うんですが。通報したの

も僕たちの仲間ですので」
「被害者だぁぁぁ？」

＊＊＊＊＊＊＊＊＊

　昨晩、ほとんど徹夜で走った僕たちは、そのへんの埠頭(ふとう)で、キャンプを張り、泥のように眠っていました。慣れない高速。慣れない土地。アウトドア派の僕たちも、実はクタクタだったのです。
　起きたのは、なんと夕方！　僕たちは一様に慌てました。
「ま。いいよ。渉んとこは。明日行けば」
「そ‥‥‥か？　チャーリー」
「じゃ、そのへんでスティングレイの試乗しませんか？」
　言い出したのは、坂本くんでした。
　確かに、ここならハンドルを切り損ねても海に落ちるのがせいぜい。ぶつかるものがありません。が‥‥‥。

　そこに、爆音を響かせて、バイクや車が集まってきました。
　どこの都市でも、こういう場所は、暴走族の恰好(かっこう)の溜まり場になっていたのです。
　スティングレイは、いやがおうにも目立ち、すでに20人近くにも膨れあがっていた暴走族たちがこっちに向かってきました。
「おいー。おみゃあらぁー。どこのもんだぁ？」
「でら、おもしろそうなことやってんなーーー」
　どうやら友好的ではなさそうです。
「デラやばそうだ‥‥‥‥」「デラ言えてる‥‥‥‥」

暴走族は僕たちの目前まで近寄り、
「おみゃあらぁ。ここが俺たちナゴ連のシマってわかって
やってんのかぁ？　ぁあ？」
　知らないところでのもめ事はさすがに避けたいので
「あー。そうか。わりぃ。んじゃ場所変えるわ」
　西条くんが言うのですが、
「これなんだぁ？　ゴーカートじゃねぇし。バギー？」
「うわぁー。おもしれーなー。乗ってみようぜ！」
　まさに傍若無人です。そしてひとりがスティングレイ
のハンドルに手を置いた時、坂本くんが、
「そいつにさわんな！」
「何いぃ？」「アンちゃんよぉー、今なんつったぎゃ」
　これに今度は西条くん。
「そいつにさわんなって言ってんだろ？　汚ねぇ手でよ」
「なんだとぉぉぉぉ？　ナゴ連なめてんのか？　コラ！」
「んん？　ナゴ連って名古屋連合の略かぁ？」
「んなことも知らずケンカ売ってんのか、らぁ！」
「いや。お前‥‥‥**岐阜ナンバー**じゃん」
　あ。すごく言ってはならないことを言った気がする‥‥。

　西条くんが対応している間に、孝昭くん、
「チャーリー。道作っから。スティングレイで逃げろ！」
「え、だって‥‥‥」
　ここでグレート井上くんが、
「チャーリー。悪いがサチコもつれてってくれないか？」
「え‥‥‥」
「何しろああいう輩だから。サチコ、叩き殺されたりして

も困るし……」
「井上………」
「頼む」
「ああ……ああ……わかった。井上」

　続々と集結し始める暴走族。これ以上の人数は危険と察知した西条くんは、
「話してわかんねーならデラやるっきゃないかぁ！」
　でら、の使い方が間違ってる気もする。

　孝昭くんは、ダブルキャビンからスティングレイ固定用の長い鉄パイプを持って、戦闘態勢。
　西条くんが、
「せいやあああああ！」
　ひとり倒したのを合図に、
「うらあああああああああ！」
　孝昭くんが、鉄パイプで、スティングレイのまわりの輩を追い払います！
「さっさと行けーーー！　チャーリー！」「きっと渉に会えよーーーーーー！」
「お前らぁ………」
　チャーリーは泣き声混じりでした。
「いいから行けーーー！」
「行け！　チャーリー！」「走れーーー！　スティングレイ！」

　しかし、
「あ！　サチコ……！」

サチコがグレート井上くんの危機を悟って戻ってきたのです。
　ガウウウウウウ。
　井上くんの相手に噛み付くサチコ！
「いてぇぇぇっ！　やべっ！　敵には犬がいるぞぉ！」
　サチコを木刀を持った男が殴りつけました。
　ガウウウウウウ！
　2発、3発……4発
　殴られても殴られても、サチコはグレート井上くんの周りの暴走族たちに襲いかかります。
　やがて耳が切れ、血が吹き出し、それでも井上くんのために立ち向かうサチコ。

「西条！　サチコがやばい！」
「サチコーーーーーーーーーーーー！」
「サチコーーーーーーーーーーー！」
「サチコーーーーーーー」

第62話　走れ！　チャーリー号（7）

「まぁ、暴走族に襲われたぁいうのはわかるとして‥‥」
「はい。それなら‥‥‥」「デラ釈放してください」
　まだ、デラの使い方が違う気がする‥‥‥。
「いや。おみゃあら、ここにいんのは**爆発物取締罰則**のほうだから！　**ケンカよりでら悪いぎゃ！**」

そうです。暴走族との闘いは、森田博士が、サチコの危機を救うためにガソリン爆弾（２巻参照）を持ち出し、仮面ライダー真っ青の大爆発！
　これにすっかりビビった暴走族たち（そりゃビビる）は、警察がかけつけたこともあり、とたんに退散。なんなく勝利を遂げたのですが。この爆発したところを警察官に目撃され、事情聴取となったのでした。しかも勾留。

　なんの進展もないまま、やがて昼。もうひとりの警察官が入室してきて取調官に何やら耳打ちしています。
　取調官はその話を聞くと、
「ふむ……そうか……」と、渋い顔でうなずき、
「おみゃあら。身元引受人が来たから。帰ってよし！」
「え？　身元引受人？」「はぁ？」「引受人???」
　前のドアが開き
「ご迷惑おかけしました」
　身元引受人が入ってきたのですが。

「ちゅ、駐在さん⁉」「ななななな、なんで???」
　僕たちは目を白黒させました。だって、だって。
「お前ら。無事か？」
「え……ええ。でもなんで??」
「無茶しやがって！」
　それだけ言うと、また名古屋署の人に会釈をし、僕たちをつれて外に出ました。
「な、なんで？　駐在さんが……」
　僕たちは同じ質問を繰り返しましたが、この質問には答えず、

「お前ら。昼まだだろ？」
「え‥‥‥ええ‥‥‥」
「ラーメンでも食うか」

　ラーメン屋さんが僕たちの前にどんぶりを並べていきます。駐在さんは、全員に配膳されたのを確認すると、ようやく、
「昨日な。夜遅くに、麻生から電話かかってきてな」
チャーリーがぁ？
　バカぁ‥‥‥なんでこんな時だけ110番じゃないんだ？
「麻生のヤツ、えらく焦ってたんで、どこだって聞くと名古屋だって言うからな？」
　ああ‥‥‥光景が目に浮かぶようです。
「すぐに名古屋署連絡して、それですっ飛んできた」
「な、名古屋まで、ですか？」
「本署の署長たたき起こしてな。紹介状取るの、たいへんだった。わははは。‥‥‥あ！　お前らのためじゃないぞ！　スミレちゃんで東名走ってみたくなってなーー！」
　夜通し走ってきてくれたんだ‥‥‥駐在さん‥‥‥。
「やっぱ速いな！　スミレちゃんは！　河野の1200とは違う」
　駐在さんはスープを口にすると、
「それにしてもあれだな。名古屋のラーメン、薄味だよな」
「駐在さん‥‥‥」
　嘘だよ。駐在さん。名古屋のラーメン‥‥‥。
　ぜんぜん薄くない‥‥‥それは。鼻水と涙で。
　しょっぱくって。しょっぱくって。しょっぱくって。

「待ってろ。突然非番取ったからな。駐在所連絡しねぇと」

　駐在さんは、爪楊枝(つまようじ)をくわえたまま、ラーメン屋さんにあった赤電話に大量の10円玉を入れました。カタカタと次から次に落ちる10円玉が、距離の遠さを物語っています。
「あーーー。俺だ俺だ。うん」
「ぁあ？　新町でケンカぁ？　う〜〜〜〜ん。すぐ来てくれつってもな〜〜〜〜〜」

　名古屋です。
「あー、わかったわかった。今行くから！　**あと15時間**くらい、ケンカ続けるよう言っとけ！」

第63話　走れ！　チャーリー号（8）

　僕たちは、チャーリーを探し出す算段をしていましたが、その傍らのテーブル。

　ガ〜〜〜〜〜。ゴ〜〜〜〜〜〜。
「ありゃ。駐在さん寝ちゃってるよ」「ほんとだ……」
「駐在さん、ほんと夜通し眠らずに……」
「もう少し眠らせてあげ……」
　と言いかけた時。
「‥‥ママチャリ〜〜〜〜〜‥‥‥‥」
「‥‥さいじょ〜〜〜〜〜‥‥‥‥」
　寝言だ……。
「‥‥たかあき〜〜〜〜〜‥‥‥‥」

僕たちの夢？
「‥‥ぶっ殺してやるぅぅ〜〜〜〜〜‥‥‥」
「ん！　起こそう！」「ったくどういう夢見てやがる！」

　駐在さんは、通報した麻生くんのいる場所を知っていました。
「まぁ、動いてなきゃ、だがな」

　それは港湾と目と鼻の先。左側の路側帯に、突っ込んだように骸(むくろ)をさらしているスティングレイと。
　そしてその横に。ポツンとすわるチャーリー。
「チャーリー！」「チャーリー！」「せんぱーーーーい！」

　チャーリーは座ったままで振り向くと、
「あ‥‥‥‥みんなぁ‥‥‥‥‥」
安堵(あんど)したような、少し悲しそうな。複雑な表情をしました。
「探したぜーーーーー」
「ああ。みんな大丈夫だったか？」
「うん、デラだいじょぶ」
「チャーリー、110番じゃなくって駐在さん連絡したろ？」
「あ‥‥‥‥」
「駐在さん、来たんだぜ？」
「え？　名古屋までか？」
「うん。ビックリした」

番外編　もっとすごい小学生　355

「そか……そうだよな………」
「スティングレイ……どうしたんだ？」
「うん………壊れた……」
　チャーリーはポツリと言いました。

「港、戻ろうと思ったんだけど、こんなのほっておけないだろ？」
「うん………」
「みんな………わりぃ………」
「何あやまってんだよ。助かったぜ」
「いや……俺、いっつもみんなに迷惑ばっかかけて」
「そんなこたないだろうが」
「いや。いっつもそうだ。銀行ん時も、のぶの時も、いっつも俺……ドジで……」
　チャーリーの言葉はとぎれとぎれです。
「戻ろうとしたんだ。スティングレイ、Ｕターンさせて。でもドジだから……。焦って突っ込んじゃってよ……」

　スティングレイは、ロールバーはねじ曲がり、タイヤは脱落し、素人目にもわかるほどに破損していました。
「直せばいいじゃん。チャーリー」
　孝昭くんが、努めて明るく言いましたが、それにも首をふるチャーリー。
「もう……シャシーいっちゃったからな……。渉に見せる前によ……バカだ……。俺」
　確かに、それは見るも無惨な姿でした。東名を走ったスティングレイの勇姿は残っていません。
　チャーリー……。

「何言ってんの！　智晶クンらしくもない」

第64話　走れ！　チャーリー号（9）

　僕たちは一斉に振り向きました。なぜなら、チャーリーを「智晶」と名で呼ぶ者は、僕たちのメンバーにはいないからです。
「智晶くんなら直せるよ！」
　そうです。彼は、
「わ、わ、わ‥‥‥‥わた‥‥‥‥‥」
「渉！」「渉くん！」「渉くんじゃないか！」
「どうしてここに‥‥‥‥？」
　その答えはすぐにわかりました。渉くんの、その後ろに、スミレちゃんが停まっていたからです。
「検挙してきてやったぞ、麻生。ありがたく思え」
「駐在‥‥‥‥‥‥」
「どうせお前らじゃ道に迷うのが関の山だからなー」
「ケンカはよかったんですか？　止めなくて」
「あ？　今頃は、もう坊主の管轄だろ？」

　渉くん、
「今日、おまわりさんが、智晶くんが名古屋に来てるからって。それで僕‥‥‥‥」
「わ‥‥‥‥わた‥‥‥‥わた‥‥‥‥‥‥」
　チャーリーはまだ言葉になりません。

ようやっと、
「わたるぅーーーーー！　わたるぅーーーーー！」
　意味もなく繰り返すチャーリー。おそらくほかの言葉が思い浮かばないのでしょう。小さな頃から兄弟のように育った２人。そして最悪の別れ方をした２人。
「渉！　すまなかった！　俺、俺、お前を‥‥‥」
「いいよ‥‥‥‥智晶くん‥‥‥‥僕こそ‥‥‥」
「いや‥‥‥俺‥‥‥‥」
　ここは２人を最もよく知るグレート井上くん、
「いいって言ってんだから、頭あげろよ。チャーリー」
「だって‥‥‥」
「だって、いつまでも土下座してると‥‥‥」
　ハッ！　ハッ！　ハッ！　ハッ！
「うわ〜〜〜サチコ〜〜〜乗っかるな〜〜〜〜！」
　言わんこっちゃない‥‥‥。

「智晶くん、完成したんだね。スティングレイ‥‥‥やったんだね！」
「東名‥‥‥‥。東名走ったんだぜ？　スティングレイ！」
「スゴイよ。さすが智晶くんだ！」
　駐在さんは、チャーリーの頭をポンポンと叩くと、再びスミレちゃんに乗り込み、
「今度こそ帰るからな。葬儀に出席しないといかんかもしれん。わはははは」
　そう笑いながら、名古屋の地を後にしました。

　＊＊＊＊＊＊＊＊＊＊

僕たちは、渉くんの誘いで、西尾市の彼の家を訪ねることになりました。渉くんはその後、名古屋の整備学校へと進み、現在、お父さんの整備工場を手伝っているというのです。
「そっかぁ。叔父さん、工場もう１回やれたんだ？」
「うん、ここはトヨタのお膝元だから。名古屋の叔父ちゃんが、年だからやめるっていう工場紹介してくれて。そこの後を継ぐ形で」
　その渉くんの工場。
「あのね？　智晶くん、見せたいものがあるんだ」
　そう言って渉くんがライトをつけると、そこに照らし出されたのは、
「ス‥‥‥‥‥」「スス‥‥‥‥‥」「ススス‥‥‥‥」
「スティングレイじゃん！　これ！」

　それは、まぎれもなくスティングレイでした。いいえ。正式には、「スティングレイ２号！」
　そうです。渉くんも、チャーリーとまったく同じように、チャーリーとの再会のために、スティングレイ２号を。
「こんな偶然って」「すごい‥‥‥」「すごすぎる‥‥‥」
　遠く離れた所で、２人は同じ夢を紡いでいたのです。
「こっちのは‥‥‥250ccだけどね。やっぱすごいや。智晶くん、750積むなんて！」
　僕たちは、その強い友情が生み出した奇跡に、身震いさえ覚えていました。
　チャーリーは渉くんのスティングレイをなでながら、
「すげぇよ。渉‥‥‥すげぇ」

番外編　もっとすごい小学生　　359

何度も何度も繰り返します。何度も。

「これじゃ２号が２台になっちゃったな。あはは」
「ううん。スティングレイは、やっぱり智晶くんとこのだよ。僕、こっちは、別の名前つけることにした。もう決めた」
「なんて？」
「これはね。チャーリー号！」
　チャーリーは、照れくさそうに笑いました。
「チャーリー号かぁ」
「うん。智晶くんのこと、みんなそう呼んでるんでしょ？」
「ああ」「うん」「そう」「チャーリーだ！」
「でも。なんでチャーリーなの？」
　これには、誰も答えられない僕たちでした‥‥‥。

　この時、チャーリーが『殺人750』のエンジンを、渉くんにあげてしまったため、その後、スティングレイ２号が走ることは、二度とありませんでした。が。
　今も、あの裏山の小屋の中。
　もう１度、みんなと、あの東名を走ることを。
　夢見ているのかもしれません。

小学館文庫
好評新刊

僕たちは世界を変えることができない。
But, we wanna build a school in Cambodia.
葉田甲太
「150万円集めればカンボジアに小学校が立つ」目的達成のため奔走する大学生たちを描く向井理主演映画原作。

草枕
夏目漱石
映画にも登場、「神様のカルテ」に大きな影響を与えた明治の文豪の名作をリニューアル刊行。解説は夏川草介さん。

新潟樽きぬた 明和義人口伝
火坂雅志(ひさか)
パリ・コミューンの100年前、新潟に誕生していた町民による自治政府。歴史に埋もれた奇跡の顛末を描く時代小説。

麻酔科医
江川晴(はる)
患者の側に立つ医療とは? 使命感に生きる新人麻酔科医の苦闘と成長を鮮烈に描いた感動の青春ヒューマン小説。

まだ見ぬホテルへ
稲葉なおと
笑いと歯ぎしり満載!! NY、カサブランカ、フィレンツェ、ホノルル…魅惑のホテルを舞台にした旅物語集。

渋谷ビター・エンジェルズ
横森理香
悩める中高生たちを救うため、奇妙な天使たちが大活躍! 渋谷を舞台に繰り広げられる青春ファンタジー小説。

小学館文庫 好評新刊

ぼくたちと駐在さんの700日戦争 10 ママチャリ

「ドラえもん」は、日本人にとって、俳句の〝季語〟以上の〝共通語〟。新・短歌ジャンルの傑作選、待望の文庫版！家庭の事情で退学しなければいけない下級生を助けるため2週間で500万円稼ごうと……。人気シリーズ第10弾。

ドラえもん短歌 枡野浩一 他

シリーズ100万部！ 2010年本屋大賞第2位！ 読んだ人すべての心を温かくする感動のベストセラーの文庫化！

神様のカルテ 夏川草介

長編小説『ピエタ』で話題の著者が、父親探しで訪れた香港を舞台に、母娘の交流を描く名作小説、待望の文庫化。

香港の甘い豆腐 大島真寿美

絶賛を浴びた本格ヒルクライム小説がついに文庫化。愛すべき〝坂バカ〟の生き様を鮮烈に描き尽くした感動作！

ヒルクライマー 高千穂遙

憎しみや喜びの感情に流されず、初めて会うことになった生みの父親と同行取材する男は、何を思い何を感じたのか。

再会キャッチボール 山本甲士

小学館文庫 好評既刊

リハーサル
川村 毅

新宿が巨大な劇場と化した街「ウラジュク」で、現実感を喪失した人々の「痛愛」を描いたパラレルワールド小説。

トゥープゥートゥーに会える星
茂木健一郎

脳科学者・茂木健一郎初めての冒険小説。「故郷」を失った人々を勇気づける不思議で愛くるしい宇宙動物の物語。

本のなかで恋をして
パオラ・カルヴェッティ
中村浩子/訳

ミラノの書店を舞台に、手紙を通してNYに住む青春期の恋人と愛を再燃させるヒロインを描く大人の恋愛小説！

パイプのけむり選集 話
團 伊玖磨

珠玉の名随筆集『パイプのけむり』の中から選りすぐった、心に染みる「話」の特集。解説はオペラ歌手佐藤しのぶさん。

かたみ薔薇
和田はつ子

口中医桂助事件帖 11

新章突入！ 桂助のまわりで、またも不穏な動きが。相次ぐ犠牲者の歯には、なぜか不可解な印が遺されていた！

こうふく あかの
西 加奈子

結婚12年、39歳の俺は妻から「他の男の子を宿した」と告げられる。2か月連続刊行「こうふく」二部作第二弾。

小学館文庫 好評既刊

きょうの私は、どうかしてる

越智月子

恋、仕事、家族。日常が危うく揺らぐ瞬間を切り取る。白石一文氏絶賛、デビュー作となる連作短編集を文庫化。

黄金の服

佐藤泰志

夏の大学町を舞台に、若者たちの無為でやるせない日々を描く表題作ほか、青春の渇きと閉塞感が漂う短篇小説集。

希望ヶ丘の人びと 上

重松 清

泣いて笑って心温まる「家族再生」のニュータウン小説――明日を生きるための「希望」のヒントがここにある。

希望ヶ丘の人びと 下

重松 清

「人生は吹きっさらしだ。でも時々気持ちのいい風が吹く」――挫けそうな子どもたちを救う感動のクライマックス!

竹光侍 四

永福一成

破獄した木久地は、復讐を開始した。その凶行は、やがて宗一郎の周辺を波乱に巻き込んでいく。シリーズ完結編。

ネームゲーム ～ロックの履歴書

かまち 潤

アーティストの名前は、音楽史の世界遺産。お馴染みの名前にまつわる意外なトリビア。登場グループ250超。

小学館文庫
好評既刊

トップ・プロデューサー
ノーブ・ヴォネガット
北沢あかね/訳

トップ・プロデューサーと呼ばれるファンドマネージャーのオルーク。生き馬の目を抜く金融業界の暗部を描くスリラー。

こうふく みどりの
西 加奈子

大阪に住む14歳の辰巳緑。刑務所に入っている旦那との話を語る謎の女性棟田さん。ふたつの物語がやがてリンクする。

移動動物園
佐藤泰志

『海炭市叙景』で復活した悲運の作家のデビュー作。移動動物園で働く青年の乾き、欲望、虚無、熱気を瑞々しく描く。

クミョンに灯る愛
チョ・チャンイン
金光英実/訳

テレビドラマ『グッドライフ』原作者による、孤独な灯台守の男と認知症を患った母の愛と葛藤を描いた感動作。

127時間
アーロン・ラルストン
中谷和男/訳

誰もいない峡谷にひとり、食糧も水も尽きたとき彼が決断したことは……。全米が泣いた奇跡の実話！ 映画原作。

赤塚不二夫120%
赤塚不二夫

「天才バカボン」「おそ松くん」などを生み出した著者が、自分のこと、漫画のこと、トキワ荘の青春を書きつくしたエッセイ。

――――本書のプロフィール――――

本書は、著者の同タイトルのブログで連載していた「走れ！ チャーリー号！」に加筆修正致しました。

小学館文庫

ぼくたちと駐在(ちゅうざい)さんの700日戦争(にちせんそう) 10

著者 ママチャリ

二〇一一年七月十九日 初版第一刷発行

発行人 佐藤正治

発行所 株式会社 小学館

〒一〇一-八〇〇一
東京都千代田区一ツ橋二-三-一
電話 編集〇三-三二三〇-五一三四
販売〇三-五二八一-三五五五

印刷所──中央精版印刷株式会社

造本には十分注意しておりますが、印刷、製本など製造上の不備がございましたら「制作局コールセンター」(フリーダイヤル〇一二〇-三三六-三四〇)にご連絡ください。(電話受付は、土・日・祝日を除く九時三〇分～七時三〇分)

本書を無断で複写(コピー)することは、著作権法上の例外を除き、禁じられています。本書をコピーされる場合は、事前に日本複写権センター(JRRC)の許諾を受けてください。JRRC〈http://www.jrrc.or.jp/ e-mail:info@jrrc.or.jp 電話〇三-三四〇一-二三八一〉

®〈日本複写権センター委託出版物〉

本書の電子データ化等の無断複製は著作権法上での例外を除き禁じられています。代行業者等の第三者による本書の電子的複製も認められておりません。

この文庫の詳しい内容はインターネットで24時間ご覧になれます。
小学館公式ホームページ http://www.shogakukan.co.jp

©Mama-chari 2011 Printed in Japan
ISBN978-4-09-408632-4

時をも忘れさせる「楽しい」小説が読みたい!
第13回 小学館文庫小説賞 募集

【応募規定】

〈募集対象〉 ストーリー性豊かなエンターテインメント作品。プロ・アマは問いません。ジャンルは不問、自作未発表の小説(日本語で書かれたもの)に限ります。

〈原稿枚数〉 A4サイズの用紙に40字×40行(縦組み)で印字し、75枚(120,000字)から200枚(320,000字)まで。

〈原稿規格〉 必ず原稿には表紙を付け、題名、住所、氏名(筆名)、年齢、性別、職業、略歴、電話番号、メールアドレス(有れば)を明記して、右肩を紐あるいはクリップで綴じ、ページをナンバリングしてください。また表紙の次ページに800字程度の「梗概」を付けてください。なお手書き原稿の作品に関しては選考対象外となります。

〈締め切り〉 2011年9月30日(当日消印有効)

〈原稿宛先〉 〒101-8001 東京都千代田区一ツ橋2-3-1 小学館 出版局「小学館文庫小説賞」係

〈選考方法〉 小学館「文庫・文芸」編集部および編集長が選考にあたります。

〈当選発表〉 2012年5月刊の小学館文庫巻末ページで発表します。賞金は100万円(税込み)です。

〈出版権他〉 受賞作の出版権は小学館に帰属し、出版に際しては既定の印税が支払われます。また雑誌掲載権、Web上の掲載権及び二次的利用権(映像化、コミック化、ゲーム化など)も小学館に帰属します。

〈注意事項〉 二重投稿は失格とします。応募原稿の返却はいたしません。また選考に関する問い合わせには応じられません。

第11回受賞作
「恋の手本となりにけり」
永井紗耶子

第10回受賞作
「神様のカルテ」
夏川草介

第9回受賞作
「千の花になって」
斉木香津

第1回受賞作
「感染」
仙川環

*応募原稿にご記入いただいた個人情報は、「小学館文庫小説賞」の選考及び結果のご連絡の目的のみで使用し、あらかじめ本人の同意なく第三者に開示することはありません。